सत्यजित राय

2 मई, 1921 को गड़पार रोड, दक्षिणी कलकत्ता (बंगाल) में जन्म। पिता सुकुमार राय एक प्रतिष्ठित व्यक्ति थे।

प्रारम्भिक शिक्षा घर पर हुई। पाँच साल की आयु में माँ सुप्रभा राय के साथ भवानीपुर में नाना के घर जाकर रहने लगे। सन् 1936 में बालीगंज गवर्नमेंट हाईस्कूल से मैट्रिक पास किया। इसके बाद प्रेसीडेंसी कॉलेज और शान्तिनिकेतन से शिक्षा ग्रहण की।

बांग्ला फ़िल्मों के अन्तरराष्ट्रीय ख्यातिप्राप्त निर्देशक होने के साथ-साथ उच्च कोटि के संगीतकार, चित्रकार, छायाकार, पत्रकार और लेखक। बच्चों के लिए विशेष तौर पर काम किया है।

'पथेर पांचाली' उनकी विश्वप्रसिद्ध बांग्ला फ़िल्म है। हिन्दी सिनेमा को भी उन्होंने 'सद्गति' और 'शतरंज के खिलाड़ी' जैसी फ़िल्में दीं। अपनी कला-मर्मज्ञता के कारण वे कई उच्चस्तरीय राष्ट्रीय व अन्तरराष्ट्रीय समितियों के पदाधिकारी रहे। भारत के सर्वोच्च नागरिक सम्मान 'भारत रत्न' और ऑस्कर समेत अनेक सम्मानों, पुरस्कारों से सम्मानित।

निधन : 23 अप्रैल, 1992

कुल बारह

सत्यजित राय

बांग्ला से अनुवाद

अमर गोस्वामी

रेमाधव पेपरबैक्स

रेमाधव पेपरबैक्स में
पहला संस्करण : 2006
दूसरा संस्करण : 2023

रेमाधव पेपरबैक्स : उत्कृष्ट साहित्य के जनसुलभ संस्करण

रेमाधव पब्लिकेशन्स प्राइवेट लिमिटेड
जी-17, जगतपुरी, दिल्ली-110 051
द्वारा प्रकाशित

शाखाएँ : अशोक राजपथ, साइंस कॉलेज के सामने, पटना-800 006
पहली मंजिल, दरबारी बिल्डिंग, महात्मा गांधी मार्ग, प्रयागराज-211 001

वेबसाइट : www.remadhav.com
ई-मेल : contact@remadhav.com

बी.के. ऑफ़सेट
नवीन शाहदरा, दिल्ली-110 032
द्वारा मुद्रित

मूल्य : ₹299

KUL BAARAH
Stories by Satyajit Ray
Translated by Amar Goswami

ISBN : 978-81-89850-01-2

अनुक्रम

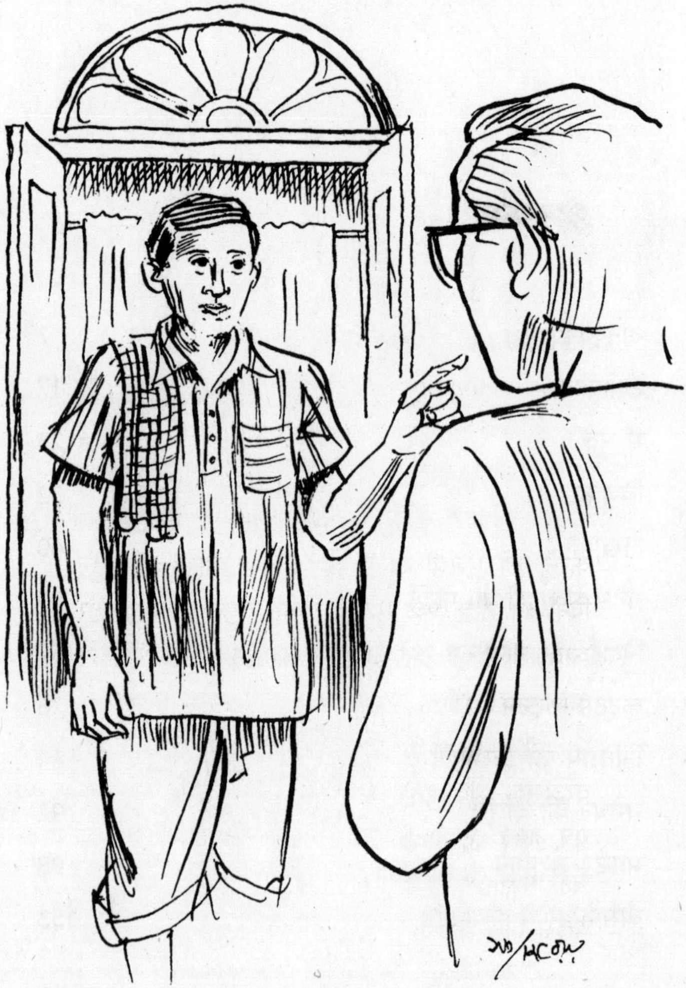

अनुकूल

"**इसका** कोई नाम तो होगा?" निकुंज बाबू ने पूछा।

"जी हाँ, बिलकुल है।"

"क्या कहकर बुलाऊँगा इसे?"

"अनुकूल।"

चौरंगी में करीब छः महीने पहले रोबोट सप्लाई करने की एजेंसी खुली थी। निकुंज बाबू का बहुत दिनों का शौक एक मशीनी रोबोट रखने का था। इधर व्यवसाय में भी उन्हें काफी फायदा हुआ था, इसलिए आज अपना शौक पूरा करने वे यहाँ आए थे।

निकुंज बाबू ने उस रोबोट की ओर देखा। दरअसल इसे ऐंड्रवेड कह सकते थे, अर्थात यह एक यंत्र जरूर था, फिर भी इसके चेहरे से दूसरे लोगों के चेहरे में कोई फर्क नहीं था। देखने में भी अच्छा था, उम्र बाईस-तेईस से ज्यादा नहीं रही होगी।

"यह रोबोट किस प्रकार का काम कर सकता है?" निकुंज बाबू ने पूछा।

डेस्क के दूसरी तरफ बैठे एक व्यक्ति ने सिगरेट

जलाते हुए कहा, "एक नौकर जो कुछ कर सकता है, यह भी वही सब करेगा, रसोई को छोड़कर। इसके अलावा घर की साफ-सफाई, बिस्तर बिछाने, कपड़े धोने, चाय पिलाने, खिड़की-दरवाजे खोलने-बन्द करने जैसा सभी काम यह करेगा। मगर हाँ, घर की चारदीवारी के अन्दर का सारा काम यह बखूबी कर सकता है, मगर इससे सौदा-सुल्फ करवाना नहीं चलेगा या बाहर से पान-सिगरेट लाने की फरमाइश नहीं कर सकते। और हाँ, आप इससे तुम कहकर बात कीजिएगा। यह तू-तड़ाक नहीं पसन्द करता।"

"वैसे स्वभाव तो ठीक-ठाक है न?"

"बहुत अच्छा। परेशानी तभी आएगी जब आप किसी कारण से इसके बदन पर हाथ लगा देंगे। हमारे यहाँ के रोबोट ऐसा बिलकुल बर्दाश्त नहीं कर सकते।"

"खैर, इसकी नौबत नहीं आएगी; मगर मान लीजिए, अगर किसी ने उसे झापड़ मारा तो क्या होगा?"

"तो वह इसका बदला लेगा।"

"किस प्रकार?"

"अपने दाएँ हाथ की तर्जनी से वह हाई-वोल्टेज बिजली का झटका दे सकता है।"

"इससे जान जा सकती है?"

"जा भी सकती है। इस मामले में कानून भी कुछ नहीं कर सकता क्योंकि हाड़-मांस के आदमी को जो दंड दिया जा सकता है, यंत्र मानव को नहीं दिया जा सकता। मगर इतना कह सकता हूँ कि अभी तक ऐसा कोई केस नहीं हुआ है।"

"यह क्या रात में सोता है?"

"नहीं, रोबोट नहीं सोते।"

"तो फिर उस वक्त करते क्या हैं?"

"खामोश बैठे रहते हैं। रोबोट में धीरज काफी होता है।"

"मन नाम की कोई चीज भी इनमें होती है?"

"ये ऐसी कितनी ही बातें समझ सकते हैं जिसे आम आदमी नहीं समझ सकता। यह खासियत हर रोबोट में अलग-अलग होती है; इसे भी आप तकदीर जैसी बात समझ सकते हैं। वक्त आने पर इस गुण का पता चलता है।"

निकुंज बाबू ने रोबोट से मुड़कर पूछा, "अनुकूल, मेरे यहाँ काम करने में तुम्हें कोई आपत्ति तो नहीं है?"

"आपत्ति क्यों होगी?" अनुकूल ने हू-ब-हू आदमी की आवाज में कहा। वह एक नीली धारीदार कमीज और काली हाफ पैंट पहने था। बाईं तरफ माँग निकालकर करीने से बाल कढ़े हुए थे। रंग गोरा था और दाँत चमक रहे थे। वह हमेशा मुस्कराता हुआ लगता था। उसे देखकर वह भरोसेमन्द लगता था।

"ठीक है चलो।"

निकुंज बाबू की मारुति दुकान के बाहर खड़ी थी। अनुकूल के लिए चेक देकर उसकी रसीद लेकर वे बाहर निकल आए। उन्होंने गौर किया कि इस नए नौकर की चाल-ढाल से ऐसा हर्गिज नहीं लगता था कि वह कोई यंत्र मानव है।

निकुंज बाबू ने सॉल्ट लेक में मकान बनवाया था। शादी नहीं की थी मगर दोस्तों की कमी नहीं थी। वे सभी शाम को ताश खेलने आते थे। उन्हें पहले से बता दिया गया था कि घर में एक मशीनी नौकर लाया जा रहा है। उसे खरीदने से पहले निकुंज बाबू जाँच-पड़ताल कर चुके थे। पिछले कुछ महीनों से कोलकाता में कुछ पैसेवालों के यहाँ रोबोट नौकर आ चुका था। मनसुखानी, गिरिजा बोस, पंकज दत्तराय, मिस्टर छाबड़िया—सभी का कहना था कि वे अत्यन्त सैटिस्फाइड हैं। उनका नौकर कोई ट्रबल नहीं दे रहा है। "मुँह से बात निकलते ही मेरा जीवनलाल वह काम कर देता है।" मनसुखानी ने कहा था, "मुझे तो लगता है वह सिर्फ मशीन ही नहीं है, उसके

पास दिल और दिमाग दोनों हैं।"

सप्ताह भर बाद निकुंज बाबू की भी ऐसी ही धारणा हो गई। अनुकूल सारा काम बड़े करीने से करता था। सिर्फ इतना ही नहीं, काम के साथ जुड़े अन्य काम भी वह कर देता था। निकुंज बाबू नहाने के लिए पानी माँगते तो वह उसे देने के साथ ही साबुन-तौलिया भी यथास्थान रखकर उनके धुले कपड़े ही नहीं, पहने जानेवाले जूते भी अपनी जगह दुरुस्त रख देता। और सब मामलों में भी वह इतना शालीन था कि उसे 'तुम' के अलावा कभी 'तू' कहने की जरूरत ही नहीं पड़ी।

निकुंज बाबू के दोस्तों को अनुकूल को स्वीकारने में थोड़ा वक्त लगा था। खासकर विनय पाकड़ासी अपने घर के नौकरों से तू-तड़ाक के इतने अभ्यस्त थे कि वे उसे एक दिन तू कह बैठे। प्रतिवाद में अनुकूल ने बड़ी गम्भीरता से कहा था—"मुझे तू कहोगे तो मैं भी तुझे तू कहूँगा।"

इसके बाद से विनय बाबू ने फिर किसी दिन ऐसी गलती नहीं की।

निकुंज बाबू से अनुकूल का एक बढ़िया रिश्ता बन गया। अनुकूल ज्यादातर काम हुक्म देने के पहले ही कर देता था। निकुंज बाबू को यह बात हैरत में भी डालती थी, लेकिन रोबोट सप्लाई एजेंसी के मिस्टर भौमिक ने कहा था, "उनके किसी-किसी रोबोट में दिमाग नाम की कोई चीज होती है, वे सोच भी सकते हैं।" अनुकूल भी जरूर वैसा ही कोई रोबोट रहा होगा। नींद के मामले में निकुंज बाबू भौमिक की बातों पर पूरा यकीन नहीं कर पाए थे। जो इस हद तक आदमी लगता है, वह भला रात भर बिना सोये बैठा रहेगा, यह कैसे हो सकता है? इसे परखने के लिए एक दिन आधी रात को चुपचाप अनुकूल के कमरे में जैसे ही उन्होंने झाँका, अनुकूल ने पूछा, "बाबू, आपको कुछ चाहिए?" निकुंज बाबू असहज होकर— "नहीं, कुछ नहीं चाहिए", कहकर वहाँ से चले आए।

निकुंज बाबू ने काम के अलावा दूसरी बातें भी अनुकूल से करके देखी थीं। अनुकूल के ज्ञान की परिधि देखकर वे हैरत में पड़ गए थे। खेल-

कूद, बायस्कोप, थियेटर, नाटक, नावेल—ऐसा कोई विषय नहीं था जिस पर अनुकूल बात न कर सकता हो, सच बात तो यह थी कि इन विषयों में अनुकूल को जितना ज्ञान था, निकुंज बाबू उसका आधा भी नहीं जानते थे। ऐसे रोबोट बनानेवालों की तारीफ करनी पड़ेगी। इस मशीन में कितनी सारी जानकारी भरनी पड़ी होगी।

लेकिन अच्छे वक्त का भी अन्त होता है।

अनुकूल के आने के साल भर में ही निकुंज बाबू को अपने व्यवसाय में कुछ गलत निर्णयों से काफी घाटा उठाना पड़ा। अनुकूल के भाड़े के लिए उन्हें हर महीने दो हजार रुपये देने पड़ते थे। वे अभी तक इसे नियमित चुकाते आ रहे थे मगर ऐसा कब तक कर पाएँगे, यही सवाल था। निकुंज बाबू को अब से काफी समझ-बूझकर चलना होगा। रोबोट एजेंसी का नियम था कि एक महीने का किराया बाकी पड़ते ही वे अपने रोबोट को ले जाते थे।

मगर एक मामले ने हिसाब में उलट-फेर कर दिया।

ठीक उन्हीं दिनों निकुंज बाबू के सँझले चाचा आ धमके। कहा, "चन्दननगर में अकेले-अकेले अच्छा नहीं लग रहा था, इसीलिए सोचा तेरे यहाँ कुछ दिनों के लिए रह जाऊँ।"

निकुंज बाबू के सँझले चाचा का नाम निवारण बैनर्जी था। बीच-बीच में वे कुछ दिनों के लिए अपने भतीजे के पास चले आते थे। निकुंज बाबू के पिता की काफी पहले मृत्यु हो गई थी, तीन चाचाओं में अब ये ही रह गए थे। हरदम खिच-खिच करनेवाले व्यक्ति थे। सुना है, वकालत से उन्होंने काफी पैसा कमाया था, मगर उन्हें देखकर ऐसा लगता नहीं था। असल में वे थे बड़े कंजूस।

"जब आप आ ही गए हैं तब तो रहेंगे ही", निकुंज बाबू ने कहा, "मगर आपको पहले से ही एक बात बता दूँ। मेरे पास एक यांत्रिक नौकर है। इन दिनों आपको पता ही होगा, कोलकाता में कई रोबोट कम्पनियाँ खुल

गई हैं।"

"हाँ, यह तो पता है।" निवारण बैनर्जी बोले, "अखबार में विज्ञापन देखा है। मगर तुम्हारे नौकर की जात क्या है? तुम जानते हो, मैं इस मामले में बहुत कट्टर हूँ। क्या वह खाना भी पकाता है?"

"नहीं, नहीं," निकुंज बाबू ने आश्वस्त किया—"रसोई बनाने के लिए अपना पुराना बैकुंठ ही है। अतएव आपको परेशान होने की जरूरत नहीं। और हाँ, इस नौकर का नाम अनुकूल है, तथा उससे 'तुम' कहकर बात करनी पड़ती है। 'तू' कहा जाना उसे पसन्द नहीं।"

"पसन्द नहीं?"

"नहीं।"

"क्या अब मुझे उसकी पसन्द-नापसन्द मानकर चलना होगा?"

"सिर्फ आपको नहीं, सभी को। मगर उसके काम में आपको कोई कमी नहीं मिलेगी।"

"मगर तू इस चक्कर में क्यों पड़ गया?"

"कहा न, वह काम बहुत बढ़िया करता है।"

"ठीक है, जरा अपने नौकर को बुला, उससे परिचय तो कर लूँ।"

निकुंज बाबू के बुलाते ही अनुकूल आकर खड़ा हो गया। "ये मेरे सँझले चाचा हैं," निकुंज बाबू ने परिचय कराया, "फिलहाल कुछ दिन हमारे घर में ही रहेंगे।"

"जी, आज्ञा!"

"अरे बाप रे, यह तो बड़ी शुद्ध बांग्ला बोलता है," निवारण बैनर्जी के मुँह से निकला—"तो जरा मेरे लिए थोड़ा गर्म पानी ले आओ। नहाऊँगा। बादलों के कारण मौसम थोड़ा ठंडा हो गया है, मगर मेरा दो वक्त नहाये बिना चलता नहीं। बारहों महीने यही आदत है।"

"जो आज्ञा।"

अनुकूल आज्ञापालन हेतु कमरे से बाहर चला गया।

निवारण बाबू आए जरूर मगर निकुंज बाबू की हालत में कोई उन्नति नहीं हुई। बल्कि शाम की बैठकी भी खत्म हो गई। एक तो चाचाजी के सामने जुआ नहीं खेला जा सकता था, उस पर निकुंज बाबू का पहले जैसा सामर्थ्य भी नहीं रहा था।

इधर चाचाजी कब तक रहेंगे, पता नहीं था। वे अपनी मर्जी से आते थे और मर्जी से जाते थे। इस बार उनके हाव-भाव से ऐसा नहीं लगता था कि वे सहज ही में यहाँ से हिलेंगे। उसका एक कारण यह भी था कि अनुकूल के बारे में उनमें एक विचित्र सोच पैदा हो गई थी। वे इस यांत्रिक नौकर के सम्बन्ध में समान रूप से आकर्षण और विकर्षण महसूस कर रहे थे। नौकर का काम बहुत अच्छा था, इसे वे किसी तरह से नकार नहीं सकते थे। मगर नौकर के मामले में इतनी सतर्कता बरतना भी उनसे बर्दाश्त नहीं हो रहा था। एक दिन अपने भतीजे से उन्होंने कह ही दिया—"निकुंज, तेरे इस नौकर को लेकर मुझे बीच-बीच में बड़ी दिक्कत हो रही है।"

"क्यों काका?" निकुंज बाबू ने चिन्ता से पूछा।

"उस दिन सुबह गीता का एक श्लोक कह रहा था, उस ससुरे ने मेरी गलती पकड़ ली। गलती अगर हो भी तो उसे सुधारना क्या नौकर का काम है? बात कुछ हद से बाहर नहीं जा रही है? तबीयत हुई उसे एक थप्पड़ मार दूँ, मगर बड़े कष्ट से अपने को सँभाल लिया।"

"काका, उसे थप्पड़ कभी मत मारिएगा। उससे मामला बेहद बिगड़ सकता है। उससे दुर्व्यवहार करना एकदम मना है। बल्कि अच्छा हो, वह पास रहे तो आप गीता के श्लोक मत पढ़िए। बेहतर हो आप एकदम चुप रहा करें।"

निवारण बाबू बड़बड़ाने लगे।

इधर निकुंज बाबू की स्थिति में भी कोई उन्नति नहीं हो रही थी। अनुकूल के लिए हर महीने दो हजार निकालने में उन्हें दिक्कत आने लगी थी। उन्होंने एक दिन अनुकूल को बुलाकर उससे यह बात कह दी।

"अनुकूल, इन दिनों मेरा व्यवसाय बहुत घाटे में जा रहा है।"

"मुझे पता है।"

"पता तो है, मगर तुम्हें मैं अपने पास कब तक रख पाऊँगा, कह नहीं सकता। मगर तुमसे मुझे बहुत लगाव भी हो गया है।"

"मुझे जरा सोचने दीजिए।"

"किस बात के लिए?"

"आपकी हालत कुछ बेहतर की जा सके।"

"तुम सोचकर कुछ कर सकते हो क्या? व्यवसाय तो तुम्हारे लाइन की चीज नहीं है।"

"फिर भी सोचकर देखूँ, कुछ किया जा सकता है कि नहीं।"

"ठीक है, देखो। मगर कुछ हो नहीं पाया तो मुझे तुम्हें दुकान पर वापस करना पड़ेगा। यह बात मैं तुम्हें पहले से बता दे रहा हूँ।"

"जो आज्ञा।"

दो महीने बीत गए। आज आषाढ़ महीने का रविवार था। निकुंज बाबू समझ गए कि अब खींच-तानकर और दो महीने वे अनुकूल का भाड़ा दे पाएँगे। इसके बाद उन्हें नौकर के रूप में कोई आदमी ढूँढ़ना पड़ेगा। सच बात तो यह थी कि उन्होंने ढूँढ़ना शुरू भी कर दिया था मगर उन्हें यह सब अच्छा नहीं लग रहा था। उसपर सुबह से बरसात हो रही थी, इसलिए उनका मिजाज और खराब था।

वे अखबार बगल में रखकर एक प्याली चाय के लिए अनुकूल को बुलाने ही जा रहे थे कि तभी अनुकूल खुद हाजिर हो गया।

"क्या बात है अनुकूल?"

"जी, एक दुर्घटना घट गई है।"

"क्या हुआ?"

"निवारण बाबू खिड़की के पास खड़े होकर रवीन्द्रनाथ ठाकुर का एक वर्षा गीत गा रहे थे, तभी उन्होंने एक पंक्ति गलत कर दी। मैं कमरे

में झाड़ू लगा रहा था, विवश होकर मुझे गलती सुधारनी पड़ी। इस बात से उन्होंने नाराज होकर मुझे झापड़ मार दिया। फलस्वरूप मुझे भी इसका बदला लेना पड़ा।"

"बदला?"

"जी हाँ। उनकी नाभि में मुझे हाई वोल्टेज शॉक देना पड़ा।"

"इसका मतलब?"

"वे मर गए हैं। हालाँकि जिस वक्त मैंने वह शॉक दिया था, उस समय करीब ही जोर से बिजली गिरी थी।"

"हाँ, मैंने सुना था।"

"अतएव, मृत्यु का असली कारण क्या है, इसे आपको कहने की जरूरत नहीं।"

"मगर..."

"आप चिन्ता मत कीजिएगा। इससे आपका भला ही होगा।"

और हुआ भी ऐसा ही। इस घटना के दो दिन बाद ही वकील भास्कर बोस ने निकुंज बाबू को फोन पर बताया कि निवारण बाबू वसीयत में अपनी जायदाद अपने भतीजे के नाम कर गए हैं। इस जायदाद की कीमत ग्यारह लाख है।

आनन्दमेला; अग्रहायन, 1393 (सितम्बर 1986)

टेलीफोन

क्रिं-क्रिं... क्रिं-क्रिं...क्रिं-क्रिं...

वीरेश बाबू ने खीजकर पलंग के बगल में रखे टेलीफोन की ओर देखा। टेलीफोन के बगल में घड़ी रखी थी, उसमें बारह बज रहे थे। रात के बारह बजे। वीरेश बाबू हाथ की पुस्तक बन्द करके कमरे की बत्ती बुझाने जा रहे थे, तभी टेलीफोन बजने लगा। वीरेश बाबू ने रिसीवर उठा लिया।

"हैलो—"

"फोर सिक्स फाइव वन सेवन सिक्स?"

"यस।"

"वीरेश बाबू हैं? वीरेशचन्द्र नियोगी?"

"जी, मैं ही बोल रहा हूँ।"

"ओह, नमस्कार!"

"नमस्कार!"

"इतनी रात को फोन कर रहा हूँ, कुछ खयाल मत कीजिएगा।"

"ठीक है, बात क्या है?"

"आपसे कुछ बातें करनी थीं।"

"आप कौन बोल रहे हैं, क्या मैं जान सकता हूँ?"

"मेरा नाम गणपति सोम है।"

वीरेश बाबू अब वाकई खीज गए। बोले, "मगर इस वक्त तो बात करने का समय नहीं है। मैं सोने जा रहा था। और इसके अलावा मैं आपको पहचानता भी नहीं।"

"मगर मैं आपको पहचानता हूँ। आप पेशे से डॉक्टर हैं। तीन महीने हुए इस मकान में आए हैं। पहलेवाले मकान में आग लग जाने से काफी नुकसान हुआ था। इसीलिए आपको यहाँ आना पड़ा। आपकी पत्नी की मृत्यु हुए ग्यारह साल हो चुके हैं। आपकी उम्र पचास साल है। आपका एक बेटा है—इंजीनियर। वह भोपाल में रहता है। क्यों, ठीक कह रहा हूँ न?"

वीरेश बाबू के आश्चर्य का ठिकाना नहीं रहा। बोले, "आपको इतनी बातें कैसे पता चलीं?"

"समझ लीजिए यह मेरी विशेष क्षमता है। अब कहिए, आप मेरी बातें सुनना चाहते हैं कि नहीं?"

"ज्यादा समय तो नहीं लगेगा?"

"नहीं। मगर मेरी बातों के साथ अगर आप भी कुछ कहने लगें तो जरूर थोड़ा वक्त लग जाएगा।"

"ठीक है, कहिए।"

"आज से सात साल पहले की बात कह रहा हूँ। मैं वकालत करता था। आप उस समय मुक्ताराम बाबू स्ट्रीट में रहते थे, ठीक है न?"

"जी, सही फरमा रहे हैं।"

"आपके बेटे का नाम अरूप है न!"

"हाँ।"

"वह उन दिनों सिटी कॉलेज में पढ़ता था।"

"हाँ।"

"यह भी आपको पता है कि नहीं, सोचिए—आपके बेटे का एक दोस्त था, जिसका नाम था श्रीपति।"

"हो सकता है। बेटे के दोस्तों की खबर मैं हर समय रखता नहीं था।"

"श्रीपति मेरा मँझला बेटा था। बहुत अच्छा लड़का था। लिखने-पढ़ने और चाल-चलन सब में। अपने दोस्तों में उसे आपके बेटे अरूप से ज्यादा घनिष्ठता थी। मगर दुर्भाग्य से मेरा बेटा गलत संगति में पड़ गया। इसके फलस्वरूप उसकी आदतें बिगड़ती गईं। अरूप ने उसको गलत संगति से हटाने की काफी कोशिश की थी, बहुत समझाया था मगर वह सफल नहीं हुआ। मगर श्रीपति पर उसका प्रेम हमेशा बना रहा। अरूप कटिबद्ध था कि वह जैसे भी हो श्रीपति को सही रास्ते पर ले आएगा। मगर उसकी कोशिशें व्यर्थ गईं। क्या आप यह सब जानते हैं?"

"अरूप के इस साथी को मैंने देखा है, मगर वह गलत संगति में पड़ गया था, इसे नहीं जानता था।"

"अब एक दुर्घटना की बात बताऊँ। मेरे बेटे को जुए की लत लग गई थी। वह घुड़दौड़ के मैदान में भी जाने लगा था। इन सबमें वह लगातार हारता रहा, जिससे उसकी देनदारी बढ़कर काफी हो गई। तब उसने अरूप से रुपये माँगे। कहा, अगर वह मदद नहीं करेगा तो उसके पास आत्महत्या के अलावा और कोई चारा नहीं रहेगा। अरूप ने उसकी किस तरह मदद की थी, क्या आपको पता है?"

"अब समझ में आ रहा है।"

"क्या समझ रहे हैं?"

"मेरे घर में सन्दूक में एक बेहद कीमती चीज थी, जो मेरे दादाजी की थी। एक हीरे की अँगूठी!"

"हाँ, आपके दादाजी चंडीपुर स्टेट के राजा के गृहचिकित्सक थे। उन्होंने एक बार राजा को लाइलाज बीमारी से बचाया था, इससे राजा ने खुश होकर उन्हें वह अँगूठी दी थी। ठीक कहा न?"

"ठीक।"

"उस अँगूठी को आपके बेटे ने बाहर निकालकर मेरे बेटे को दे दिया।"

"बड़े आश्चर्य की बात है। हम लोग इस अँगूठी के चोरी चले जाने के रहस्य को सुलझा नहीं पाए थे। पुलिस भी नाकाम रही थी।"

"पुलिस कैसे ढूँढ़ती? आपका बेटा इतना अच्छा है कि आप लोग उस पर सन्देह कैसे कर सकते थे?"

"हाँ, आप ठीक कह रहे हैं।"

"वह अँगूठी मेरे बेटे के पास ही रह गई। वह अँगूठी उसे इतनी अच्छी लगी थी कि वह उसे हाथ से जाने नहीं देना चाहता था। आखिरकार अपने बेटे की हालत का पता चलने पर मैंने महाजन से रुपये उधार लेकर उसकी देनदारी चुकाई थी।"

"वह अँगूठी क्या अभी भी आपके बेटे के पास ही है?"

"हाँ, मगर वह उसे आपको लौटाना चाहता है। अँगूठी का शौक अब खत्म हो गया है। अँगूठी वापस करके वह कलंक से मुक्त होना चाहता है। इसके अलावा आपके बेटे के मन में भी एक ग्लानि बनी हुई है, उसे भी दूर करने की जरूरत है।"

"आपका बेटा क्या मुझसे मिलना चाहता है?"

"हाँ—और इसी वक्त। वह आपके पास पहुँच रहा होगा। अब तक वह आपके घर के आसपास ही होगा।"

"उसका नाम क्या बताया था आपने?"

"श्रीपति।"

"और आपका नाम गणपति?"

"हाँ।"

"आप लोगों का नाम क्या हाल ही में अखबार में छपा था?"

"बिलकुल।"

"जरा मुझे याद करने दीजिए।"

"कीजिए। मुझे जल्दी नहीं है।"

जरा सोचते ही वीरेश बाबू को याद आ गया। कहा, "याद आ गया। कल ही के अखबार में आप लोगों का नाम छपा है। बैरकपुर ट्रंक रोड पर एक लॉरी और बस के टकरा जाने से गाड़ी के तीन यात्रियों की तुरन्त मृत्यु हो गई थी। उनमें एक गाड़ी का ड्राइवर था और दो लोग—बाप और बेटे थे। उनका नाम गणपति सोम और श्रीपति सोम था।"

"आपने ठीक ही कहा है। मैं ही वह गणपति सोम हूँ।"

"तो आ...आप, इसका मतलब..."

"इसका मतलब—आप जो समझ रहे हैं, वही है।"

"मगर ऐसा तो हो ही नहीं सकता।"

"क्यों नहीं हो सकता? देखिए आपको कोई शब्द सुनाई पड़ रहा है कि नहीं?"

"हाँ, सुनाई दे रहा है।"

"कैसा शब्द?"

"जैसे कोई मेरे नीचे के दरवाजे पर खट-खट कर रहा है।"

रात के सन्नाटे में वीरेश बाबू को वह आवाज साफ सुनाई पड़ी—खट्-खट्-खट्। फिर टेलीफोन से आवाज आई।

"दरवाजा खोल दीजिए। मेरा बेटा इन्तजार कर रहा होगा।"

"नहीं, मैं दरवाजा नहीं खोलूँगा।"

वीरेश बाबू समझ गए, उनका गला सूखने लगा था। उनके दाएँ हाथ का रिसीवर काँपने लगा था। फिर से टेलीफोन से आवाज आई।

"दरवाजा नहीं खोलने से भी वह घुस जाएगा। ऐसी क्षमता उसमें है। जरा इस बार सुनिए, कोई आवाज हो रही है कि नहीं?"

"सीढ़ियों से किसी के ऊपर आने की आवाज आ रही है।"

"आप कोई चिन्ता मत कीजिएगा वीरेश बाबू। वह आपको परेशान

नहीं करेगा। बस आपके बगलवाले कमरे में जाकर उस अँगूठी को मेज पर रख आएगा।"

चरम आतंक से वीरेश बाबू ने कहा, "नहीं, नहीं, आप अपने बेटे को बुला लीजिए, उसे बुला लीजिए।"

"मैं ऐसा नहीं कर सकता वीरेश बाबू! वह आपके दोमंजिले पर पहुँच गया है।"

वीरेश बाबू ने बगल के कमरे में पैरों का शब्द स्पष्ट सुना। वह शब्द क्षणभर के लिए थम गया। फिर सुनाई पड़ा। इस बार सीढ़ियों से उतरने का शब्द। टेलीफोन में आवाज आई—

"अब आप निश्चिन्त हो जाइए। आप टेलीफोन रखकर बग़ल के कमरे में जाकर देखिए। मुझे भी आज्ञा दीजिए। आपसे परिचय करके अच्छा लगा। गुड नाइट!"

वीरेश बाबू ने रिसीवर रख दिया। उनके माथे पर इस पौष महीने में भी पसीना चुहचुहा रहा था। कुछ देर बिस्तर पर चुपचाप बैठे रहने के बाद वे उठे। बड़ी सावधानी से आगे बढ़कर बगल के कमरे के उढ़काए दरवाजे को खोलकर कमरे में घुसकर बत्ती जलाई।

हाँ, सचमुच मेज पर रखी थी। इस मद्धिम उजाले में भी वह जगमगा रही थी—सात साल बाद फिर से मिली उनके दादाजी की हीरे की अँगूठी।

आनन्द; वार्षिकी, 1394 (1987)

मैं भूत

मैं भूत हूँ। आज से ठीक साढ़े तीन साल पहले मैं जीवित था। उस समय देवघर के इसी मकान में आग लग जाने से मेरा अन्त हो गया। इस मकान का नाम है—लीली विला। मैं यहाँ अपने एक दोस्त के साथ छुट्टियाँ बिताने आया था। एक दिन स्टोव पर चाय बनाते वक्त स्टोव फटने से मेरे कपड़ों में आग लग गई। मेरे चेहरे पर भी आग लगी थी, सिर्फ इतना ही मुझे याद है। इसके बाद कुछ याद नहीं। उसके बाद से मैं इसी मकान का निवासी हो गया हूँ। मेरा चेहरा अब कैसा है, मैं खुद भी नहीं जानता क्योंकि आईने में भूतों की छाया नहीं पड़ती। पानी में भी नहीं पड़ती, इसे बैनर्जी के तालाब में परखकर देख चुका हूँ। एक घटना से इतना समझ में आ गया कि कोई खूबसूरत चेहरा मेरा नहीं है।

लीली विला में दो साल पहले एक परिवार छुट्टियाँ बिताने आया था। उस परिवार के प्रमुख की एक दिन जैसे ही मुझ पर निगाह पड़ी थी, उनकी आँखें उलट गई थीं और वे बेहोश हो गए थे। गलती मेरी ही

थी। भूत दिखाई देगा या गायब रहेगा, यह बात भूत की मर्जी पर ही निर्भर करती है। मैंने अदृश्य रहना चाहा था मगर अपने अनमनेपन के कारण गलती से ऐसा कर नहीं पाया था और उन्हें नजर आ गया था। इस घटना के बाद से समझ में आ गया कि आग में जलकर पूरे शरीर और चेहरे की जैसी हालत हो गई थी, भूत बनने के बाद भी मैं वैसे का वैसा ही रह गया।

उनके उस तरह बेहोश हो जाने के बाद से इस मकान में कोई नहीं आता। भूत-बँगले के रूप में यह मकान जाना जाने लगा है। मेरे लिए तो यह नुकसान की बात है क्योंकि मकान में जिन्दा लोगों का साथ मुझे अच्छा लगता है। नहीं तो अकेलेपन की जिन्दगी। इस क्षेत्र में और भी भूत हैं। मगर इस मकान में मैं ही अकेला हूँ क्योंकि यहाँ पर और कोई अस्वाभाविक मौत नहीं हुई है। शहर के अन्य स्थानों में जो भूत हैं, उन्हें मैं पसन्द नहीं करता। कुछ तो बड़े खराब हैं। जैसे नस्करदा—भीम नस्कर का भूत। उस जैसा कुटिल फन्देबाज भूत दूसरा नहीं होगा। इसी देवघर में कुछ दिन पहले लक्ष्मण त्रिपाठी नाम के एक पोस्ट मास्टर थे। उनके साथ स्टेट बैंक के कर्मचारी कान्तिभाई दुबे का साँप-नेवले का रिश्ता था। एक दिन शाम को लक्ष्मण त्रिपाठी पोस्ट ऑफिस से घर लौट रहे थे। साहा बाबुओं का मकान पार करके खुले मैदान के नजदीक आते ही भीम नस्कर भूत ने अचानक इमली के पेड़ से उतरकर त्रिपाठी बाबू की गर्दन मरोड़ दी। इसके बाद हंगामा मच गया। थाना, दारोगा, कोर्ट-कचहरी, मामला-मुकदमा, अन्त में फाँसी भी। किसकी फाँसी? लक्ष्मण भाई के दुश्मन कान्तिभाई दुबे की। इस मौत का खामियाजा किसी और को भुगतना पड़ेगा, यह जानकर ही नस्कर के भूत ने ऐसा किया था। मैंने एक दिन नस्कर को टोकते हुए कहा था—'यह काम तुमने अच्छा नहीं किया। भूत बनकर जिन्दा लोगों को नुकसान पहुंचाओगे, ऐसा तो कोई नियम नहीं है। तुम अपनी दुनिया में मस्त रहो और जिन्दा लोगों को उनकी दुनिया में मस्त रहने दो। ऐसा नहीं करने से परेशानी खड़ी हो सकती है।'

मैंने कभी अपने होश में किसी जिन्दा आदमी को नुकसान नहीं पहुँचाया है। खासकर जिस दिन से समझ गया था कि मेरा चेहरा लोगों को डराता है, उस दिन से मैं एकदम सावधान हो गया हूँ। लीली विला के पीछे आम-कटहल के जंगल के एक तरफ माली का एक खँडहरनुमा मकान है। अधिकतर समय मैं वहीं पड़ा रहता हूँ। हालाँकि लीली विला फिलहाल बहुत दिनों से खाली पड़ा है। मगर पड़ोस के चौधुरी बाबू के बच्चे यहाँ लुकाछिपी खेलने आते हैं। आश्चर्य, ये बच्चे भूत से एकदम नहीं डरते। या फिर भूत होने की बात जानकर ही यहाँ पर आते हों। खैर, उस वक्त मुझे एकदम अदृश्य रहना पड़ता है। अगर मुझे देखकर बड़े ही डर जाते हैं, तो फिर जरा सोचो, बच्चों का क्या हाल होगा। नहीं, उनके सामने न आना ही बेहतर है।

मगर यह भी सच है कि भूतों को भी अकेलापन सताता है। मेरी ही एक गलती से लीली विला भूत-बँगला बन गया। इसलिए कोई यहाँ आकर रहना नहीं चाहता, और मुझे भी जीवित आदमी के गले की आवाज, उनके चलने-फिरने, काम-धाम, हँसी-तमाशे की आवाजें सुनाई नहीं पड़तीं। इसलिए कभी-कभी मैं बहुत उदास हो जाता हूँ। जीवित लोगों को यह पता होता कि भूतों को उनका साथ कितना अच्छा लगता है तो फिर उन्हें भूतों से भला इतना डर लगता? कभी नहीं।

लेकिन लीली विला में भी आखिरकार एक दिन लोगों का आगमन हुआ। एक दिन सुबह साइकिल रिक्शे का हॉर्न सुनकर कमरे से गर्दन बढ़ाकर देखा, एक रिक्शे से सामान उतर रहा था। कितने लोग थे? दो लोग। एक बाबू और दूसरा नौकर। यही सही। मुझे ज्यादा लोगों की जरूरत भी नहीं। कुछ न होने से कुछ होना बेहतर है।

भूतों को दूर से ही स्पष्ट नजर आता है। इसलिए कह रहा हूँ—उस बाबू की उम्र पचास के आसपास रही होगी। नाटा, गंजा, बिखरी हुई मूँछें, घनी भौंहें और सिकोड़कर देखनेवाली आँखें। मकान में आने के बाद बाबू ने अपने नौकर से कहा, "सब ठीक से समझ लो। आधे घंटे में मुझे चाय

चाहिए। इसके बाद मैं अपने काम में लगूँगा।"

ये बातें मुझे माली के घर में बैठे-बैठे ही सुनाई पड़ गईं। हम लोग जैसे ज्यादा देखते हैं उसी तरह ज्यादा सुनते भी हैं। हमारे आँख-कान बिलकुल दूरबीन की तरह होते हैं।

नौकर ने आधे घंटे में बाबू को चाय-बिस्कुट लाकर दे दिये। बाबू अब बागीचे की ओर के कमरे में बक्स खोलकर अपना सामान निकालकर व्यवस्थित कर रहे थे। खिड़की के सामने एक मेज-कुर्सी रखी थी। उस पर दवात, कलम, कागज सब धर दिए गए थे।

मतलब ये लेखक हैं। क्या बहुत प्रसिद्ध लेखक हैं?

शायद, लगता तो ऐसा ही है।

उन सज्जन के आने के घंटे भर के अन्दर देवघर के आठ बंगाली लीली विला में आ पहुँचे। तभी पता चला उन सज्जन का नाम नारायण शर्मा था। यह असली नाम था या छद्म नाम, पता नहीं मगर इसी नाम से सभी उन्हें पुकारते थे। बंगाली समाज नारायण बाबू को देवघर में पाकर धन्य था। इतना बड़ा कोई तो हर वक्त मिलता नहीं। इसीलिए, यदि उन सज्जन को आपत्ति न हो तो यहाँ के सभी लोग उनका अभिनन्दन करने के इच्छुक थे।

मैंने देखा, नारायण शर्मा बहुत सख्त थे। उन्होंने कहा, "मैं एकान्त में काम करने के इरादे से कोलकाता छोड़कर यहाँ आया हूँ, और आते ही आप लोग यहाँ अभिनन्दन करने की जिद करने लगे।"

यह सुनकर उन लोगों के चेहरे मुर्झा गए। यह देखकर नारायण शर्मा खुद ही नर्म होकर बोले, "कोई बात नहीं, आप लोग मुझे चार-पाँच दिन यहाँ बिना बाधा के काम करने दीजिए, फिर अभिनन्दन भी हो जाएगा। अगर ज्यादा परेशान करेंगे तो मैं अपना बोरिया-बिस्तर बाँधकर कोलकाता लौट जाऊँगा।"

तभी घोष परिवार के मुखिया निताई बाबू ने अचानक एक सवाल पूछ लिया, जो मुझे जरा भी अच्छा नहीं लगा। उन्होंने कहा, "यहाँ इतने मकान

रहते आप लीली विला में रहने क्यों चले आए?"

नारायण बाबू अब जाकर पहली बार मुस्कराए। उन्होंने कहा, "भूत-बँगला होने के कारण कह रहे हैं न? तो भूत अगर आए तब तो अच्छी बात है, कोई साथी तो मिलेगा।"

"आप शायद हमारी बात सीरियसली नहीं ले रहे हैं," तालुकदार ने कहा, "कोलकाता के एक डॉक्टर यहाँ सपरिवार आए थे। उन्होंने यहाँ अपनी आँखों से भूत देखा था। और वह बहुत बीभत्स था। करीब पन्द्रह मिनट बाद वे होश में आए थे। यहाँ पर अच्छा डाक-बँगला है। उसका मैनेजर आपका बहुत प्रशंसक है। कहने पर वह खुद सारा इन्तजाम कर देंगे। आप लीली विला को छोड़ दीजिए।"

इस बार नारायण शर्मा ने एक विचित्र बात कही।

"आप लोगों को पता नहीं कि प्रेत तत्त्व के बारे में मैं जितना जानता हूँ, उतना बहुत कम लोग जानते हैं। मैं यहाँ प्रेत तत्त्व विषय पर लिखने ही आया हूँ। उस डॉक्टर जैसी हालत मेरी बिलकुल नहीं होगी, मैं जोर देकर कह सकता हूँ। उन्होंने भूतों के विरुद्ध कोई प्रिकॉशन नहीं लिया था। मगर मैं ऐसा नहीं करनेवाला। भूत मेरा कुछ नहीं बिगाड़ सकता। आप लोग मेरी भलाई के लिए ही यह बात कहने यहाँ आए हैं, मगर मैं यहीं रहकर काम करना चाहता हूँ। इस मकान में मैं एक बार बचपन में आया था। उन दिनों की काफी यादें इस घर के साथ जुड़ी हैं।"

भूत के विरुद्ध व्यवस्था लेने की बात मैंने पहली बार सुनी। यह मुझे पसन्द नहीं आया। और प्रेत तत्त्व? भूत को लेकर तत्त्व भी होता है क्या? नारायण शर्मा यह क्या कह रहे थे?

हालाँकि अब ये सब बातें सोचने से कोई लाभ नहीं। रात होने दो, मुझे यकीन है अपने आप ही सारे प्रश्नों का जवाब मिल जाएगा।

मगर इस व्यवस्था की बात सुनने के बाद से मुझे लग रहा था कि यह खबर एक बार, खासकर मजा लेने के लिए भी, भीम नस्कर को बतानी

चाहिए। उसने आदमी की गर्दन मरोड़ने की महारत हासिल कर ली थी; पता नहीं वह इस खबर को सुनकर क्या कहेगा।

दिन जितना चढ़ने लगा, उतनी ही मेरी बेचैनी बढ़ने लगी। आखिरकार जब मुझसे रहा नहीं गया तो मैंने अदृश्य अवस्था में मल्लिक के दो सौ साल पुराने खँडहर में जाकर नस्करदा को आवाज लगाई। वह पूरब तरफ के दोमंजिले टूटे छतवाले कमरे से हवा में तैरता हुआ नीचे उतरकर कुछ नाराज होकर बोला, "ऐसे बेवक्त क्यों?"

मैंने उसे नारायण शर्मा के बारे में बताया। इसे सुनकर नस्करदा ने भौंहें सिकोड़कर कहा, "यह बात है! तो क्या वह व्यवस्था अकेले ही कर सकता है, हम लोग नहीं कर सकते?"

"क्या व्यवस्था करोगे?" डरते हुए मैंने पूछा। मैं समझ गया कि नस्करदा के दिमाग में कुछ चक्कर चल रहा है।

नस्करदा ने कहा, "क्यों? जब जिन्दा था तो मैंने बत्तीस साल तक लगातार कसरत की थी। दंड-बैठक, मुग्दर, डम्बल, चेस्ट एक्सपेंडर कुछ भी नहीं छोड़ा। नारायण छोकरे की गर्दन मरोड़ने की ताकत क्या मुझमें नहीं है?"

वह कसरत का शौकीन था, यह उसे देखते ही समझ में आ जाता था। उसने जहर खाकर आत्महत्या की थी, उससे उसकी देह में कोई विकार नहीं आया था, इसीलिए अब भी हाथ-पैर हिलाने पर उसके शरीर की मांसपेशियों का उभार नजर आ जाता था।

मैंने पूछा, "तो फिर?"

मुझे पता है कि अगर मेरा दिल रहा होता तो इस वक्त उसकी धुक-धुकी बढ़ जाती।

"तो अब और कुछ नहीं," नस्करदा ने कहा, "आज रात बारह बजे नारायण शर्मा की आयु पूरी हो जाएगी। भूतों के साथ चालाकी बरतने से, और कोई छोड़ दे, भूत माफ नहीं करते।"

बाकी दिन कैसे बीता, मुझे ही पता था। उधर नारायण शर्मा दिन भर

अपने कमरे में बैठकर लिखते रहे। शाम को सूरज डूबने के कुछ समय पहले वे कमरे से बाहर निकलकर उत्तर दिशावाले रास्ते पर कुछ दूर टहलने के बाद, सान्ध्य तारा निकलने के कुछ देर बाद घर लौटे। अमावस्या की रात होने के कारण आज चाँद नहीं निकला था।

मैं अपने डेरे से सबकुछ गौर कर रहा था। इस बार नारायण शर्मा को एक विचित्र चीज करते देखा। सूटकेस खोलकर एक थैला बाहर निकालकर उसमें से मुट्ठीभर कोई चूर्ण लेकर एक धूप के कसोरे में बिखेरकर उसे जलाकर घर की चौखट के बाहर रख दिया। उस कसोरे से ढेर सारा धुआँ निकलने लगा। और दक्षिण की हवा उस धुएँ को सीधे मेरे कमरे में ले आई।

बाप रे! यह कैसी व्यवस्था थी। भूतों को कोई गन्ध नहीं महसूस होती, मगर यह गन्ध तो नाक में घुसकर सीधे ब्रह्मरन्ध्र में पहुँच गई। सर्वनाश! अब ऐसी हालत में नस्करदा के लिए इस मकान की चारदीवारी में घुसना नामुमकिन था।

हुआ भी ऐसा ही। करीब आधी रात को मेरे मकान के पीछे की चारदीवारी के दूसरी ओर से दबे स्वर में कराह जैसी आवाज आई—"सुधन्य, ओ सुधन्य!"

सुधन्य मेरा नाम था।

बाहर निकलकर देखा सड़क के किनारे घास पर नाक दबाकर भीम नस्कर बैठा था। नकियाकर ही वह बोला, "इक्कीस साल हुए मुझे मरे हुए। आज पहली बार इस आदमी से हार माननी पड़ी। इनसान इतने तरीके कर सकता है, यह मुझे पता नहीं था।"

"यह आदमी लिखने-पढ़नेवाला है, नस्करदा! वह काफी कुछ जानता है।"

"ओ हो-हो!—ऐसे किसी आदमी की गर्दन मरोड़ने में कितना सुख है, जरा कहो तो।"

"अब ऐसा हो नहीं सकता, इसे समझ ही रहे हो।"

"हाँ, समझ रहा हूँ। अब आज जाता हूँ। आज का अनुभव बिलकुल नया था।"

नस्करदा चला गया। मैं भी अपने कमरे में लौट आया। उसके बाद मुझे महसूस हुआ कि मुझे नींद लग रही थी। भूत की आँखों में नींद—यह तो अकल्पनीय, अविश्वसनीय बात थी मगर ऐसा होने पर क्या होगा—इस धुएँ में ऐसी चीज थी जो भूतों को भी सुला देती है। जबकि रात को ही भूतों के घूमने-फिरने का समय होता है।

मुझसे अब रहा नहीं गया। नींद में अवश होने की हालत में अपने कमरे के फर्श पर ही सो गया।

किसी के गले की आवाज सुनकर नींद टूटी, सुबह हो गई थी।

मैं अचकचाकर उठ गया। सामने देखते ही मेरी आँखें फैल गईं। ये तो नारायण शर्मा थे, यह तो समझ गया मगर इनकी ऐसी हालत कैसे हुई?

नारायण शर्मा ने ही मेरे प्रश्नों का जवाब दिया।

"अपने नौकर को सोये देखकर मैं स्टोव पर चाय बनाने चला गया था। दुर्भाग्य से स्टोव फट गया। वे लोग शायद उधर मेरी मृत देह के दाहकर्म का इन्तजाम करने में लगे हैं। मैं एक डेरा ढूँढ़ रहा था, तभी इस जगह पर मेरी नजर पड़ी। यहाँ एक और आदमी को जगह मिल जाएगी?"

मैंने बहुत खुश होकर कहा, "जरूर मिलेगी।"

"फिर तो दोनों मुँहजलों की खूब पटेगी।"

सन्देश; आषाढ़, 1392 (जून-जुलाई 1985)

बिजूका

मृगांक बाबू का सन्देह अहैतुक नहीं था, पानागढ़ के करीब पहुँचकर यह समझ में आ गया। गाड़ी का पेट्रोल खत्म हो गया। पेट्रोल का इंडिकेटर कुछ दिनों से गोलमाल कर रहा था, यह बात आज भी निकलते वक्त उन्होंने सुधीर से कही थी मगर सुधीर ने परवाह नहीं की। असल में काँटा जो इंगित कर रहा था उससे भी कम पेट्रोल टैंक में था।

"अब क्या होगा?" मृगांक बाबू ने पूछा।

"मैं पानागढ़ चला जाता हूँ। वहाँ से तेल ले आऊँगा।" सुधीर ने कहा।

"पानागढ़ यहाँ से कितनी दूर होगा?"

"करीब तीन मील होगा।"

"मतलब दो-ढाई घंटा। सिर्फ तुम्हारे दोष से ही ऐसा हुआ। अब मेरी क्या हालत होगी, सोचकर देखा है?"

मृगांक बाबू ठंडे दिमाग के व्यक्ति थे। नौकर-चाकरों को भी डाँटते-फटकारते नहीं थे, मगर ढाई घंटे

इस खुले मैदान में अकेले बैठना पड़ेगा, यह सोचकर उनका मिजाज बिगड़ गया था।

"तो फिर अब देर न करके निकल पड़ो। आठ बजे तक कोलकाता लौट तो पाएँगे? इस वक्त साढ़े तीन बजे हैं।"

"हो जाएगा बाबू।"

"ये लो रुपये। और आगे कभी ऐसी गलती मत करना। लांग जर्नी में ऐसा जोखिम उठाने से बचना चाहिए।"

सुधीर रुपये लेकर पानागढ़ जाने के लिए निकल पड़ा।

मृगांकशेखर मुखोपाध्याय प्रख्यात लोकप्रिय साहित्यकार थे। दुर्गापुर में एक क्लब के सांस्कृतिक कार्यक्रम में उन्हें मानपत्र देने के लिए बुलाया गया था। ट्रेन रिजर्वेशन नहीं मिलने के कारण हम लोग मोटर से जा रहे थे।

सुबह चाय पीकर निकले थे, लौटते वक्त यह परेशानी खड़ी हो गई। मृगांक बाबू कुसंस्कारों में यकीन नहीं करते, पंजिका में दिन-तारीख देखकर यात्रा करना उनके विचार से कुसंस्कार था, मगर आज पंजिका में यात्रा निषिद्ध होने की बात कहने पर वे अवाक् नहीं होंगे। फिलहाल तो गाड़ी से उतरकर एक अँगड़ाई लेकर सिगरेट जलाने के बाद वे अपने चारों ओर देखने लगे।

माघ का महीना। खेतों से धान की कटाई हो चुकी थी। चारों तरफ सूने खेत पड़े थे। दूर, काफी दूर, इमली के पेड़ के पास एक झोंपड़ी नजर आ रही थी। इसके अलावा बस्ती का कोई चिह्न नहीं था। उससे भी थोड़ी दूर कतार में खड़े ताड़ के पेड़ नजर आ रहे थे, जिनके पीछे जंगल था। यह सड़क के एक तरफ अर्थात पूरब की ओर का दृश्य था।

पश्चिम दिशा में भी खास फर्क नहीं था। सड़क से चालीस-पचास हाथ दूर एक तालाब था। उसमें खास पानी नहीं था। दो-एक बबूल के पेड़ के अलावा पेड़-पौधे सभी दूर थे। उस तरफ भी दो झोंपड़ियाँ थीं, मगर कोई आदमी नजर नहीं आ रहा था। आसमान में उत्तर दिशा की ओर कुछ बादल नजर आने के बावजूद इधर धूप थी। खेत के बीच में एक बिजूका खड़ा था।

जाड़ा होने के बावजूद धूप में तेजी थी। इसीलिए मृगांक बाबू गाड़ी में जाकर बैठ गए। फिर बैग से एक जासूसी कहानी निकालकर पढ़ने लगे।

इस बीच दो एम्बैसेडर और एक लॉरी उधर से गुजरी थीं, जिनमें से एक कोलकाता की ओर जा रही थी। मगर कोई उनकी परेशानी समझने के लिए रुका नहीं था। मृगांक बाबू ने मन ही मन कहा, बंगाली इस मामले में बहुत स्वार्थी होते हैं। थोड़ी परेशानी उठाकर दूसरों का भला करने का उन्हें खयाल भी नहीं आता। क्या वे इन सबसे अलग हैं? शायद। वे भी तो बंगाली हैं। लेखक के रूप में उनकी भले ही ख्याति हो लेकिन उससे उनके संस्कारगत दोष तो खत्म नहीं हो जाते।

उत्तर दिशा के बादलों ने अप्रत्याशित रूप से तेजी से आगे बढ़कर

सूरज को ढँक दिया। साथ ही ठंडी हवा का झोंका लगा। मृगांक बाबू ने बैग से पुलोवर निकाल लिया। इधर सूरज भी तेजी से नीचे उतर आया था। पाँच बजते-बजते वह डूब जाएगा। तब ठंड और बढ़ जाएगी। सुधीर ने उन्हें किस परेशानी में डाल दिया।

मृगांक बाबू ने पाया कि उनका मन पढ़ने में नहीं लग रहा था। उससे बेहतर था किसी नई कहानी के प्लॉट के बारे में सोचना। 'भारत' पत्रिका ने उनसे एक कहानी माँगी थी, वह अभी लिखी नहीं गई थी। अभी तक के सफर में उनके दिमाग में एक प्लॉट जैसा कुछ आया था। मृगांक बाबू ने नोट बुक निकालकर उसके कुछ-एक पाइंट लिख लिए।

नहीं, गाड़ी में इस तरह बैठना अच्छा नहीं लग रहा था।

कॉपी बन्द करके गाड़ी से बाहर निकलकर मृगांक बाबू ने एक सिगरेट जलाई। इसके बाद कुछ एक कदम आगे बढ़ाकर सड़क के बीच खड़े होकर इधर-उधर देखते हुए उन्हें लगा इस दुनिया में वे अकेले हैं। ऐसा अकेलापन उन्हें कभी नहीं महसूस हुआ था।

नहीं, ठीक अकेले नहीं। एक नकली आदमी भी कुछ दूर खड़ा था।

वही बिजूका।

मैदान में एक जगह खेत में जाड़े की कोई फसल नजर आ रही थी, उसी के बीच में वह बिजूका खड़ा था। एक बाँस को जमीन में गाड़ दिया गया था। उसे आड़ा करके एक बाँस बाँध दिया गया था जो फैले हाथों की तरह लग रहा था। वे हाथ एक फटी कमीज के दो आस्तीनों से बाहर निकले हुए थे। खड़े बाँस के ऊपर एक मिट्टी की हँड़िया उलटकर रखी हुई थी। दूर से साफ दिख नहीं रहा था, लेकिन मृगांक बाबू ने अनुमान लगाया कि उस हँड़िये का रंग काला था और उस पर सफेद रंग से मुँह और बड़ी-बड़ी आँखें बना दी गई थीं। हैरत की बात थी—पंछी उसे आदमी के भ्रम में उसके डर से खेत में उतरकर उत्पात नहीं करते थे। चिड़ियों की बुद्धि क्या इतनी कम होती है? कुत्ते तो ऐसी गलती नहीं करते। वे सूँघकर मनुष्य होने का

पता लगा लेते हैं! कौए, गौरैए आदि को क्या ऐसी गन्ध महसूस नहीं होती?

बादलों के बीच एक दरार से उस बिजूका पर धूप उतर आई थी। मृगांक बाबू ने गौर किया कि उस पुतले को जो कमीज पहनाई गई थी, वह छींट की थी। उस फटे लाल-काले छींट के शर्ट से अचानक उन्हें न जाने किसकी याद आई। मृगांक बाबू ने याद करने की काफी कोशिश की पर याद नहीं आया। पर किसी व्यक्ति को उन्होंने ऐसी कमीज पहने कुछ समय पहले देखा था।

आश्चर्य! एक उस नकली प्राणी के अलावा वहाँ और कोई नहीं था। मृगांक बाबू और वह बिजूका। उस वक्त खेतों में काम न होने से गाँवों में बाहर लोग कम ही नजर आते हैं। मगर ऐसी निर्जनता मृगांक बाबू को पहली बार नजर आई थी।

उन्होंने घड़ी देखी। चार बजकर बीस मिनट हुए थे। उनके साथ फ्लास्क में चाय भी थी। उसका सद्व्यवहार किया जा सकता था।

मृगांक बाबू ने कार में बैठकर फ्लास्क खोलकर उसके ढक्कन में चाय उंड़ेलकर पी ली। बदन में थोड़ी गर्मी आई।

काले बादलों के बीच सूरज एक बार नजर आया। बिजूका पर ललछौंही धूप पड़ रही थी। सूरज दूर ताड़ के पेड़ के सिर तक आ गया था, कुछ मिनटों में ही वह अस्त हो जानेवाला था।

एक और एम्बैसेडर मृगांक बाबू की गाड़ी के पास से गुजर गई। मृगांक बाबू ने थोड़ी-सी चाय और उंड़ेलकर उसे पीने के बाद गाड़ी में आकर बैठ गए। सुधीर के आने में अभी घंटे भर की देर थी। अब क्या किया जाए?

पश्चिम का आसमान उस वक्त लाल हो गया था। उधर से बादल छँट गए थे। चपटा लाल सूरज देखते-देखते दिगन्त की आड़ में चला गया। अब किसी भी क्षण अँधेरा उतर सकता था।

बिजूका।

पता नहीं क्यों मृगांक बाबू ने अनुभव किया कि हर क्षण वह नकली आदमी उन्हें अपनी ओर खींच रहा था।

उसकी ओर एकटक देखते-देखते मृगांक बाबू कुछ चीजों पर गौर करते हुए कुछ भयभीत लगे।

उसके चेहरे के भावों में कुछ परिवर्तन हुआ है क्या?

क्या उसका हाथ थोड़ा नीचे की ओर झुक गया है?

उसके खड़े होने की भंगिमा क्या किसी जिन्दा आदमी की तरह है?

सीधे खड़े बाँस की बगल में क्या एक और बाँस नजर आ रहा है?

ये दोनों बाँस हैं या उसके पैर?

सिर की हँड़िया क्या कुछ छोटी तो नहीं हो गई?

मृगांक बाबू ज्यादा सिगरेट नहीं पीते थे, मगर ऐसी हालत में उन्हें एक और सिगरेट जलानी पड़ गई। इस सुनसान मैदान में अकेले खड़े-खड़े क्या उनकी आँखें धोखा खा रही थीं।

क्या कोई बिजूका जिन्दा भी हो सकता है?

कभी नहीं।

लेकिन—

मृगांक बाबू की नजर फिर बिजूका पर पड़ी।

अब सन्देह की गुंजाइश नहीं थी। उसने अपनी जगह बदल ली थी।

वह थोड़ा मुड़कर उनकी ओर कुछ कदम बढ़ आया था।

बढ़ा नहीं था, आगे बढ़ रहा था।

वह कुछ लँगड़ाकर चल रहा था, लेकिन साफ दो पैरों से चल रहा था। हँड़िया के बदले अब एक सिर नजर आ रहा था। बदन पर एक छींट का शर्ट था। इसके साथ ही वह मैली धोती पहने हुए था।

"बाबू!"

मृगांक बाबू के बदन में सिर से पाँव तक एक सर्द लहर दौड़ गई। बिजूका आदमी की भाषा में उनसे बातें कर रहा था। इस स्वर को वे

पहचानते थे।

यह कभी उनके पास नौकर रहे अभिराम का गला था। इधर का ही तो वह रहनेवाला था। एक बार मृगांक बाबू ने उससे यह बात पूछी थी। अभिराम ने कहा था वह मानकड़ के बगलवाले गाँव में रहता था। पानागढ़ के पहले स्टेशन का नाम ही तो मानकड़ है।

मृगांक बाबू बेहद भयभीत होकर पीछे हटते-हटते गाड़ी से सटकर खड़े हो गए। अभिराम उनकी ओर बढ़ आया था। अब वह उनसे सिर्फ दस गज दूर खड़ा था।

"मुझे पहचान नहीं रहे हैं बाबू?"

अपने अन्दर के साहस को एकत्र करके मृगांक बाबू ने पूछा, "तुम अभिराम हो न?"

"इतने दिन बाद भी आपने पहचान लिया बाबू!"

वह बिलकुल आदमी की तरह ही नजर आ रहा था, इसीलिए मृगांक बाबू के मन में साहस का संचार हुआ। कहा, "मैंने तुम्हारी कमीज से पहचान लिया। इस कमीज को तो मैंने ही तुम्हें खरीदकर दिया था।"

"हाँ बाबू, आपने ही दिया था, आपने मेरे लिए काफी किया है। मगर अन्त में ऐसा कैसे हो गया? मैंने तो कोई दोष नहीं किया था। आप लोगों ने मेरी बातों पर यकीन क्यों नहीं किया?"

मृगांक बाबू को याद आ गया। तीन साल पहले की घटना थी। अभिराम, मृगांक बाबू का बीस साल पुराना नौकर था। आखिरकार एक दिन अभिराम को जाने क्या सूझी, उसने मृगांक बाबू की शादी में मिली सोने की घड़ी चुरा ली। अभिराम के लिए मौका भी था और सुविधा भी। हालाँकि अभिराम ने कबूल नहीं किया था। लेकिन मृगांक बाबू के पिता ने ओझा बुलाकर सूप में चावल फेंककर प्रमाण करवा दिया कि अभिराम ही चोर है। लिहाजा अभिराम को विदा कर दिया गया।

अभिराम ने कहा, "आपके वहाँ से चले आने के बाद पता है, मेरा

क्या हुआ? मैंने फिर कहीं नौकरी नहीं की। मैं बुरी तरह बीमार हो गया था। पेट की बीमारी। हाथ में पैसे नहीं थे। न दवा न दारू। वह बीमारी ही मेरी आखिरी बीमारी बन गई। मेरी इस कमीज को मेरे बेटे ने रख दिया था। कुछ दिन उसने भी पहना था। फिर यह फट गया। तब वह बिजूका की पोशाक बन गया। मैं भी वही बन गया। पता है क्यों? मुझे पता था कि आपसे कभी भेंट होगी ही। मेरे प्राण छटपटाते रहते थे। मरे हुए व्यक्तियों में भी प्राण होता है। मैंने मरने के बाद जो कुछ जाना है, उसे आपको बताना चाहता था।"

"वह क्या, अभिराम?"

"घर लौटकर आप अपनी अलमारी के पीछे ढूँढ़िएगा। वहीं पिछले तीन साल से आपकी घड़ी पड़ी हुई है। आपका नया नौकर ठीक से झाड़ू नहीं लगाता, इसीलिए उसकी नजर नहीं पड़ी। वह घड़ी मिल जाने पर आपको पता चलेगा कि अभिराम ने कोई गलत काम नहीं किया था।"

अभिराम अब साफ-साफ नजर नहीं आ रहा था। शाम ढलने लगी थी। मृगांक बाबू ने अभिराम को कहते हुए सुना—"इतने वर्षों बाद निश्चिन्त हुआ बाबू। अब मैं चलता हूँ।..."

मृगांक बाबू की आँखों के सामने से अभिराम गायब हो गया।

"तेल ले आया हूँ बाबू!"

सुधीर की आवाज सुनकर मृगांक बाबू की नींद टूट गई। कहानी का प्लॉट सोचते-सोचते वे हाथ में कलम लेकर गाड़ी में सो गए थे। नींद टूटते ही उनकी नजर पश्चिम के खेत की ओर चली गई। वह बिजूका पहले की तरह ही वहाँ खड़ा था।

घर में लौटकर अलमारी के नीचे ढूँढ़ते ही वह घड़ी मिल गई। मृगांक बाबू ने तय कर लिया कि भविष्य में अब कुछ भी चोरी होने पर कभी ओझा की मदद नहीं लेंगे।

सन्देश; पौष, 1393 (दिसम्बर 1986-जनवरी 1987)

लखपति

त्रिदिव चौधुरी से जब रहा नहीं गया तो उन्होंने खीजकर एटेंडेंट को बुलाने का बटन दबा दिया। कुछ देर पहले से ही वह महसूस कर रहे थे कि उनका डिब्बा जितना ठंडा होना चाहिए था, नहीं हो रहा था। हालाँकि उनके तीनों सहयात्री खर्राटे लेकर सो रहे थे। यह कैसे सम्भव होता है, इसे त्रिदिव बाबू बिलकुल नहीं समझ पा रहे थे। असल में अन्याय का विरोध न करते रहने से ही यह हाल हुआ था। कितना भी सताया जाए, सब बर्दाश्त करते रहेंगे, तभी तो यह जात आज तक तरक्की नहीं कर पाई है।

दरवाजे पर किसी ने थपकी दी।

"अन्दर आ जाओ।"

दरवाजा एक तरफ सरक जाने पर बाहर एटेंडेंट खड़ा नजर आया।

"डिब्बे का टेम्परेचर कितना सेट किया है?" त्रिदिव बाबू ने उससे डपटकर पूछा।

"वह तो मालूम नहीं बाबू।"

"क्यों, मालूम क्यों नहीं? ए.सी. में ट्रैवल करते हुए गर्मी बर्दाश्त करनी होगी, यह कैसी बात हुई? इस मामले में तुम लोगों की कोई जिम्मेदारी नहीं?"

वह भला क्या कहता! वह बेवकूफ की तरह दाँत दिखाते हुए खड़ा रहा। इस बीच ऊपर के बर्थ के मद्रासी सज्जन की नींद टूट गई, इसलिए त्रिदिव चौधुरी को मजबूरन अपने गुस्से को हजम करना पड़ा।

"ठीक है, तुम जाओ।—और सुनो, कल सुबह ठीक साढ़े छः बजे चाय दे देना।"

"बहुत अच्छा हुजूर!"

एटेंडेंट चला गया। त्रिदिव बाबू दरवाजा बन्द करके अपनी जगह सो गए। अगर वे प्लेन में आते तो उन्हें इतना झंझट सहना नहीं पड़ता। उनकी जैसी हैसियत वाले लोग कोलकाता से राँची अमूमन प्लेन से ही जाते हैं। मुश्किल है कि प्लेन में सफर के मामले में त्रिदिव बाबू एक आतंक महसूस करते रहते हैं। जिस पर काबू पाना उन्हें असम्भव लगता है। करीब बारह साल पहले वे एक बार प्लेन से मुम्बई गए थे। वह एक भयानक अनुभव था। उस दिन मौसम खराब था। फलत: आसमान में पहुँचने के बाद ही प्लेन में झटके लगने लगे, वह सफर के अन्त तक चलता रहा। उसी दिन त्रिदिव बाबू ने मन ही मन प्रतिज्ञा की थी कि वे अब कभी हवाई जहाज में पैर नहीं रखेंगे। इसीलिए इस बार जब राँची जाने की जरूरत पड़ी, तब उन्होंने सीधे राँची एक्सप्रेस में बुकिंग करवा ली। उन्होंने ए.सी. में आराम की उम्मीद की थी। मगर अब इस उम्मीद का गला घोंटकर अँधेरे कमरे में लेटकर तरह-तरह की चिन्ताओं में उन्होंने अपने को डुबो दिया।

खासकर उन्हें अपने बचपन के दिनों की याद आ रही थी। राँची में ही उनका जन्म हुआ था। उनके पिता आदिनाथ चौधुरी राँची के जाने-माने डॉक्टर थे। त्रिदिव बाबू स्कूली पढ़ाई राँची में खत्म करके कॉलेज की पढ़ाई करने कोलकाता चले गए। मामा के यहाँ बी.ए. की पढ़ाई करने के बाद

एक मारवाड़ी दोस्त की सलाह से उनका मन व्यवसाय की ओर झुक गया। लोहा-लक्कड़ के व्यवसाय से शुरुआत के बाद जल्दी ही उनके नाम काफी रुपये इकट्ठे हो गए। वे समझ गए कि भाग्य-लक्ष्मी की उन पर विशेष कृपा है। तभी से वे कोलकाता के निवासी हो गए, मगर उनके माता-पिता ने राँची नहीं छोड़ा। सबसे पहले उन्होंने सरदार शंकर रोड में एक फ्लैट खरीदा। इसके बाद व्यवसाय बढ़ने पर हैरिंगटन स्ट्रीट पर एक दोमंजिले मकान की पहली मंजिल उन्होंने किराये पर ले ली। ऐसा नहीं कि माता-पिता के साथ उनका एकदम सम्पर्क कटा रहा। वे हर साल एक बार सात दिनों के लिए अपने माता-पिता के पास जाकर अपने पुरखों के मकान में रह आते थे। अपने माता-पिता के कहने पर ही उन्होंने छब्बीस साल की उम्र में शादी की थी। दो साल बाद वे एक लड़के के पिता बन गए। वह लड़का अब अमेरिका में पढ़ रहा था। त्रिदिव बाबू का और कोई बच्चा नहीं था। पत्नी तीन साल पहले दिवंगत हो चुकी थी। उनकी माँ ने सेवेंटी टू में आँखें मूँदी थीं और पिता ने सेवेंटी फोर में। राँची का वह मकान अब एक नौकर और माली के जिम्मे था। त्रिदिव बाबू पिछले दस साल से उन्हें तनख्वाह देते आ रहे थे। उस मकान को वहाँ रख छोड़ने का उद्द्देश्य था, बीच-बीच में दो-चार दिनों के लिए वहाँ जाकर विश्राम कर आना। मगर रोजगार के चक्कर में ऐसा नहीं हो पाया। तीन दिन न रहने का मतलब था, चार-पाँच हजार का नुकसान। जिस व्यक्ति के जीवन का एकमात्र लक्ष्य पैसा कमाना हो गया हो, उसे अब विश्राम करने की फुर्सत कहाँ थी? त्रिदिव बाबू आज लखपति थे। बंगाली लोग व्यापार में सफल नहीं होते—उन्होंने इस कहावत को उलट दिया था।

इस बार जब पूरे दस साल बाद त्रिदिव बाबू राँची जा रहे थे, वह सिर्फ विश्राम करने के लिए नहीं। राँची में लाह का व्यापार काफी बड़ा व्यवसाय है। इस व्यवसाय से उन्हें क्या लाभ हो सकता था, इसे परखने के लिए वे राँची जा रहे थे। वहाँ जाकर अपने ही घर में रहने का उनका इरादा था। उन्हें बस दो दिनों का ही काम था। उन्होंने प्रशान्त सरकार को चिट्ठी लिखकर

अपने आने की सूचना दे दी थी। वही उनके घर जाकर नौकरों को सूचना देकर सारा इन्तजाम करवा रखेंगे। प्रशान्त उनके बचपन के दोस्त थे। राँची के एक मिशनरी स्कूल में पढ़ाते थे। त्रिदिव बाबू से उनका सम्पर्क ना के बराबर ही था। मगर अपने पुराने दोस्त का वे इतना काम कर देंगे, इसका त्रिदिव बाबू को भरोसा था।

आश्चर्य! यह सब सोचते हुए त्रिदिव बाबू की न जाने कब आँखें लग गईं, इसका उन्हें पता ही नहीं चला। वे भी अपने तीनों सहयात्रियों की तरह नींद में खर्राटे लेते हैं, क्या उन्हें इसका पता है?

राँची एक्सप्रेस के पहुँचने का समय सुबह सवा सात बजे था। प्रशान्त सरकार अपने बचपन के दोस्त का स्वागत करने दस मिनट पहले स्टेशन पहुँच गए थे। स्कूली दिनों में त्रिदिव चौधुरी उर्फ मंटू के साथ उनकी काफी घनिष्ठता थी। त्रिदिव जब कोलकाता में पढ़ते थे उस वक्त भी दोनों में चिट्ठियों का आदान-प्रदान होता रहता था। कॉलेज से निकलने के बाद इसमें व्यवधान पड़ता गया। इसके लिए त्रिदिव बाबू ही जिम्मेदार थे। अपने माता-पिता के रहते वे बीच-बीच में राँची चले आते थे मगर प्रशान्त को कोई सूचना नहीं देते थे। फलस्वरूप कई बार ऐसा हुआ, दोनों में भेंट ही नहीं हो पाई। प्रशान्त सरकार ऐसा होने का कारण नहीं समझ पाए। इसके बाद अखबारों से उन्हें पता चला, त्रिदिव बाबू बहुत बड़े व्यवसायी हैं, अर्थात अब वे प्रशान्त के दायरे से बाहर हैं। त्रिदिव बाबू की उस दिन की चिट्ठी से यह बात और स्पष्ट हो गई। चार लाइनों की संक्षिप्त रूखी चिट्ठी से दोनों के बीच की दूरियाँ ही प्रकट होती थीं।

अपने दोस्त के इस बदलाव से प्रशान्त बाबू को खुशी नहीं हुई थी। स्कूल के उस सरल प्रसन्न वदन मंटू से आज के लखपति त्रिदिव चौधुरी का कोई मेल नहीं था। लोग क्या उम्र के साथ-साथ इतने बदल जाते हैं?

त्रिदिव चौधुरी की अकल्पनीय आर्थिक उन्नति को अस्वीकार नहीं किया जा सकता; मगर रुपये की गर्मी को प्रशान्त सरकार ने कभी भी खास महत्त्व नहीं दिया था। उनके चरित्र की यह खूबी उन्हें अपने पिता से मिली थी। प्रमथ सरकार गांधी भक्त आदर्शवादी व्यक्ति थे। प्रशान्त के अपने जीवन में कोई उत्थान-पतन नहीं घटा था। एक स्कूल मास्टर के जीवन में आखिर क्या परिवर्तन आएगा? इसलिए आज भी उन्हें देखने पर बचपन के प्रशान्त उर्फ पानू को पहचानने में दिक्कत नहीं होती। मगर क्या त्रिदिव बाबू के बारे में ऐसी बात कही जा सकती थी? इसे जानने के लिए ही प्रशान्त सरकार व्यग्र थे। बचपन का दोस्त अगर लखपति होकर अपनी हैसियत दिखाने आ रहा हो तो उसे बर्दाश्त करना मुश्किल होगा।

ट्रेन दस मिनट लेट पहुँची थी। सिर्फ तीन दिनों के लिए ही आने के कारण त्रिदिव बाबू अपने साथ एक सूटकेस और फ्लास्क के सिवा कुछ नहीं लाये थे। प्रशान्त बाबू ने सूटकेस को जबर्दस्ती खुद ले लिया। इसके बाद वे दोनों स्टेशन के बाहर टैक्सी लेने निकल पड़े।

त्रिदिव चौधुरी ने चलते हुए पूछा, "क्या, काफी देर तक इन्तजार करना पड़ा?"

"ज्यादा नहीं, यही पन्द्रह-बीस मिनट।"

"तुम स्टेशन लेने आओगे, मैंने यह नहीं सोचा था। इसकी कोई जरूरत भी नहीं थी। मैं तो पहली बार राँची नहीं आया हूँ।"

प्रशान्त बाबू मुस्कराए। कुछ बोले नहीं। हमेशा की आदत की तरह वे अपने दोस्त से 'तू' कहकर बात करने के लिए तैयार थे, मगर दोस्त ने 'तुम' कहा तो वे भी सिमटकर रह गए।

"यहाँ की सब खबर ठीक है न?" त्रिदिव बाबू ने पूछा।

"हाँ, सारा इन्तजाम हो गया है। इतने दिन बाद बाबू के आने की बात सुनकर तुम्हारा माली और चिन्तामणि, दोनों खूब एक्साइटेड हैं।"

चिन्तामणि उनका रसोइया और चौकीदार दोनों ही था। "वह घर अभी

भी रहने लायक है कि नहीं? या भूतों के डेरे में बदल गया है?"

प्रशान्त बाबू मुस्कराकर कुछ क्षण चुप रहकर बोले, "भूतों के डेरे की बात नहीं जानता, मगर एक बात तुम्हें बताना जरूरी है। मैंने कुछ दिन पहले रात में तुम्हारे घर के बगल से जाते समय एक करीब दस साल के बच्चे को खेलते देखा है।"

"रात का मतलब?"

"काफी रात। साढ़े ग्यारह। उसे देखकर चौंक गया था। मुझे लगा जैसे दस साल का मंटू फिर लौट आया है।"

"एनीवे—वह भूत नहीं है, यह तो स्पष्ट है। वह घर तो मेरे पिता का बनवाया हुआ है। उसमें कौन मरा है या नहीं मरा है, यह मैं जानता हूँ। फिलहाल उन लोगों ने मकान को साफ-सुथरा कर रखा है?"

"बिलकुल चमक रहा है। मैं कल जाकर देख आया हूँ। हाँ, तुम्हारा काम कब है? जाना कहाँ है?"

"मुझे आज दोपहर को ही नामकाम जाना है। आफ्टर लंच। महेश्वर जैन नाम के एक लाह के व्यापारी के यहाँ। ढाई बजे एप्वायंटमेंट है।"

"कोई बात नहीं, इस वक्त जो टैक्सी हम लोग करेंगे, उसी को तुम्हारे लिए तय कर रखा है। इस वक्त तुम्हें पहुँचाकर दोपहर के भोजन के बाद ठीक दो बजे तुम्हारे यहाँ पहुँच जाएगी। नामकाम जाने में दस मिनट से ज्यादा नहीं लगेगा।"

टैक्सी में सवार होकर रवाना होने के बाद प्रशान्त सरकार ने असली बात कही, वह भी सीधे-सीधे नहीं, थोड़ा घुमा-फिराकर।

"सुनो, तुम यहाँ कितने दिन रहोगे?"

"आज बात पूरी न होने पर कल एक बार फिर जाना होगा। मैं परसों वापस चला जाऊँगा।"

"जो भारी-भरकम चेहरा तुमने कर लिया है, साफ-साफ कुछ कहने में भी संकोच होता है।"

"जो कहना चाहते हो, कह दो न! उस तरह घुमा-फिराकर कहने से ही सन्देह होता है।"

"खास कुछ नहीं, एक सामान्य आग्रह था। तुम राजी हो जाओगे तो तुम्हारा यह बचपन का दोस्त बहुत ग्रेटफुल होगा।"

"कैसा आग्रह?"

"तुम्हें फादर विलियम्स की याद है?"

"विलियम्स—विली, ओह वह लाल दाढ़ी?"

"लाल दाढ़ी। उसी विलियम्स ने पाँच साल हुए गरीब बच्चों के लिए एक स्कूल बनाया है। उसमें हिन्दू-मुसलमान, ईसाई, कोल हर प्रकार के बच्चे पढ़ते हैं। न जाने कितना पसीना बहाकर उन्होंने इसे प्रतिष्ठित किया है। उनकी बड़ी इच्छा है कि तुम एक बार उनके स्कूल में घूम आओ। ज्यादा नहीं, सिर्फ आधा घंटे की बात है। वे बहुत उत्साहित महसूस करेंगे।"

"जाने पर ही तो हाथ फैलाएँगे।"

"माने?"

"इन सब निमंत्रण के पीछे का असली कारण क्या तुम नहीं जानते? नया इन्स्टीट्यूशन, पैसों की दिक्कत रहती ही है, इसलिए किसी पैसेवाले को बुलाकर उसकी थोड़ी खातिर करके उसके सिर पर हाथ फेरकर आखिरकार भिक्षा की झोली फैलाकर खड़ा हो जाना। भैया, यह चीज मेरे लिए नई नहीं है। इसके चक्कर में कई बार फँस चुका हूँ। मैं भुक्तभोगी हूँ। चैरिटी जब करना ही हो तो वह उस वक्त, जब उस जन्म की चिन्ता करने का वक्त आएगा, तब देखी जाएगी। फिलहाल नहीं। इस वक्त संचय का समय है। परोपकारी के रूप में एक बार नाम हो जाने पर बच पाना मुश्किल है। इसलिए मुझसे इस प्रकार की रिक्वेस्ट मत करो। मैं नहीं सुनूँगा। समझाकर कहोगे तो फादर जरूर समझ जाएँगे। और इसकी जिम्मेदारी तुम्हारे ऊपर है। यहाँ आकर काम के अलावा जो चीज मैं चाहता हूँ, वह है रेस्ट। कोलकाता में एक मिनट के लिए भी फुर्सत नहीं मिलती।"

"ठीक है।"

एक ऐसे प्रस्ताव की ऐसी भी प्रतिक्रिया हो सकती थी, उसे प्रशान्त बाबू ने कभी सोचा ही नहीं था। अब लग रहा था, यही स्वाभाविक है। यह मंटू उस जमाने का वह मंटू नहीं है। उस व्यक्ति को प्रशान्त बाबू नहीं पहचानते थे।

अपने जन्मस्थान में आकर त्रिदिव बाबू की ओढ़ी हुई गम्भीरता कुछ हद तक कम हुई और उनका चेहरा कुछ खिला हुआ नजर आने लगा। मौका पाकर प्रशान्त बाबू ने अपना दूसरा सुझाव रखा।

"मेरे एक आग्रह को तो तुमने नकार दिया, कोई बात नहीं, मगर भाई, यह दूसरा आग्रह तुम्हें मानना ही होगा। मेरी पत्नी ने तुमसे कह देने के लिए बार-बार याद दिलाया है कि आज रात को इस गरीब के यहाँ तुम्हारे चरणों की धूल पड़े। जाहिर है भोजन वहीं करना होगा। अभावों की गृहस्थी होने के बावजूद इसे बलपूर्वक कहा जा सकता है कि वहाँ त्रिदिव चौधुरी के सामने कोई भिक्षा की झोली खोलकर नहीं खड़ा होगा।"

त्रिदिव बाबू ने इस बार कोई आपत्ति नहीं की। यह करुणावश था या नहीं, इसे लेकर प्रशान्त सरकार ने सर नहीं खपाया। उन्हें जल्दी थी, बाजार करके नहा-धोकर उन्हें अपने स्कूल जाना था। विदा लेते समय वे कह गए थे कि आठ बजे तक वे आकर त्रिदिव बाबू को ले जाएँगे। "और दस बजे तक खिला-पिलाकर तुम्हें घर छोड़ने की गारंटी देता हूँ।"

त्रिदिव चौधुरी का व्यक्तित्व और उनकी तीक्ष्ण बुद्धिदीप्त बातचीत—ये दोनों उनकी सफलता के अन्यतम कारण थे। यह एक और बार प्रमाणित हो गया। राँची आना व्यर्थ नहीं गया। उनके विभिन्न व्यवसायों के साथ लाही-चपड़े ने भी जुड़कर उनके जीवन को कुछ और जटिल जरूर बना दिया मगर उसके साथ अतिरिक्त आय की बात सोचने से आक्षेप करने का कोई कारण नहीं था।

पाँच बजे घर लौटकर चाय पीकर त्रिदिव बाबू ने एक बार अपने जन्मस्थान को अच्छी तरह से देखा। दोमंजिला मकान था। पहली मंजिल पर बैठकखाना, खाने का कमरा, गेस्टरूम और रसोई, दोमंजिले पर दो बेडरूम, बाथरूम और एक काफी बड़ा पश्चिमोन्मुखी ढँका बरांडा। छोटा वाला बेडरूम त्रिदिव बाबू का कमरा था।

बचपन के दिनों की तुलना में अब वह कमरा बहुत छोटा लगता था क्योंकि अकेले वे ही बड़े हुए थे, कमरा जैसा था वैसा ही रहा। कमरे के दरवाजों पर रुककर अपने पलंग को कुछ देर तक देखते हुए त्रिदिव बाबू ने तय किया कि आज रात को वे वहीं सोएँगे। चिन्तामणि ने सुबह ही इस बारे में पूछा था, मगर वे उस वक्त भी तय नहीं कर पाए थे। रात में निकलने से पहले उन्होंने नौकर को उस छोटेवाले कमरे में सोने का इन्तजाम करने के लिए कह दिया।

प्रशान्त सरकार की पत्नी सुगृहिणी तथा रसोई बनाने में निपुण थी इसलिए खाना बहुत शानदार बना था। खिलाने के मामले में प्रशान्त बाबू ने कोई कंजूसी नहीं की थी। उन्होंने अपने दोस्त को दो प्रकार का मांस, दो प्रकार की मछली, पोलाव, पूड़ी, तीन प्रकार की मिठाई और मलाई खिलाई थी। त्रिदिव बाबू ने बड़ी तृप्ति से खाया भी। मगर खाने के बाद दस मिनट से ज्यादा रुके नहीं। उनकी वर्तमान अवस्था, और यहाँ तक वे किस प्रकार पहुँचे, इसे जानने का प्रशान्त बाबू का कुतूहल बना ही रहा, इसके शमन का मौका ही नहीं मिला। पौने दस बजे तक त्रिदिव बाबू अपने घर लौट आए।

उनका मकान शहर के एक अपेक्षाकृत शान्त इलाके में था। इस बीच मोहल्ले में सन्नाटा छा चुका था। दोमंजिले की सीढ़ियाँ चढ़ते त्रिदिव बाबू को अपने पैरों के शब्द कुछ विचित्र-से सुनाई पड़े।

दोमंजिले पर आकर त्रिदिव बाबू ने देखा कि उनके बचपन के पलंग पर उनका बिस्तर बिछा दिया गया था। कुछ देर पहले ही उन्होंने भोजन किया था इसलिए उन्होंने सोचा कि कुछ देर बरांडे की आरामकुर्सी पर

बैठकर आराम करने के बाद सोने जाएँगे।

आरामकुर्सी पर अधलेटे होकर थोड़ी ही देर में उन्होंने पाया कि दिन भर की थकान खत्म हो जाने के बाद वे परम शान्ति और हल्कापन महसूस कर रहे थे। बाहर हल्की चाँदनी थी। बागीचे के एक नंगे शिरीष वृक्ष की फैली शाखाओं पर उनकी दृष्टि अटक गई। वे उसे देखते रहे। त्रिदिव बाबू ने महसूस किया कि उन्हें अपनी साँस लेने की आवाज तक सुनाई पड़ रही थी। इस वक्त जैसे पूरी पृथ्वी में वही एक शब्द हो रहा था।

सचमुच ऐसा ही था?

नहीं, उसके साथ एक और शब्द भी आकर जुड़ गया। किसी के गले की बहुत धीमी आवाज। वह कहाँ से आ रही थी, कहना मुश्किल था।

ध्यान से सुनने पर त्रिदिव बाबू समझ गए कि वह किसी कम उम्र लड़के की कविता पढ़ने की आवाज थी। वह कविता भी उनकी बहुत जानी-पहचानी थी।

वह आवाज धीमी होते हुए भी साफ थी। उसका हर शब्द स्पष्ट था—

‘रथ के मेले में अगर हो बहुत भीड़
मैं अकेला ही जाऊँगा, डरूँगा नहीं—
मामा कहें अगर भागते हुए मेरे पीछे
‘खो जाओगे मुन्ना, गोदी में मेरी आओ।’
मैं बोलूँगा, मामा, क्या तुम नहीं देखते
मैं हो गया हूँ, बड़ा पिता की तरह—
मुझे देखकर बोलेंगे मामा—‘हाँ सचमुच,
मेरा यह मुन्ना पहले जैसा नहीं रहा।’

त्रिदिव चौधुरी की यादों के कोने में यह कविता छिपी हुई थी, आज सुनकर उन्हें फिर से पूरी कविता याद आ गई।

आवाज धीरे-धीरे मन्द होती जा रही थी। त्रिदिव बाबू कुर्सी से उठ खड़े हुए। अपने मन को अतीत में खींच ले जाने का कोई मतलब नहीं था।

असल तो भविष्य है, अतीत नहीं। उन्हें पता था भविष्य में उन्हें और भी ज्यादा तरक्की करनी होगी, लखपति से करोड़पति बनना होगा। अतीत मतलब तो जो खत्म हो गया है, सूख गया है। अतीत की सोच मनुष्य को कमजोर बनाती है, मगर भविष्य की आशा इसे मजबूत बनाती है, उसे सक्रिय करती है।

अपने सोनेवाले कमरे में पहुँचकर त्रिदिव बाबू की भौहें सिकुड़ गईं। शहर में इस वक्त लोड शेडिंग था। पलंग की बगलवाली मेज पर एक मोमबत्ती टिमटिमाती हुई जल रही थी। उसकी हलकी रोशनी में उन्होंने साफ देखा कि उनका बिस्तर ठीक से बिछाया नहीं गया था, तकिया-चद्दर दोनों पर ही सलवटें पड़ी हुई थीं। हाथ से झटकारते हुए उन्होंने सलवटें खत्म करने के बाद अपना कुर्ता उतारकर कपड़े के स्टैंड में टाँग दिया फिर त्रिदिव बाबू बिस्तर पर लेट गए। मोमबत्ती को जलती रहने दें? कोई जरूरत नहीं। त्रिदिव बाबू ने फूँक मारकर उसे बुझा दिया। जले हुए मोम की तेज महक कमरे में भर गई फिर वह हवा में विलीन हो गई। पश्चिम की खिड़की से आसमान नजर आ रहा था। रात के आसमान में हल्का उजाला छाया हुआ था। कमरे का दरवाजा उनके पैरों की तरफ था। दरवाजे से बाहर का बरांडा और बाईं ओर सीढ़ी का मुहाना नजर आ रहा था। उस वक्त सीढ़ियों पर ध्यान देने का समय नहीं था, लेकिन त्रिदिव बाबू को लगा कि वहाँ से कोई ऊपर आ रहा था। नंगे पैरों से थप-थप करके ऊपर उठने की आवाज सुनाई पड़ रही थी।

मगर कोई नहीं आया। आवाज जैसे आधी सीढ़ियों तक पहुँचकर थम गई थी।

अचानक त्रिदिव बाबू को याद आया कि वे अनर्थक बचकानी कल्पना किए जा रहे हैं। सारी भुतही चिन्ता एक झटके में मन से हटाकर कसकर आँखें मूँदकर उन्होंने सोने की कोशिश की। एकमंजिले में जापानी घड़ी ने टन्न-टन्न करके ग्यारह बजाए। वह घड़ी इतने दिनों से बन्द पड़ी थी। आज ही सुबह त्रिदिव बाबू ने उसे फिर से चालू कर दिया था।

आखिरी घंटा बजने की गूँज के साथ सन्नाटा और बढ़ गया।

त्रिदिव बाबू की आँखें बन्द थीं और बन्द आँखों से ही वे धुँधली तसवीरें टुकड़ों में देख रहे थे। उन्हें पता था यह नींद का पूर्वाभास था। ये टुकड़ी तसवीरें दरअसल सपनों के टुकड़े थे। लोग गाने के पहले जैसे गुनगुनाकर सुर ठीक कर लेते हैं, ये टुकड़ी तसवीरें भी दरअसल सपना शुरू होने के पहले की गुनगुनाहट थीं।

मगर सपने का वक्त अभी आया नहीं था। आँखें बन्द मगर पूरी तरह से सजग अवस्था में ही त्रिदिव बाबू ने अपनी छठी इन्द्रिय से महसूस किया कि कमरे में कोई घुसा था। नहीं, सिर्फ छठी इन्द्रिय नहीं, श्रवणेन्द्रिय से भी। त्रिदिव बाबू को किसी की साँसों की आवाज आ रही थी। कोई जैसे दौड़ते हुए कमरे में आकर खड़ा होकर जोर-जोर से साँस ले रहा था।

कोई वहाँ खड़ा जरूर था, इस पक्के यकीन से त्रिदिव बाबू ने आँखें खोलीं तो उन्होंने देखा वाकई ऐसा ही था।

दरवाजे पर एक लड़का खड़ा था, करीब दस-एक साल की उम्र होगी, उसका दाहिना हाथ दरवाजे पर था और बायाँ पैर थोड़ा आगे बढ़ा हुआ था। वह जैसे कमरे में घुसते वक्त किसी को देखकर ठिठक गया था।

त्रिदिव बाबू ने अनुभव किया कि उन्हें कँपाती हुए एक ठंडी लहर पैर से सिर तक गुजर गई। प्रशान्त ने इस मकान में एक लड़के को देखने का जिक्र किया भी था। वह बागीचे में खेल रहा था—बिलकुल बचपन का मंटू।

वह लड़का बड़ी खामोशी से कुछ कदम और आगे बढ़ा। इस वक्त वह पलंग से चार हाथ दूर था। बचपन का मंटू...

त्रिदिव बाबू को लगा उनके हाथ-पैर ठंडे हो गए थे, उन्हें कुछ सूझ नहीं रहा था। वे समझ रहे थे कि बेहद आतंकित हो जाने के कारण अब वे किसी भी क्षण बेहोश हो सकते थे।

वह लड़का आगे बढ़ रहा था। वह बैंगनी रंग की शर्ट पहने था। यह शर्ट तो...

बेहोश होने के ठीक पहले त्रिदिव बाबू ने महीन गले से किसी की

आवाज सुनी—"मेरे बिस्तर पर कौन लेटा है?"

उन्हें कब होश आया या आया ही नहीं था, फिर उसके बाद उनकी कब दुबारा आँख लगी थी, त्रिदिव बाबू को यह सब कुछ भी याद नहीं। रोज की तरह उनकी सुबह साढ़े छ: बजे नींद खुली। प्रशान्त को साढ़े सात बजे आकर उनके साथ ब्रेकफास्ट करना था। रात में जो कुछ घटा था, उसके बाद से उन्हें बिस्तर छोड़कर कुछ भी करने का मन नहीं कर रहा था। जीवन में उन्हें पहली बार ऐसा धक्का लगा था। कल चाँदनी रात में जो काव्य-पाठ सुना था, ठीक वैसा ही सुनाकर उन्हें स्कूल में पहला इनाम मिला था। और द्वितीय? द्वितीय आया था प्रशान्त सरकार। इससे मंटू को खुशी नहीं हुई थी। "हम दोनों ही फर्स्ट आते तो कितना बढ़िया होता न रे?" मंटू ने अपने जिगरी दोस्त पानू से कहा था।

कमरे में आए उस लड़के का चेहरा त्रिदिव बाबू साफ देख नहीं पाए थे, मगर शर्ट के बैंगनी रंग को त्रिदिव बाबू ने देख लिया था। यह बैंगनी शर्ट उन्हें बहुत प्रिय थी। उसे उनकी छोटी मौसी ने उनके जन्मदिन पर दिया था। भला उसे वे कैसे भूल सकते थे। उस शर्ट को पहनकर जिस दिन पहली बार स्कूल गए थे, पानू ने कहा था, "मंटू, तू तो बिलकुल साहब जैसा लग रहा है।"

इस भुतहे अनुभव का कारण भी वे साफ समझ गए थे। आज के त्रिदिव के साथ बचपन के उस त्रिदिव का कोई मेल नहीं था। बचपन का वह मंटू बचपन में ही मर चुका था। और उसका भूत कल उन्हें यही बताने आया था कि लखपति त्रिदिव चौधुरी को वह कतई बर्दाश्त नहीं कर पा रहा है।

"त्रिदिव बाबू ने प्रशान्त बाबू से रात की घटना का कोई जिक्र नहीं किया। मगर इतना वे समझ रहे थे कि लाख कोशिशों के बावजूद वे पूरी तरह से सहज नहीं दिख रहे थे। शायद इसीलिए प्रशान्त बाबू ने उनसे पूछ ही लिया,

"तुम्हें क्या हुआ है? क्या रात को ठीक से नींद नहीं आई?"

त्रिदिव बाबू ने गला खँखारकर कहा, "नहीं, माने...मैं सोच रहा था कि दो दिनों का काम जब एक दिन में ही निपट गया है तब आज जाकर फादर विलियम्स का स्कूल क्यों न देख लिया जाए?"

प्रशान्त सरकार ने खुश होकर कहा, "यह तो बड़ी अच्छी बात है।"

वे जितना बाहर से मुस्कराए, उससे कहीं ज्यादा दिल में हँसे। दरअसल यह सब उन्हीं की चाल थी जो निशाने पर लगी थी। लौटते वक्त अपने पड़ोसी नन्द चक्रवर्ती के बेटे बावलू से जाकर कहना होगा कि कल रात को उसका काव्य-पाठ और अभिनय बहुत बढ़िया था। साथ ही चिन्तामणि को भी तगड़ी बख्शीश देनी पड़ेगी।

सन्देश; माघ, 1391 (जनवरी-फरवरी 1985)

गनेश मुत्सुद्दी का पोर्ट्रेट

सुखमय सेन की उम्र पैंतीस साल की थी। इसी उम्र में उसने चित्रकार के रूप में काफी ख्याति अर्जित कर ली थी। पोर्ट्रेट में ही उसकी महारत थी। विशेषज्ञों की राय थी कि सुखमय सेन की बनाई किसी व्यक्ति की तसवीर देखकर लगता था हू-ब-हू वही व्यक्ति सामने बैठा है। काफी प्रदर्शनियों में उसके बनाए चित्र नजर आते थे जिनकी कला-आलोचक खूब प्रशंसा करते।

मगर कलाकार हमेशा एक ही रास्ते पर चलना पसन्द नहीं करते। सुखमय भी इस मामले में अपवाद नहीं था। सम्प्रति उसे डर लग रहा था, पोर्ट्रेट तो वह काफी बना चुका था, अब क्यों न जरा भिन्न प्रकार की तसवीरें बनाई जाएँ! वह अब लैंडस्केप या प्राकृतिक चित्र में कुछ कर दिखाना चाहता था। इस काम के लिए एक दिन वह शिलांग पहुँच गया।

सुखमय ने अभी शादी नहीं की थी। उसके माता-पिता दोनों जीवित थे। दो बहनों की शादी हो चुकी थी। सुखमय शिलांग में अकेले ही गया था क्योंकि उसको

पक्की धारणा थी कि कलाकार अकेले रहकर ही बढ़िया काम कर सकता है। तसवीर बनाते समय अपने पास किसी की मौजूदगी वह कतई पसन्द नहीं करता था। यह दूसरी बात थी कि पोर्ट्रेट बनाते समय जिसकी तसवीर बनाई जाती थी, वह भी वहाँ पर होता था, मगर उसके अलावा और किसी को भी रहने की इजाजत नहीं थी। सब कलाकारों में कमोबेश ऐसी ही मानसिकता नजर आती है लेकिन सुखमय में यह कुछ ज्यादा ही थी।

इसीलिए शिलांग में आकर घास पर इजेल रखकर जब वहाँ की चर्चित झील की तसवीर वह बना रहा था, तब एक दूसरे व्यक्ति की उपस्थिति उसे अच्छी नहीं लगी।

"वाह, आप चित्र तो बहुत अच्छा बनाते हैं महाशय!" उस सज्जन की पहली प्रतिक्रिया थी।

इसका क्या जवाब हो सकता था, इसीलिए सुखमय मुस्कराते हुए अपना काम करता रहा।

"मेरे मन में चित्रकारों के प्रति बेहद सम्मान रहता है।" आगन्तुक ने कहा, "मौका पाते ही एक्जीवीशन में चला जाता हूँ। आपके चित्रों की कोई प्रदर्शनी हुई है?"

इस सवाल का जवाब दिए बिना चारा नहीं था। सुखमय ने छोटा-सा जवाब दिया—"हाँ।"

"आपका नाम जान सकता हूँ?"

सुखमय ने बता दिया।

आगन्तुक की आँखें चमकने लगीं। कहा, "क्या कह रहे हैं आप! आप के नाम से मैं खूब परिचित हूँ। जहाँ तक मुझे पता है आप लैंडस्केप तो नहीं आँकते। आपके चित्रों की प्रदर्शनी में मैं गया था। वहाँ सभी पोर्ट्रेट थे। आपने अचानक सब्जेक्ट क्यों बदल लिया?"

"स्वाद बदलने के लिए।" सुखमय ने कहा। ऐसा लगा, वे सज्जन

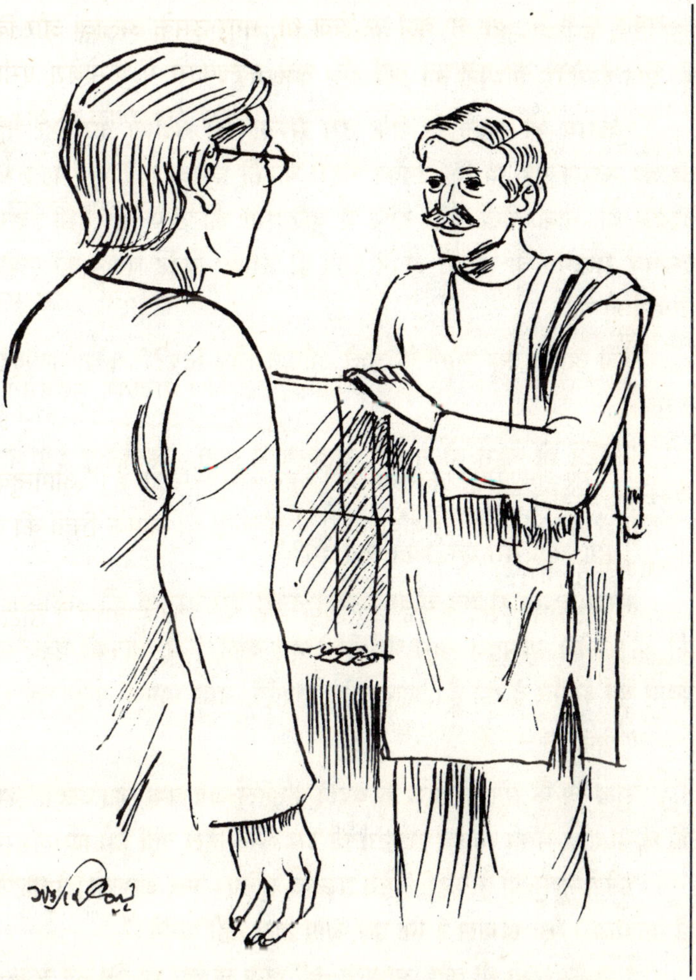

सहज ही साथ छोड़नेवाले नहीं थे। सुखमय ने, अभद्रता जाहिर न हो इसलिए विवश होकर पूछा, "आप क्या यहाँ रहते हैं?"

"जी नहीं। मेरा एक साला लावान में रहता है, मैं उसके पास आठ-दस दिनों के लिए ठहरा हूँ। मेरा नाम गनेश मुत्सुद्दी है। कोलकाता में रहता हूँ। एक इंश्योरेंस कम्पनी का असिस्टेंट मैनेजर हूँ।"

सुखमय जो उतनी देर तक उस सज्जन को बर्दाश्त कर रहा था, उसका कारण यह था कि उनका चेहरा काफी प्रभावशाली था, गला भी अच्छा था, नाक तीखी और दृष्टि में बुद्धिमत्ता की छाप थी। ऐसा चेहरा देखकर सुखमय के मन में अपने आप ही उसका पोर्ट्रेट बनाने की इच्छा उत्पन्न हो गई।

"तो आपने क्या लोगों के चेहरे आँकने छोड़ दिए?" गनेश मुत्सुद्दी ने पूछा।

"पोर्ट्रेट तो बहुत हो गया," सुखमय ने कहा, "इसीलिए इस बार लैंडस्केप में रुचि हुई।"

"क्या आप मेरा एक चित्र बना देंगे?"

सुखमय मन ही मन चौंका। उसने उनसे ऐसे प्रस्ताव की आशा नहीं की थी। गनेश मुत्सुद्दी घास पर बैठते हुए बोले, "मैं आपको एक नए प्रकार का ऑफर दे रहा हूँ। आप पोर्ट्रेट बनाएँगे, मगर मामूली पोर्ट्रेट नहीं।"

"यानी?"

सुखमय के मन में खीज के बदले कुतूहल जग गया था। उसके हाथ की कूँची हाथ में ही रह गई। वह कूँची इस वक्त हिल नहीं रही थी।

गनेश मुत्सुद्दी ने कहा, "मेरा प्रस्ताव सुनिए। फिर आपको जो कहना हो कहिएगा। मेरा खयाल है कि इसे आप टाल नहीं पाएँगे।"

सुखमय अभी भी कोई अन्दाजा नहीं लगा पा रहा था कि उन सज्जन का इरादा क्या था। वे भी अपना प्रस्ताव पेश करने में कोई जल्दबाजी नहीं

कर रहे थे। उन्होंने थोड़े इत्मीनान से कहा, "बात यह है, आप मेरा एक चित्र बनाइए, मगर वह इस व्यक्ति के चेहरे जैसा नहीं? आज से पचीस साल बाद के मेरे चेहरे जैसा होना चाहिए। इसे अनुमान करके आँकना होगा। आज 15 अक्तूबर, 1970 है। आपका चित्र मैं उपयुक्त पारिश्रमिक देकर आपसे खरीद लूँगा। इसके बाद आज से पचीस साल बाद यानी 15 अक्तूबर, 1995 को मैं फिर उस तसवीर के साथ आपसे मिलूँगा। मेरी बात में कोई फर्क नहीं आएगा। अगर आपका अनुमान खरा उतरेगा तथा चित्र से मेरा चेहरा मेल खा जाएगा तो फिर मैं आपको इनाम में कुछ और रुपये भी दूँगा। आप राजी हैं?"

यह नए प्रकार का प्रस्ताव था, इसमें सन्देह नहीं। सुखमय को नहीं पता कि ऐसा प्रस्ताव कभी किसी ने किसी चित्रकार को दिया था या नहीं। सुखमय इस प्रस्ताव को खारिज नहीं कर पाया। यह एक चैलेंज था। आज के किसी व्यक्ति का चेहरा पचीस साल बाद कैसा होगा, यह अनुमान लगाना बहुत कठिन था। फिर भी सुखमय ने एक आकर्षण अनुभव किया। उसने कहा, "ठीक है, तसवीर मैं बना दूँगा लेकिन पचीस साल बाद आपसे मेरा सम्पर्क कैसे होगा?"

"मैं ही आपसे सम्पर्क करूँगा।" गनेश मुत्सुद्दी ने कहा, "आप मुझे अपना पता दीजिए, मैं भी आपको अपना पता लिख देता हूँ। जिसका पता जब भी बदलेगा वह दूसरे को सूचित करेगा। इस मामले में कोताही न हो, नहीं तो एक- दूसरे से सम्पर्क कट जाएगा। इसके बाद पचीस साल बाद आपके पोर्ट्रेट को साथ लेकर मैं आपसे मिलूँगा। अगर चेहरा मिल जाए तो मैं आपको फिर से पाँच हजार रुपये दूँगा। ऐसा न हो तो फिर उस रुपये का सवाल नहीं उठता। आप इतना समझ लीजिए कि आपका कोई नुकसान नहीं हो रहा है। क्योंकि आपका पारिश्रमिक तो आपको अभी मिल ही रहा है।"

सुखमय ने कुछ सोचकर कहा, "मैं तैयार हूँ। शिलांग में यह काम

हो जाएगा?"

"यहाँ क्यों नहीं हो सकता? मैं यहाँ अभी और दस दिन रुकूँगा। क्या इस बीच आपका पोर्ट्रेट पूरा नहीं होगा?"

"पोर्ट्रेट बनाने में पाँच दिन से ज्यादा नहीं लगेगा। मैं सप्ताह भर और रुकूँगा। क्या कल से काम शुरू कर दिया जाए?"

"जरूर!"

"मगर ऐसा विचित्र विचार आपके दिमाग में आया कैसे?"

"मैं आदमी ही कुछ अलग तरह का और झक्की हूँ। जो लोग मुझे जानते हैं वे मेरे स्वभाव से परिचित हैं। आपसे परिचय नहीं है इसलिए आपको यह बात विचित्र लग रही है।"

"आपकी उम्र कितनी होगी?"

"सैंतीस। पचीस साल बाद मैं बासठ का हो जाऊँगा। आप तो लगता है मुझसे छोटे ही होंगे।"

"हाँ, मैं पैंतीस का हूँ।" सुखमय ने कहा।

"उम्मीद है, हम दोनों ही और पचीस साल तक जिन्दा रहेंगे।"

"इसे क्या यकीन से कोई कह सकता है?"

"मेरा दिल कह रहा है। फिर देखा जाए क्या होता है?"

"तो फिर कल से काम शुरू कर दिया जाए।"

"हाँ, आप कहें तो मैं आपके यहाँ आ सकता हूँ।"

"हाँ, तसवीर बनाने की सारी चीजें—रंग, ब्रश, कैनवस, इजेल आदि, वहाँ पर हैं। मैं लाइमखरा में रह रहा हूँ। मेरे बँगले का नाम है—'किस्मत।' यहाँ के लोग उसे स्मिथ साहब का बँगला कहते हैं।"

गनेश मुत्सुद्दी के आज से पचीस साल बाद का पोर्ट्रेट बनाने में सुखमय को पाँच दिन लगे। तसवीर बनाने के बाद सुखमय को लगा कि ऐसा चित्ताकर्षक काम उसने कभी नहीं किया था। पोर्ट्रेट बनाने में सिर्फ पर्यवेक्षण की जरूरत ही रहती है, इस मामले में सुखमय को एक दूर दृष्टि

का हर समय प्रयोग करना पड़ रहा था। जिसकी उसे पहले कभी जरूरत नहीं पड़ी थी। गनेश मुत्सुद्दी के सिर पर बाल थे लेकिन सुखमय ने गौर किया कि वे बाल काफी पतले थे। इसलिए पचीस साल बाद के चित्र में सुखमय ने उन्हें गंजा दिखाया था। इसके अलावा सुखमय का दिल कह रहा था कि वह व्यक्ति उम्र बढ़ने पर भी मोटा नहीं होगा। इसलिए तसवीर में चेहरा दुबला ही दिखाया गया था, गाल धँसे थे। आँखों के कोने सिकुड़े थे, कान के पास के बाल सफेद थे, ठुड्डी के नीचे की त्वचा थोड़ी लटकी हुई थी। इसके अलावा उसकी आँखों के कोने मुस्कराते हुए-से दिखाए गए थे क्योंकि उसका मन कह रहा था कि गणेश मुत्सुद्दी का जीवन सुखी ही रहेगा।

उस तसवीर को देखकर गणेश मुत्सुद्दी ने कहा, "वाह, यह तो विचित्र बात है। यह चित्र तो मेरे पिता के इस वक्त के चेहरे के साथ काफी मिल रहा है। यह भी लगता है कि मेकअप करने के बाद मेरा चेहरा भी ऐसा ही हो सकता है। आपको अनेक धन्यवाद। अब दुबारा पचीस साल बाद भेंट होगी। आपका इस वक्त का पारिश्रमिक मैं आपको दिए दे रहा हूँ।"

शिलांग झील की तसवीर पूरी करने के लिए सुखमय को कुछ और दिन ठहरना पड़ा। लेकिन इस बीच गनेश मुत्सुद्दी से भेंट नहीं हुई। वे बहुत विचित्र व्यक्ति थे, रह-रहकर सुखमय को ऐसा खयाल आता रहा।

पचीस साल बाद भी वे क्या वाकई उससे मिलने आएँगे? यह कहने का कोई जरिया नहीं था। इन पचीस वर्षों में न जाने कितना कुछ घट सकता है यह सोचकर सुखमय का दिमाग भन्नाने लगा।

सुखमय सेन ने पोर्ट्रेट बनाकर जैसा नाम किया था, वैसा लैंडस्केप बनाकर नहीं हुआ। कला-समीक्षकों की प्रतिक्रियाओं से उसे थोड़ी तकलीफ जरूर हुई थी, मगर उनकी कुछ-एक बातों से सहमत भी हुआ था। 'दैनिक वार्ता' अखबार के कला-समीक्षक अम्बुज सान्याल ने सुखमय सेन से अपने एक लम्बे लेख में शिकायत की थी कि सुखमय ने परम्परागत शैली

का ही अनुकरण किया है, जबकि उसमें नएपन की सम्भावना है, रंगों की उसे गहरी जानकारी है। तकनीक में उसका जवाब नहीं। ऐसे में उसे पुरानी शैली के बजाय नई शैली में काम क्यों नहीं करना चाहिए? आर्ट तो हमेशा एक ही जगह स्थिर नहीं रहता। समय के साथ-साथ उसकी विषय-शैली में भी बदलाव आता है। सुखमय को मॉडर्न होना ही होगा, अन्यथा एक दिन उसके काम में अवसाद की छाया नजर आ सकती है।

1975 के मई महीने की प्रदर्शनी में सुखमय की नई शैली का काम नजर आया। दो-एक समीक्षकों ने प्रशंसा जरूर की मगर तसवीरें बिकीं नहीं। हालाँकि सुखमय पेशेवर चित्रकार था, तसवीरें बनाकर ही उसकी रोजी-रोटी चलती थी।

इस बीच गोलमाल जो होना था, वह हो गया था। मॉडर्न आर्ट का चक्कर ही सुखमय के गले की हड्डी बन गया। जीवन में पहली बार उसे अर्थाभाव का पता चला। नवीन नस्कर लेन के तीन कमरों वाले फ्लैट में उसकी रिहाइश थी। उसके माता-पिता भी अबतक उसके साथ थे। 1980 के दिसम्बर में सुखमय के पिता की मौत हो गई। सौभाग्य से माँ के काफी कहने के बावजूद सुखमय ने शादी नहीं की थी क्योंकि 1970 के सुखमय और 1980 के सुखमय में काफी फर्क था। कलाकार के रूप में अपना आत्मविश्वास वह खो चुका था। वह अभी भी मॉर्डन आर्ट किए जा रहा था, जिनमें से कुछ-एक कम दामों में सही बिक जाती थीं। मगर उससे गृहस्थी नहीं चलती थी।

1985 के मध्य में सुखमय बीच-बीच में फिल्मों के विज्ञापन चित्र बनाने लगा था। फिल्मों की बड़ी-बड़ी ऑयल पेंटिंग का विज्ञापन सड़कों पर लगाने की योजना बनी थी; उसे बनानेवाले चित्रकारों के बारे में कोई जानना भी नहीं चाहेगा। अत्यन्त हीन जीविका थी, मगर इसके अलावा उपाय भी नहीं था। फ्लैट के तीन कमरों में से एक उसने किराये पर उठा दिया। भवेश भट्टाचार्य नामक एक ज्योतिषी ने उसे लिया था। उनसे

सुखमय का परिचय हुआ। सुखमय के भविष्य की गणना करके ज्योतिषी महोदय को कोई सम्भावना नजर नहीं आई।

1986 में न जाने कब अपने जीवन-संघर्ष के चलते सुखमय की स्मृति से शिलांग की वह घटना निकल गई थी। इसका कारण भी बड़ा विचित्र था, कब ऐसा घटता है, कोई कह नहीं सकता।

1989 में सुखमय की माँ की मृत्यु हो गई। अब सुखमय एकदम अकेला था। उसके अच्छे दिनों में प्रणव, सात्यकि, अरुण आदि जो दोस्त जुटे थे, उन सभी ने उसके बुरे वक्त में साथ छोड़ दिया। सुखमय अब बावन साल का था। इसी उम्र में रात के मद्धिम प्रकाश में साइन बोर्ड बना-बनाकर उसकी आँखों में मोतियाबिन्द उतर आया। मगर मकान मालिक के तकादे से बचने के लिए उसे लगातार काम करते रहना पड़ रहा था। जो पहले के मकान मालिक थे, वे बड़े सज्जन थे। मगर उनके मरने के बाद उनका बड़ा लड़का, जो अब मालिक बन चुका था, वह परम दुष्ट था। उसे कुछ कहते जरा भी संकोच नहीं होता था। मगर आश्चर्य उसकी गालियों की भी सुखमय को आदत पड़ चुकी थी।

समय किसी की प्रतीक्षा नहीं करता। देखते-देखते सन् 1995 आ गया। सुखमय के सिर के सारे बाल भी सफेद हो गए थे।

पन्द्रह अक्तूबर—उस दिन विजयादशमी थी। सुखमय का दरवाजा कोई खटखटाया। सुखमय ने दरवाजा खोलकर देखा, एक बूढ़े सज्जन खड़े थे, जिनके सिर के घुँघराले बाल पक चुके थे, उनकी मूँछें लाजवाब थीं। उनके हाथ में कागज में लिपटी एक चौकोर-सी चीज थी, देखकर लगता था उसमें कोई तसवीर होगी। सुखमय को उन्हें देखकर कोई खास खुशी नहीं हुई। उसे किसी अनजाने व्यक्ति से बात करने की इच्छा नहीं थी। वह सात महीने से मकान का किराया नहीं चुका पाया था। मकान मालिक ने चेतावनी दे दी थी कि इस बार किराया न चुकाने पर वे जबर्दस्ती उसे कमरे से निकाल देंगे। गुंडों की सहायता से सब-कुछ सम्भव है।

मगर इस सज्जन का चेहरा खिला हुआ था। कमरे के अन्दर आकर बोले, "आप शायद भूल गए हैं।"

सुखमय ने थोड़े आश्चर्य से पूछा, "क्या?"

वे बोले, "आज तारीख क्या है?"

"पन्द्रह अक्तूबर।"

"सन् क्या है?"

"1995।"

"फिर भी कुछ याद नहीं पड़ रहा? शिलांग की उस घटना को क्या भूल गए हैं?"

वह सवाल और उन सज्जन की आवाज सुनकर सुखमय के शरीर में जैसे बिजली कौंध गई। उसे तुरन्त सभी बातें याद आ गईं, बस किसी तरह उन सज्जन का नाम याद नहीं आया।

"याद आ गया," सुखमय ने कहा, "मैंने आज से पचीस साल पहले आपका एक पोर्ट्रेट बनाया था। मगर मैं तो हार गया। आपके सिर के बाल सही-सलामत हैं; आपकी मूँछें, आपकी जुल्फें—ऐसा तो मैंने नहीं बनाया था।"

"मेरा चेहरा देखकर किसी की याद आ रही है?"

बात सच थी। उन्हें देखकर सुखमय को वे कुछ पहचाने हुए-से लगे थे।

"आप बांग्ला फिल्में देखते हैं?" उन सज्जन ने पूछा।

"नहीं देखता, मगर बांग्ला फिल्मों के पोस्टर जरूर बनाता हूँ।"

"मनीष गंगोपाध्याय का नाम तो आपने सुना होगा?"

हाँ। मनीष गंगोपाध्याय चर्चित फिल्म अभिनेता थे। उम्र हो गई थी, नायक का अभिनय नहीं करते थे। मगर जबर्दस्त चरित्र अभिनेता के रूप में उनकी ख्याति थी। सुखमय ने कहा, "हाँ, अब पहचान गया हूँ। आप कैरेक्टर रोल करते हैं। खूब लोकप्रिय अभिनेता हैं। मैंने फिल्मों के विज्ञापनों में आपकी तसवीरें बनाई हैं।"

वे सज्जन हँसते हुए बोले, "यह तो वर्तमान परिचय हुआ। मनीष गंगोपाध्याय मेरा असली नाम नहीं है। मेरे असली नाम से आप मुझे पचीस साल पहले पहचानते थे। वह नाम था गनेश मुत्सुद्दी।"

"ठीक कह रहे हैं," सुखमय ने कहा, "मैंने आपका पोर्ट्रेट बनाया था—पचीस साल बाद के आपके चेहरे का अनुमान करके। उस तसवीर की मुझे अब साफ याद पड़ रही है। लेकिन उस चेहरे से आपके वर्तमान चेहरे में कोई मेल नहीं है। लिहाजा मैं अपने काम में सफल नहीं रहा। ऐसा होता तो आपने मुझे पाँच हजार देने का वादा किया था, मगर आज मैं उन रुपयों का दावा नहीं कर सकता। लिहाजा..."

"रुकिए, आपको मैं वह चित्र दिखाता हूँ," कहकर उन सज्जन ने पैकिंग खोलकर उस तसवीर को मेज पर खड़ा करके रख दिया। सुखमय ने अवाक् होकर देखा, उसके सामने हू-ब-हू उसके बनाए पोर्ट्रेट के चेहरेवाले गनेश मुत्सुद्दी खड़े थे।

"यही मेरा असली चेहरा है," गनेश मुत्सुद्दी ने कहा, "जिसे आपने अपनी अद्भुत कल्पना-शक्ति से पचीस साल पहले ही अनुमान कर लिया था। मैं उस वक्त इंश्योरेंस कम्पनी में काम करता था लेकिन अभिनय का शौक मुझे युवावस्था से रहा है। एक बार अपने एक दोस्त निर्देशक के दबाव पर मैंने एक बांग्ला फिल्म में काम किया था। मेरा काम सभी को पसन्द आया। तभी से मैं अभिनेता बन गया। मैंने शुरू से ही अपना नाम बदल लिया था। अर्थात सभी कुछ मुखौटा ही है। सिर गंजा होते रहने से मैंने फिल्मों में विग पहनना शुरू कर दिया था। साथ ही एक मूँछ भी लगा ली। दर्शकों को मेरा यह गेटअप बहुत पसन्द आ गया। मगर मेरा असली चेहरा तो यह चित्रवाला चेहरा है। मैंने आपको वचन दिया था कि चेहरा मिल जाने पर पुरस्कार दूँगा। यह लीजिए पुरस्कार।"

सुखमय ने देखा, उसके हाथों में बीस हजार का एक चेक था। गनेश मुत्सुद्दी ने कहा, "सुनिए, मैं अभिनय करता हूँ, लिहाजा मैं कला प्रदर्शनियों

में जाता नहीं, ऐसा नहीं है। आश्चर्य है आपकी कला की शैली कैसे बदल गई? आपमें पोर्ट्रेट बनाने की अद्‌भुत क्षमता रही है। आपको उसे छोड़कर दूसरी चीजें अपनाने की क्या जरूरत थी?"

सुखमय क्या कहता, खामोश रहा।

"मैं आपसे कह रहा हूँ," गनेश मुत्सुद्दी ने कहा, "आप समीक्षकों की बात भूल जाइए। आप फिर से पोर्ट्रेट बनाना शुरू कीजिए। मुझे यकीन है, आपकी क्षमता अभी भी नष्ट नहीं हुई है।"

गनेश मुत्सुद्दी ने तसवीर को फिर से कागज में लपेटते हुए कहा, "अब मुझे आज्ञा दीजिए। मेरी सलाह पर जरूर गौर कीजिएगा।"

सुखमय ने उनकी सलाह मान ली। इसका आश्चर्यजनक परिणाम हुआ। 1995 के दिसम्बर में उसके बनाए पोर्ट्रेट की प्रदर्शनी में नए सिरे से उसके हुनर की तारीफ हुई, इसके साथ ही तसवीरें भी खूब बिकीं।

सन्देश; कार्तिक, 1394 (अक्टूबर-नवम्बर 1987)

निताई और महापुरुष

कोई ज्ञानी व्यक्ति कह गए हैं कि ज्यादातर लोग औसत दर्जे के ही होते हैं। बात शायद ठीक होगी पर निताई को औसत भी नहीं कहा जा सकता। काफी मामलों में वह बहुत गया-बीता ही नजर आता था। देह से भी वह नाटा था और मन से भी वह बचपन से ही छोटा था। उसने हाल ही में अड़तीस साल पूरे किए थे। वह बैंक में क्लर्क की जो नौकरी करता था, वह भी छोटी ही थी। महीने में जो रुपये मिलते, उससे अपनी पत्नी और तेरह साल के एक लड़केवाली गृहस्थी खींच-तानकर चलानी पड़ती थी। संयोग से उसकी कोई बेटी नहीं थी, नहीं तो उसकी शादी में वह कंगाल हो गया होता। कहना न होगा उसकी पत्नी उसे हरदम ताने देती रहती थी क्योंकि सौदामिनी बहुत लड़ाकू औरत थी। इसलिए घर में निताई जिस तरह हमेशा पत्नी की डाँट सुनता रहता था, उसी तरह दफ्तर में भी उसे बड़े बाबू, मँझले बाबू, सँझले बाबू की डाँट सुनने को मिलती रहती थी। जीवन में अगर वह ऐसा काम करता जिस पर उसे

गर्व होता, जिससे लोग उसकी तारीफ करते तो कितना अच्छा होता। मगर निताई की ऐसी तकदीर कहाँ थी। उसका मानना था कि भगवान ने बेमन से जो कुछ बनाया था, उन्हीं में से एक वह भी था। उसे गढ़ते समय विधाता अनमने थे, इसलिए वह जीवन में कुछ नहीं कर पाया।

जिनपर ईश्वर की अच्छी नजर रहती है, वे लोग कैसे होते हैं, निताई उसका एक उदाहरण तुरन्त दे सकता है। दो दिन हुए कोलकाता में एक साधु बाबा आए थे—जीवानन्द महाराज—जिनके शिष्य-शिष्याओं की कोई सीमा नहीं है, वे बहुत अच्छे वक्ता हैं, सुकंठी हैं, जिनके गीता की व्याख्या सुनकर लोग मोहित हो जाते हैं, जिनका चरण-स्पर्श करने को मिल जाए तो लोग कृतार्थ हो जाते हैं। ईश्वर की एक सीढ़ी नीचे उनका स्थान है। जीवानन्द महाराज केष्टोनगर से आकर हैरिंगटन स्ट्रीट में एक भक्त के यहाँ ठहरे थे। शहर में उनके आते ही गहमागहमी फैल गई थी। अखबार के पहले पन्ने पर उनकी तसवीर छपी थी। ऐसे दिव्य महापुरुष के दर्शन लोगों को वर्षों से नहीं हुए थे।

निताई और उसकी पत्नी, दोनों की इच्छा उनका दर्शन पाने की थी लेकिन सुना है, जैसी भीड़ चल रही थी उसमें आम आदमियों का उन तक पहुँचना मुश्किल था। वे जहाँ रह रहे थे, उसके मैदान में शामियाना लगा दिया गया था। बाबाजी वहाँ सुबह-शाम जाकर गद्दी पर विराजते थे, भक्तों की भीड़ जुटती थी, बाबाजी विभिन्न आध्यात्मिक विषयों पर ज्ञान की बातें करते थे। भक्तों में जो बहुत भाग्यवान थे, वे आगे की कतार में बैठते थे। बाबा की मर्जी होती तो उन्हें अलग से बुलाकर उनसे बातें करते थे। उससे उनके प्रति भक्ति दुगुनी बढ़ जाती थी।

निताई कभी ऐसी जगह प्रवेश कर पाएगा और पहली कतार में बैठ पाएगा, इस बात को उसने सपने में भी नहीं सोचा था। मगर ऐसा मौका उसे रसिकलाल की कृपा से मिल गया। रसिकलाल बोस निताई की पत्नी का जीजा था। वह एक बड़ी कम्पनी में काम करता था। मगर इसे लेकर उसे कोई दम्भ नहीं था। वह निताई के यहाँ कुछ नहीं तो महीने में तीन बार आता

ही था और खुले दिल से विभिन्न विषयों की चर्चा करता था। साधु-संन्यासियों के प्रति उसका रुझान पहले से ही था। पहला मौका मिलते ही वह जीवानन्द बाबाजी का शिष्यत्व ग्रहण करके उनके प्रथम श्रेणी के शिष्यों में एक हो गया था। रसिकलाल ने ही एक शनिवार को निताई के यहाँ आकर कहा था—"एक खाँटी महापुरुष से मिलना चाहो तो मेरे साथ चल सकते हो।"

"किसकी बात कह रहे हो?" निताई ने पूछा।

"और किसकी बात?—एक ही तो हैं। हैरिंगटन स्ट्रीट में डेरा जमाया है। उनकी आँखों के तेज से पता चलता है कि पौराणिक युग के साधु-संन्यासी कैसे होते थे। उनका दर्शन न पाना जीवन में एक बहुत बड़ा लॉस है।"

"मगर सुना है, उनके सौ हाथ दूर तक तो कोई जा ही नहीं सकता।"

"हाँ, यह बात सच है पर यह मेरा सौभाग्य है कि मुझे एकदम पहली कतार में जगह मिलती है। मेरे ऊपर बाबा की अतिरिक्त कृपा रहती है। प्रवचन देते वक्त भी उनकी ज्यादातर निगाह मुझी पर रहती है। उनकी बातें सुनकर जैसे रोंगटे खड़े हो जाते हैं। तुम्हें चलना है तो कहो।"

"यह भला कहने की बात है। ऐसा मौका मिलेगा, इसे तो सोच ही नहीं पाया था।"

"उन्होंने गंगोत्री के किनारे हिमालय में पचीस साल तक तपस्या की है। उन्हें देखने के बाद किसी से कहना नहीं पड़ता कि वे एक खाँटी सिद्ध पुरुष हैं।"

दिन तय हो गया। आगामी मंगलवार शाम साढ़े छह बजे रसिकलाल निताई और उसकी पत्नी को ले जाने के लिए घर आएगा।

"सामने बैठने की जगह मिलेगी तो?"

रसिकलाल की बातों पर जैसे निताई को पूरी तौर से भरोसा नहीं हो रहा था।

"जगह न मिले तो मेरा नाम नहीं," रसिकलाल ने जोर से कहा, "हाँ, थोड़ा इत्र भी लगा लेना। बाबाजी इत्र के बड़े भक्त हैं।"

आश्विन महीना था। इसलिए शाम को ही अँधेरा उतर आया था। हैरिंगटन स्ट्रीट पर बैरिस्टर यतीश सेनगुप्त के मकान के लॉन में शामियाना के नीचे फ्लोरोसेंट लाइट की व्यवस्था थी, जिससे बाबा को देखने में भक्तों को कोई दिक्कत न आए। बढ़िया कपड़ोंवाले स्त्री-पुरुषों की भीड़ देखकर निताई हक्का-बक्का रह गया था, लेकिन रसिकलाल उसे सीधे एकदम सामने की पंक्ति की ओर ले गया। रसिकलाल ने वहाँ पहुँचकर बड़े आडम्बर से बाबाजी की चरण धूलि ली। उसकी देखा-देखी निताई और उसकी पत्नी को भी ऐसा करना पड़ा। इसके बाद फर्श पर बैठकर निताई ने पहली बार बाबाजी को अच्छी तरह देखा।

उनका चेहरा सौम्य था, इसमें सन्देह नहीं। सीने तक लहराती हुई दाढ़ी थी, सिर के गंगा-यमुनी लहरियेदार बाल कन्धों तक फैले हुए थे, वे एक गेरुए सिल्क का चोगा पहने हुए थे। गले में रुद्राक्ष की तीन बड़ी मालाएँ थीं। बाबा के दोनों तरफ बेला की मालाओं का ढेर था। स्पष्ट था भक्तों ने सुगन्ध के लिए ही उसे बाबा को दिया था। निताई ने खुद कोई इत्र नहीं लगाया था क्योंकि वह चीज उसके घर में थी ही नहीं। मगर इत्र तथा अन्य सेंट की सुगन्ध उसे चारों तरफ से महसूस हो रही थी। उसी के साथ धूप की सुगन्ध भी जुड़ गई थी। कुल मिलाकर वहाँ एक नशीला माहौल हो गया था।

बाबा अभी तक मौन थे, अब गीता का एक श्लोक दोहराते हुए उन्होंने मुँह खोला और उसकी व्याख्या करने लगे।

निताई की दृष्टि बाबा पर लगी थी। उसका एक कारण था। एक नहीं, दो। एक था बाबा की आँखें। वे जरा-से भैंगे थे। और दूसरा था—बाबा की बाईं आँख के नीचे गाल पर काफी बड़ा मस्सा था।

इन दोनों को देखते हुए निताई जैसे अनमना हो गया। वह मस्सा और भैंगी आँख। निताई ने इस बार जरा और गौर से बाबा के चेहरे को देखा और एकाग्र होकर उनकी बातें सुनने लगा। वे धाराप्रवाह व्याख्या किए जा रहे थे। सुललित कंठ स्वर। लगा वे गाना भी अच्छा गाते होंगे। बाबा की बगल

में रखा हारमोनियम और मृदंग इसकी गवाही दे रहे थे।

अचानक कहते-कहते बाबा तुतला-से गए। एक बार सिर्फ एक जरा-सी ठोकर, मगर उतने से ही निताई के दिमाग में जैसे बिजली कौंध गई। और उसके मुँह से थोड़े जोर से ही एक नाम निकल गया—"छेनो।"

वह नाम बाबा के स्वर से थोड़ा जोर से उच्चारित होने के कारण सभा में विस्मय और खीज मिश्रित चौंकानेवाली एक लहर दौड़ गई। ऐसा बेअदब, मूर्ख, सभा में बाधा डालनेवाला व्यक्ति कौन था जो बाबा के प्रवचन के समय इस तरह चिल्लाया था?

रसिकलाल भी दूसरों की तरह हैरत में था। उसकी पत्नी के बहनोई का दिमाग खराब तो नहीं हो गया? छेनो का मतलब?

मुँह से आवाज निकलने के बाद ही निताई एकदम मौन हो गया था। और उसी के साथ बाबाजी का मुँह क्षणभर के लिए बन्द होकर उनकी नजर उस नए अपराधी की तरफ चली गई।

उसके बाद की घटना के लिए निताई तैयार नहीं था। हालाँकि उसका रहना उचित था। बाबाजी के दोनों तरफ बैठे उनके दो मुख्य चेलों ने उठकर निताई के पास आकर कहा, "आपको यहाँ से जाना होगा। बाबाजी का हुक्म है। वे कोई विघ्न बर्दाश्त नहीं कर सकते।"

निताई अपनी पत्नी के साथ खड़ा हो गया। उसी के साथ रसिकलाल को भी उठना पड़ गया।

गेट के बाहर आकर रसिकलाल ने निताई से कहा, "क्या बात है, जरा बताओ तो? तुम क्या पागल हो गए हो? ऐसा बढ़िया मौका तुम्हें मिला और तुमने सबकुछ बिगाड़ दिया।"

निताई ने कहा, "मगर वह वाकई छेनो है। उसका असली नाम श्रीनाथ है। वह कटवा के स्कूल में मेरे साथ पढ़ता था।"

सारी चीजें सड़क पर खड़े-खड़े बताना सम्भव नहीं हुआ। रसिकलाल, निताई के साथ नीलमणि आचार्य लेन में उसके यहाँ गया। कमरे में एक

चौकी पर बैठकर निताई ने पूरी घटना बयान की।

वह श्रीनाथ उर्फ छेनो स्कूल का मशहूर शैतान लड़का था। तीन बार लगातार फेल होने के कारण आखिरकार वह निताई का सहपाठी हो गया। वह भी थोड़ा भैंगा था, उसकी भी बाईं आँख के नीचे मस्सा था। वह भी बात करते-करते अचानक तुतलाने लगता था। मगर उसका चेहरा सुन्दर था, वह गाना अच्छा गाता था और बढ़िया अभिनय कर सकता था। इन अन्तिम दो गुणों के कारण वह स्कूल में टिका हुआ था। अन्यथा वह कब का रेस्टीकेट कर दिया जाता।

वही छेनो आज जीवानन्द बाबाजी बन गया था, जिनके शिष्य संख्यातीत थे, जिनकी तत्त्वकथा सुनने के लिए लोग घंटों बैठे रहते हैं, जिनका दर्शन पाकर लोगों का जन्म सार्थक हो जाता है।

रसिकलाल ने सब सुनकर कहा, "तुम्हारे छेनो ने स्कूल में भले ही कुछ भी किया हो, सभी लोगों के जीवन में परिवर्तन आ सकता है। आज वह सिद्ध पुरुष है, इसमें कोई डाउट नहीं है। इसलिए तुम अपने बचपन की बात भूल जाओ। कल ही चलकर बाबा से क्षमा माँग लो। बाबा की दया का अन्त नहीं है, वे तुम्हें जरूर क्षमा कर देंगे।"

निताई का मन कुछ और कह रहा था। आज इतने दिनों बाद उसे स्कूल की याद आ गई थी। छेनो उसे अच्छा आदमी समझकर तरह-तरह से परेशान करता था। वह कितनी तरह से उस छेनो के हाथों परेशान हुआ था, इसे क्या वह भूल सकता था? निताई स्कूल में कभी उसके साथ जीत नहीं पाया था क्योंकि छेनो बेहद धूर्त था। और वही छेनो आज...

निताई से अब सोचते नहीं बना। आज की सभा में उसका 'छेनो' कहकर पुकारना अन्याय तो था, मगर निताई के लिए अपने को सँभालना मुश्किल हो गया था। सभी हालात में अपने को संयत रखना इनसान के लिए सम्भव नहीं। आज के हालात भी कुछ ऐसे ही थे। निताई छेनो से क्षमा कैसे माँगे, यह सम्भव नहीं।

अगले दिन बुधवार था। निताई का दफ्तर दस बजे का था। वह घर से साढ़े नौ बजे निकलता था। सुबह सात बजे चाय पीकर उसने अखबार खोला ही था कि ऐसे समय दरवाजे को किसी ने खटखटाया। सड़क पर ही कमरा था, निताई ने दरवाजा खोलकर देखा, चश्मा पहने एक सज्जन खड़े थे, स्मार्ट चेहरा, उम्र भी ज्यादा नहीं।

"आप?" निताई ने पूछा।

"मैं 'दैनिक वार्ता' अखबार से आया हूँ। मेरा नाम देवाशीष सान्याल है। मैं एक पत्रकार हूँ। पिछली शाम को जीवानन्द बाबा की सभा में मैं उपस्थित था। कल की पूरी घटना मैंने देखी है। इसके बाद आप लोगों का पीछा करते हुए मैं आपका घर भी देख गया था।"

"मगर आज आने का कारण?"

"मैं जानना चाहता हूँ, आप उस तरह चीख क्यों पड़े थे, जिसके फलस्वरूप आपको वहाँ से हटाया गया। आप जो कहेंगे उसे मैं रिकॉर्ड कर लूँगा। हमारी इच्छा इस पर एक खबर बनाने की है।"

निताई ने अनुभव किया कि वह अचानक जबर्दस्त क्षमता का अधिकारी हो गया है। उस जैसे नगण्य व्यक्ति के लिए यह एक चौंकानेवाली घटना थी। वह इस पत्रकार से असली घटना का बयान करके जीवानन्द बाबाजी का मुखौटा खोल सकता था। इसके जरिये वह उनके भक्तों में भी प्रचंड आलोड़न जगा सकता था।

यही क्या उसका कर्तव्य था? इस धूर्त साधु का मुखौटा खोलने से क्या स्कूली लड़के की धूर्तता का कारण साबित नहीं हो सकता?

मगर बाद में निताई की समझ में आया कि चूँकि छेनो आज जीवन में प्रतिष्ठा प्राप्त कर चुका था, इसीलिए उससे ईर्ष्या करके निताई उसके बचपन की शरारत का रहस्योद्घाटन करना चाहता था; इतना ही नहीं, छेनो

के हाथों से निताई को बार-बार परेशान होना पड़ा था, जिसे वह अब तक भूल नहीं पाया था, इसलिए यहाँ पर बदले की भावना भी काम कर रही थी।

निताई समझ गया कि ऐसा करना कोई बहादुरी की बात नहीं थी। चूँकि खुद अधपेटा था इसलिए दूसरों का खाना खराब करे, वह ऐसा व्यक्ति नहीं था। यह कैसी प्रवृत्ति थी? यह ठीक था कि जीवन में वह सच्चाई के रास्ते पर चलता रहा था, मगर उम्र बढ़ने के साथ छेनो में भी कोई नया परिवर्तन नहीं आया था, इसे बलपूर्वक कौन कह सकता था? मनुष्य का मन न जाने कब किस तरफ चल पड़े, उसे समझना बहुत मुश्किल होता है। क्या पता छेनो अगर वाकई भला आदमी बन गया हो।

पत्रकार बड़ी बेचैनी से निताई को देख रहा था।

निताई ने कहा, "कल की घटना के बारे में मैं कुछ नहीं कहना चाहता। यह अखबारों में छपने लायक उपयुक्त खबर नहीं है।"

"क्या आप कुछ नहीं कहेंगे?" पत्रकार ने हताशा में पूछा।

"जी नहीं, बिलकुल नहीं।"

कहना न होगा अगले दिन 'दैनिक वार्ता' अखबार में इसे लेकर कुछ भी नहीं छपा। मगर एक आश्चर्य की बात यह थी कि जीवानन्द बाबाजी कोलकाता में पन्द्रह दिनों के लिए आए थे, उन्होंने अचानक इस घटना के अगले ही दिन, अर्थात सातवें दिन, अपने भक्तों के सामने घोषणा की कि उन्हें एक जरूरी टेलीग्राम पाकर पटना जाना पड़ रहा है।

इस घटना को हुए दो साल बीत चुके हैं। मगर बाबाजी दुबारा कोलकाता नहीं लौटे।

सन्देश; आषाढ़, 1393 (जून-जुलाई 1986)

कुट्टुम-कट्टम

"**यह** कहाँ मिला?"

"हमारे घर के पास ही था," दिलीप ने कहा, "एक जमीन, करीब तीन कट्ठा, पड़ी हुई है, उसी में कुछ पेड़ और झाड़-झाड़ियाँ हैं। यह एक पेड़ के नीचे पड़ा था। उस दिन मैंने आलोक के यहाँ देखा था कि एक पेड़ के तने को काटकर उसके ऊपर गोल काँच लगाकर मेज बना दिया गया था। यह देखकर मुझे भी शौक हुआ। तना तो नहीं मगर मुझे यह मिल गया।"

बात और कुछ नहीं थी—एक पेड़ की डाल का हिस्सा था, जो एक तरफ से देखने पर किसी चौपाए जानवर की तरह लगता था। उसे उसके चार पैरों पर खड़ा किया जा सकता था, हालाँकि एक पाँव थोड़ा छोटा होने के कारण वह एक तरफ झुका रहता था। पीठ धनुषाकार थी। एक लम्बा गला भी था। और उसके आखिर के खुरदुरे हिस्से को चेहरा मानने में कोई दिक्कत नहीं थी। इसके अलावा एक इंच लम्बी मोटी दुम भी थी। कुल मिलाकर थी वह देखने लायक चीज।

दिलीप की नजर उस पर पड़ गई थी। यही आश्चर्य की बात है। हालाँकि आश्चर्य भी कहूँ कैसे। दिलीप हमेशा से ही आर्टिस्टिक मिजाज का रहा है। स्कूल के दिनों में किताब के पन्नों के बीच फूलों की पंखुड़ियाँ और फर्न दबाए रखता था। उसके पूरे घर में ऐसी कलाकृतियाँ बिखरी हुई थीं जिनसे सुरुचि का परिचय मिलता था। वह एक बार ढोकरा लुहारों का काम देखने के लिए बोलपुर से गुसकरा चला गया था। वहाँ से वह हम सबके लिए ढोकरा शिल्प की कुछ न कुछ चीजें ले आया था—उल्लू, मछली, गणेश, बर्तन आदि जो वाकई बहुत आकर्षक थीं।

मैंने कहा, "इस प्रकार की चीजें, तू ही पहले संग्रह नहीं कर रहा है। तुझसे पहले भी एक और सज्जन ने पेड़ों की डालियों के विभिन्न खिलौने संगृहीत किए थे।"

"पता है, वे अवनीन्द्रनाथ थे। वे इन्हें कहते थे कुट्टुम-कट्टम। तू ही बता, इसे क्या कहा जा सकता है? यह कौन-सा जानवर है? सियार या सूअर या कुत्ता?"

"सोचकर देखा जाएगा। फिलहाल इसे कहाँ रखेगा?"

"अपने सोनेवाले कमरे के आले पर। कल ही तो यह मिला है। तू आ गया तो तुझे भी दिखा दिया।"

मैं एक विज्ञापन के दफ्तर में काम करता था। और दिलीप एक बैंक में। उसने अभी तक शादी नहीं की थी। मगर मेरी छोटी-सी गृहस्थी थी। मेरा एक पाँच साल का लड़का था जिसे हाल ही में स्कूल में भर्ती किया है। दिलीप के यहाँ बीच-बीच में शाम को बैठकी जमती है। हमारे और दो दोस्त—शीतांशु और रणेन हैं। सब मिलकर ब्रिज खेलते हैं। दिलीप ने उस पेड़ की डाल को पाने के कुछ ही दिनों में उसे शाम को दोस्तों को दिखाया। रणेन परम अरसिक था। उसे उस डाल में कोई जानवर नजर नहीं आया। कहा, "बेकार के कूड़े-कर्कट से घर को गन्दा क्यों कर रहा है? पता है, इसमें न जाने कितने जर्म्स हो सकते हैं। इसके अलावा देख इस पर कितनी चींटियाँ घूम रही हैं।"

उस दिन साढ़े नौ बजे तक बैठकी चलती रही। इसके बाद दिलीप ने इशारे से मुझे थोड़ा रुकने के लिए कहकर बाकी लोगों को दरवाजे तक जाकर छोड़ आया। दरवाजा बन्द करके लौटने के बाद मैंने पूछा, "क्या बात है, आज तू कुछ अनमना लग रहा है?"

दिलीप ने जवाब देने के पहले थोड़ा दम ले लिया।

"तू भी सुनेगा तो हँसकर उड़ा देगा, मगर मैं बिना कहे रह नहीं पा रहा हूँ।"

"क्या बात है?"

"इस पेड़ की डाल के बारे में। मैं भुतहा बातों में यकीन नहीं करता, मगर इसे भुतहा छोड़कर और क्या कहा जाए, नहीं जानता।"

"साफ-साफ कह, बात क्या है?"

"आधी रात को आले पर से एक विचित्र शब्द सुनाई पड़ता है—ठीक वहाँ से जहाँ पर यह जानवर रखा रहता है।"

"कैसा शब्द?"

किसी छेद से हवा निकलने पर जिस तरह की सीटी बजने की आवाज आती है, कुछ वैसी ही, मगर उसी के साथ कुछ रोने जैसा भाव भी रहता है।"

"तू, तब क्या करता है?"

"यह शब्द ज्यादा देर तक नहीं रहता, मगर एक और बात है। इसे मैं खड़ा करके रखता हूँ, मगर आज सुबह उठकर देखा यह एक करवट में पड़ा हुआ था।"

"ऐसा तो हवा से भी हो सकता है।"

"हो सकता है, मगर रोने जैसी बात? मैं अपने साहस की डींग हाँकता था, मगर अब साहस जवाब दे गया है। हालाँकि मैं इसे कहीं जाकर फेंक सकता हूँ, मगर यह चीज वाकई मुझे अच्छी लग गई है।"

"और दो दिन देख ले, फिर मुझसे कहना। मुझे लगता है तूने गलत सुना है या सपने में ऐसा लगा होगा।"

दिलीप का मामला मुझे पागल के प्रलाप जैसा लगा। वह हमेशा से ही कुछ ज्यादा कल्पना-प्रवण रहा है। खैर, उसे मैंने समझाया कि वह इस मामले को कुछ दिन और देख ले। मगर दो दिन बाद ही दफ्तर में दिलीप का टेलीफोन मिला।

"कौन, प्रमोद?"

"हाँ, क्या बात है?"

"एक बार यहीं आ जाता, कुछ जरूरी बात है।"

क्या करता! शाम को ऑफिस के बाद मैं उसके यहाँ पहुँचा। दिलीप ने कहा, "भाभी को एक फोन कर दे।"

"क्यों? क्या बात है?"

"कहना, तू आज रात यहीं रहेगा। क्यों रहेगा, इसे बाद में समझा देना।" दिलीप ने ये बातें काफी गम्भीरता से कहीं, इसलिए उसका अनुरोध टाल नहीं पाया।

दिलीप से पूछने पर भी उसने असली बात नहीं बताई। मगर अन्दाज से समझ गया कि उसी जानवर को लेकर समस्या होगी।

न्यू अलीपुर में बीसवीं सदी में ऐसी घटना घट रही थी इसे सोचने में असहजता महसूस हो रही थी। मगर भुतहा मामलों में स्थान, काल, पात्र का विचार नहीं होता, इसे मैंने कई जगह पढ़ा था।

भोजन करने के बाद सोनेवाले कमरे में आकर दिलीप ने कहा, "मुश्किल यह है कि उस जानवर को जितना देखता हूँ उतना ही उसके प्रति मेरा आकर्षण बढ़ता जा रहा है। बस इस गोलमाल ने ही परेशानी पैदा कर दी है।"

"हम लोग क्या जगे रहेंगे या सोएँगे?" मैंने पूछा।

"तुझे दिक्कत न हो तो जगे रहना ही ठीक होगा। मेरी धारणा है ज्यादा समय तक जागना नहीं पड़ेगा। मैं पिछले दो दिन से रात में ठीक से सो नहीं पा रहा हूँ।"

मैं अब दिलीप से ज्यादा उलझा नहीं। अब जो कुछ था आँखों के सामने ही होनेवाला था।

हम दोनों पलंग पर बैठ गए। दिलीप ने कमरे की बत्ती बुझा दी। बाहर चाँदनी फैली हुई थी। तेरहवीं का चाँद, परसों लक्ष्मीपूजा। वही चाँदनी खिड़की से होकर कमरे में आ रही थी और फर्श से परावर्तित होकर प्रकाश आले पर रखे जानवर पर पड़ रहा था, जो हमें साफ नजर आ रहा था।

"सिगरेट पी सकता हूँ?" मैंने दिलीप से पूछा।

"शौक से।"

दिलीप खुद पान, सिगरेट, चाय कुछ भी नहीं पीता था।

ग्यारह बजे तक पहली सिगरेट पीकर साढ़े बारह बजे दूसरी पीने जा रहा था, ऐसे समय हवा में कोई आवाज मुझे सुनाई पड़ी। बहुत धीमा शब्द था, जिसमें एक स्वर था। उस स्वर को रुदन का स्वर कहना ही बिलकुल उपयुक्त था।

मैंने अब दूसरी सिगरेट नहीं जलाई।

वह आवाज आले की ओर से ही आ रही थी, इसमें कोई सन्देह नहीं था।

इस बार मैंने एक और चीज पर गौर किया।

वह जानवर जैसे हिल-डुल रहा था। बार-बार सामने की तरफ झुककर पीछे के दोनों पैर आले की दीवार पर पटक रहा था। इसके कारण एक खट्-खट् शब्द हो रहा था।

दिलीप की बातों पर अब अविश्वास न करने का कोई कारण नहीं था। मैं अपनी आँखों से इसे देख रहा था। दिलीप मेरी बगल में पुतले की तरह बैठा था, इसे मैं साफ महसूस कर रहा था। उसने बाएँ हाथ से मेरी कमीज पकड़ रखी थी। दिलीप को उतना भयभीत देखकर शायद मैं अपेक्षाकृत कम डर रहा था। मगर अपनी छाती की धड़कन मुझे साफ सुनाई दे रही थी।

मगर इसके बाद जो हुआ उसके लिए मैं बिलकुल तैयार नहीं था,

और वह चरम भयावह था।

अचानक आले से वह जानवर छलाँग लगाकर दिलीप के सीने पर कूद पड़ा। दिलीप चीख पड़ा। मैंने पेड़ की डाल को जोर से पकड़कर उसके सीने से हटा लिया। मगर साफ लग रहा था कि वह मेरी मुट्ठियों में कसमसा रहा था। मैंने फिर भी सारा साहस जुटाकर उसे अपनी मुट्ठी में ही कैद रखा था। फिर देखा, वह धीरे-धीरे ढीला पड़ने लगा था।

अब उस जानवर को उठाकर मैंने आले में रख दिया।

बाकी रात और कोई गोलमाल नहीं हुआ। न होने पर भी हम दोनों में किसी को नींद नहीं आई। सुबह होते ही दिलीप ने कहा, "इसे जहाँ से लाया था, वहीं फेंक आऊँ।"

मैंने कहा, "मगर मेरे दिमाग में एक और बात आई है।"

"वह क्या?"

"फेंक आने की बात तो मैंने नहीं सोची। मगर तुझे जहाँ पर वह डाल मिली थी, वहाँ पर एक बार तुरन्त चलने की जरूरत है।"

दिलीप अभी तक सहज नहीं हो पाया था। इस बीच उसे एकाधिक बार सिहर उठते भी देखा था। उसने कहा, "वहीं तो जाना है। वहाँ जाकर इसे फेंक आऊँगा।"

"फेंकना है या नहीं, इसे बाद में तय करेंगे। पहले एक बार वहाँ तो चल।"

"इस डाल को लेकर?"

"अभी उसकी जरूरत नहीं है।"

हम दोनों निकल पड़े। घर से सिर्फ पाँच मिनट का पैदल रास्ता था। तीन तरफ मकानों से घिरी एक जमीन, जिसमें एक ताड़, एक कटहल, एक न जाने किसका पेड़ और कुछ झाड़-झाड़ियाँ थीं। यह अभी तक क्यों पड़ी थी, समझ में नहीं आया।

दिलीप मुझे उस कटहल के पेड़ के नीचे ले गया। एक विशेष झाड़ी

की ओर इशारा करके बोला, "उसी के पास ही वह डाल मिली थी।"

मैं उसके आसपास कुछ ढूँढ़ने लगा।

ज्यादा ढूँढ़ना नहीं पड़ा। तीन मिनट में ही मैंने एक ऐसी डाल उठा ली, जो दिलीप के घर में रखे उस डाल जैसी लगती थी। फर्क यह था कि इसकी दुम नहीं थी।

दिलीप ने पूछा, "इसे लेकर क्या करेगा?"

मैंने कहा, "मैं नहीं, तू करेगा। तू इसे ले जाकर उसकी बगल में रख देना। आज भी रात को मैं तेरे घर में रहूँगा। देखता हूँ क्या होता है।"

दो जानवर रातभर दिलीप के कमरे के आले में चुपचाप खड़े रहे, कोई गोलमाल नहीं हुआ।

मैंने कहा, "स्पष्ट है, दूसरा उसका दोस्त है। तूने उन दोनों को एक-दूसरे से अलग कर दिया था, इसीलिए ऐसा गोलमाल हुआ।"

"लेकिन ऐसा भी बीसवीं शताब्दी में होता है?"

मैंने शेक्सपीयर को दोहरा दिया—"स्वर्ग-मर्त्य में ऐसा बहुत कुछ घटता है, होरेशियो, जो तुम्हारे दार्शनिक लोग सपने में भी नहीं सोच सकते।"

"इनका नाम क्या रखा जाए?"

"कुट्टुम और कट्टम!"

सन्देश; आषाढ़, 1394 (जून-जुलाई 1987)

निधिराम की इच्छापूर्ति

कोई भी आदमी अपनी हालत के बारे में सोलह आने सन्तुष्ट नहीं रहता। किसी न किसी मामले में एक असहजता का भाव प्राय: सभी में रहता है। राम सोचता है उसके बदन में थोड़ी और चर्बी होती तो कितना अच्छा होता, हड्डियाँ बाहर को निकली रहती हैं। श्याम सोचता है—मेरा गला मीठा क्यों नहीं है। बगलवाले मकान का छोकरा तो मजे से हारमोनियम पर गला साधता रहता है। यदु कहता है—ओह, अगर मैं कोई खिलाड़ी हो सका होता। गावस्कर ने कितने रिकॉर्ड बनाकर कैसा नाम कर लिया। मधु कहता है—अगर मैं मुम्बइया फिल्मों का हीरो हो सकता! यश और पैसा दोनों में से किसी की कमी नहीं होती।

उसी तरह निधिराम मित्तिर के मन में भी अपूर्ण इच्छा थी। सिर्फ अधूरी ही नहीं; ईश्वर ने उसको जिस तरह से बनाया था, उसमें भी उसको आपत्ति थी। समझ लीजिए अधिकतर लोग फल खाना ज्यादा पसन्द करते हैं। आम, जामुन, लीची, अंगूर और सेब—इन सब

फलों की कितनी ख्याति है। लोग कितने प्यार से ऐसे फल खाते हैं और उससे पुष्टि-लाभ करते हैं। मगर निधिराम को किसी भी फल की उम्मीद नहीं रहती। विधाता ने उसे ऐसी लापरवाही से क्यों बनाया?

इसके बाद निधिराम अपने चेहरे से भी सन्तुष्ट नहीं था। वह देखने में बुरा नहीं था। लेकिन उसका कद छोटा था। सन् 1973 में एक बार उसने अपनी लम्बाई नापी थी। पाँच फीट साढ़े छह इंच। उसके दफ्तर का लोकनाथ गुँई छह फीट लम्बा था। निधिराम उसे देख-देखकर ईर्ष्यान्वित होता रहता। काश, वह भी थोड़ा लम्बा होता।

अपनी क्षमतानुसार जितना सम्भव था निधिराम ने किया था। मुखर्जी

बिल्डर्स एंड कंट्रेक्टर कम्पनी में काम करते हुए उसे चौदह साल हो चुके थे। उसके मालिक उसके काम से खुश ही थे। तनख्वाह भी उसे जो मिलती थी, उसमें पत्नी और दो बच्चों के साथ उसका मजे से गुजारा हो जाता था। मगर असली बात यह थी कि नौकरी-चाकरी ही निधिराम को पसन्द नहीं थी। कितने लोग हैं जो केवल कविता, कहानी, उपन्यास, नाटक आदि लिखकर पैसा कमाते हैं। उसमें उन्हें मेहनत जी भर करनी पड़ती है। लेकिन उसमें दस से पाँच एक डेस्क पर गर्दन झुकाकर बैठे रहना नहीं पड़ता। लेखक, कलाकार, गायक, वादक आदि की जितनी ख्याति होती है, वह ख्याति दफ्तर में नौकरी करते हुए नहीं मिल सकती। पब्लिक को खुश करके जो आनन्द मिलता है, वैसा आनन्द कभी निधिराम को नहीं मिल सकता। यह उसके लिए बड़े अफसोस का कारण था। उसका एक दोस्त है मनोतोष बागची। वह पाइक पाड़ा में रहता है। अभिनय में वह अत्यन्त निपुण है। उसने पेशेवर थियेटर में काम करके बहुत नाम कमाया है। हीरो की भूमिका में अकसर नजर आता है। निधिराम ने कई बार मनोतोष से कहा था—"भाई, मुझे भी जरा ऐक्टिंग की तालीम दे दे। मुझे बड़ा शौक है। कुछ नहीं तो क्लब वगैरह के नाटकों में दो-चार भूमिकाएँ निभा सकूँ तो मुझे भी कुछ लोग पहचानने लगेंगे।"

मनोतोष का जवाब था—"सभी में सब गुण नहीं होते। ऐक्टिंग करने लायक गले का जोर तुझमें कहाँ है? पीछे की कतार में बैठे लोगों को तेरी बातें नहीं सुनाई पड़ेंगी तो वे ऐसी आवाजें कसेंगे कि तेरे अभिनय का बारह बज जाएगा।"

इस बार दुर्गापूजा की छुट्टियों में पुरी में एक साधु बाबा से निधिराम की भेंट हो गई। वे सज्जन समुद्र तट पर खड़े थे जिन्हें पन्द्रह-बीस स्त्री-पुरुष भक्तगण घेरे हुए थे। साधु-संन्यासी नजर आ जाने पर निधिराम भी अपना

कुतूहल दबा नहीं पाता था। विशेषकर ऐसा तेजस्वी चेहरेवाला साधु हो तो फिर कहना ही क्या!

भीड़ में जगह बनाकर थोड़ा आगे पहुँचते ही साधुबाबा की नजर उस पर पड़ी। बाबाजी ने कहा, "क्यों बेटा निधिराम, जो नहीं है, वही होने का शौक हुआ है?"

साधु के मुँह से अपना नाम सुनकर निधिराम बहुत चकित हुआ। खाँटी सिद्ध पुरुष हुए बिना ऐसी क्षमता नहीं होती। निधिराम को कुछ नहीं सूझा कि वह क्या कहे। उसने किसी तरह कहा, "जी कहाँ, ऐसी तो बात नहीं है।"

"नहीं का क्या मतलब?" बाबाजी बोले, "मैं साफ देख रहा हूँ कि तेरी देह दो हिस्सों में बँटी हुई है। एक तेरा वास, और दूसरी तेरी वासना (यानी कामना)। तेरी यह कामना इतनी प्रबल हो उठी है, उसका क्या होगा?"

"आप ही बता दीजिए बाबाजी!" निधिराम ने कातर कंठ से कहा, "मैं मूरख ठहरा, भला मैं क्या बता सकता हूँ?"

"होगा, होगा," बाबाजी बोले, "मनोकामना पूरी होगी। मगर अभी नहीं। वक्त लगेगा। जड़ को एकदम से उखाड़ फेंकना होगा। इसके बाद नए सिरे से जड़ अंकुरित होगी। और वह जड़ नई जमीन में धरती के नीचे प्रवेश करेगी। यह मामूली बात नहीं है। मगर तुझसे मैंने कह जो दिया—तेरा होगा।"

इस घटना के कुछ दिन बाद ही कोलकाता लौटकर एक दिन निधिराम को केला खाने की इच्छा हुई। बेंटिक स्ट्रीट के मोड़ पर केले बिक रहे थे। निधिराम ने एक खरीदकर देखा, बहुत बढ़िया स्वाद था। क्या उनतालीस साल की उम्र में भी मनुष्य की रुचि बदलती है? इसके साथ साधुबाबा का कोई सम्पर्क था या नहीं, निधिराम को खयाल नहीं आया। मगर यहीं से उसमें बदलाव होना शुरू हुआ।

उस दिन दफ्तर में निधिराम का काम में मन नहीं लगा। कई दिनों से बीच-बीच में वह अनमना हो जाता था, उसे पुरी के बाबाजी की याद आ रही थी, फलत: काम में उसका मन लग नहीं रहा था। उसके बगल की मेज

के फणि बाबू टिफिन का वक्त हो गया देखकर एक सिगरेट जलाकर बोले, "मित्तिर बाबू, आप किन खयालों में खोए हुए हैं? क्या कोई परेशानी है?"

इतना कहकर सिगरेट का तगड़ा कश लेकर उन्होंने ढेर सारा धुआँ बाहर छोड़ दिया। निधिराम की नाक में वह धुआँ जाते ही वह खाँसने लगा जबकि निधिराम खुद भी बीड़ी-सिगरेट पीता था, लिहाजा धुएँ का वह आदी था। मगर आज अचानक ऐसा क्यों हुआ? उसकी खुद की जेब में विल्स सिगरेट का पैकेट पड़ा हुआ था। उसे खयाल आया, ग्यारह बजे चाय पीने के बाद आज उसने सिगरेट नहीं पी थी। ऐसा तो कभी नहीं हुआ। इस बात में भी उसने खुद में एक बड़ा परिवर्तन महसूस किया। इस बात की उसने फणि बाबू से चर्चा नहीं की।

इसके बाद से निधिराम में तरह-तरह के तेजी से बदलाव होने लगे। उसकी लुंगी के बदले धोती, आमिष के बदले निरामिष और एलोपैथी के बदले होमियोपैथी में रुचि हो गई। अपनी माँग बाईं ओर के बजाय दाईं ओर काढ़ने लगा। उसकी मूँछ नहीं थी, मगर अब एक पतली मूँछ रखने लगा। सिर के बाल कन्धे तक लम्बे हो गए।

उन्हीं दिनों निधिराम अपनी पत्नी के साथ रंगमहल में 'मर्यादा' नाटक देखने गया। उसका दोस्त मनोतोष बागची उसमें हीरो था। निधिराम ने अपने दोस्त की अभिनय-क्षमता को महसूस किया। दर्शकों को वह जैसे अपनी मुट्ठी में रखता था, दर्शक भी बार-बार उसकी तारीफ में तालियाँ बजा रहे थे।

निधिराम का मन फिर से अभिनय करने के लिए मचल पड़ा। नाटक खत्म होने पर वह बैक स्टेज में जाकर दोस्त के अभिनय की दिल खोलकर तारीफ कर आया। साथ ही अपना अफसोस भी जता आया। मनोतोष ने उसकी पीठ थपथपाते हुए कहा, "मजे में हो, मगर दिमाग का फितूर बैठने नहीं देता, है न? थियेटर क्या है? आज है कल नहीं। तुम लोगों की नौकरी में कितनी सुरक्षा है।"

निधिराम नाटक का मैटिनी शो देखने गया था। लौटते समय कॉलेज

स्ट्रीट से उसने नाटकों की कुछ किताबें खरीद लीं। पत्नी मनोरमा ने पूछा, "इनका क्या करोगे?"

निधिराम ने संक्षिप्त जवाब दिया—"पढ़ूँगा।"

पत्नी ने कहा, "तुमको आज तक तो मैंने कभी नाटक पढ़ते नहीं देखा।"

निधिराम ने कहा, "अब से देखना।"

मनोरमा को भी कुछ दिनों से अपने पति में कुछ परिवर्तन नजर आ रहा था। मगर उसने उस बारे में कुछ नहीं कहा। आज उसे पूछना ही पड़ा, "तुम्हें क्या हुआ है, कहो तो?"

मनोरमा पति के साथ पुरी नहीं गई थी। वह उस वक्त बाँसबेड़े में अपने बीमार पिता की देखभाल के लिए गई थी। इसीलिए साधुबाबा की भविष्यवाणी के सम्बन्ध में वह कुछ भी नहीं जानती थी। निधिराम ने भी उस घटना के बारे में अपनी पत्नी से कुछ नहीं कहा था।

मगर नहीं बताने से भी क्या हुआ! निधिराम में इतना परिवर्तन हो गया था कि पत्नी की नजरों से बचने का कोई उपाय नहीं था। यहाँ यह कहना भी जरूरी है कि अपने पति के रूपान्तर से मनोरमा खुश ही हुई थी क्योंकि सभी परिवर्तन अच्छे ही थे।

बड़े दिन की छुट्टियों में निधिराम को उन नाटकों की किताबों को पढ़ने का मौका मिला। एक पुस्तक से हीरो के संवाद याद करके उसने अपनी पत्नी को अभिनय करके दिखाया। मनोरमा की आँखें माथे पर चढ़ गईं। अपने पति में ऐसी एक क्षमता छिपी थी, उसकी वह कल्पना ही नहीं कर पाई थी।

उनतालीस साल की उम्र में आदमी लम्बाई में नहीं बढ़ता। पचीस साल की उम्र से उसका विकास रुक जाता है। मगर शर्ट-कुर्ते आदि की बाँहें छोटी महसूस होने पर निधिराम ने नए सिरे से अपना कद नापकर देखा वह पाँच फुट नौ इंच का हो गया था। इस ताज्जुब की घटना का भी जिक्र

उसने किसी से नहीं किया। मगर उसे पत्नी से यह जरूर कहना पड़ा कि नए नाप के कपड़े बनवाने में खर्च भी कुछ ज्यादा हो गए। घटना इतनी अस्वाभाविक और निधिराम के पक्ष में इतनी खुशी की थी कि उसने उस खर्च की परवाह नहीं की। उसका सिर्फ कद ही नहीं बढ़ा था बल्कि देह का रंग भी कुछ साफ हो गया था, साथ ही शारीरिक ताकत भी पहले से काफी बढ़ गई थी।

एक दिन निधिराम दफ्तर से लौटकर सोनेवाले कमरे की अलमारी में बड़े आईने के सामने खड़े होकर कुछ देर तक अपने चेहरे को देखते हुए मन ही मन एक चीज तय कर ली। उसे लगा कि एक बार श्यामबाजार के नाटक पाड़ा में जाने की जरूरत है। सम्राट ऑपेरा कम्पनी में जो हीरो का पार्ट करता था, उस मलय कुमार ने हाल ही में थियेटर छोड़ दिया था। सम्राट के मैनेजर से एक बार मिलने की जरूरत थी।

चट मँगनी पट विवाह। निधिराम ने मैनेजर प्रियनाथ साहा से जाकर सीधे मुलाकात की।

"अनुभव कितना है?" मैनेजर ने उससे पूछा।

"बिलकुल नहीं।" निधिराम ने सहजता से स्वीकार कर लिया—"मगर अभिनय करके दिखा सकता हूँ। आपके 'प्रतिध्वनि' नाटक में मलय कुमार ने जो पार्ट किया था वह मुझे पूरा याद है।"

"ऐसी बात है?"

प्रियनाथ बाबू ने इस बार 'अखिल बाबू' कहकर हाँक लगाई। एक गंजे सिरवाले प्रौढ़ सज्जन पर्दा हटाकर कमरे में आए।

"मुझे बुला रहे थे?"

"हाँ," प्रियनाथ बाबू ने कहा, "जरा इन्हें एक बार परख तो लीजिए। ये कह रहे हैं कि मलय का पार्ट इन्हें याद है। देखिए तो इनसे बात बन सकती है कि नहीं?"

ज्यादा इन्तजार नहीं करना पड़ा। पन्द्रह मिनट में ही निधिराम ने समझा

दिया कि वह मलय कुमार से कम तो नहीं ही था बल्कि कई मायने में उससे भी ज्यादा दक्ष था।

पहली जनवरी को निधिराम ने नौकरी से इस्तीफा देकर सम्राट ऑपेरा में काम शुरू किया। उसकी ढाई हजार महीने पर नियुक्ति हो गई, मगर काम अच्छा होने पर और लोगों की प्रशंसा मिलने पर अच्छी तनख्वाह बढ़ने की सम्भावना थी।

निधिराम मुखर्जी कम्पनी की नौकरी किसी दिन छोड़ देगा, इसे किसी ने सोचा भी नहीं था। निधिराम ने बड़े दार्शनिक अन्दाज से अपने सहकर्मियों से कहा, "मनुष्य के जीवन में परिवर्तन आता ही है। जीवन हमेशा एक ही पथ पर चलता रहेगा, यह सोचना ही भूल है।"

मगर नाटक में काम करने पर भी निधिराम अपने पुराने दफ्तर से झट से रिश्ता तोड़ नहीं पाया। एक सोमवार को टिफिन के वक्त उसने वहाँ जाकर सुना कि उसकी जगह कोई नया व्यक्ति ले लिया गया है। यह खबर फणि बाबू ने उन्हें दी। कहा, "जो आए हैं वे सज्जन बिलकुल आपके विपरीत हैं। ये भी पहले थियेटर में काम करते थे।"

निधिराम के मन में कुतूहल हुआ।

"उनका नाम क्या है?"

"मनोतोष बागची। कहा, पुरी में उनकी एक साधु से भेंट हुई थी, उन्होंने कहा था कि उनके जीवन में काफी बदलाव आएगा। बागची बाबू को अब थियेटर से नफरत-सी हो गई है। कहते हैं, नौकरी पाकर उन्हें बड़ा सुकून महसूस हो रहा है।"

सन्देश; पौष, 1392 (दिसम्बर 1985-जनवरी 1986)

रामधन की बाँसुरी

रामधन को जब वह व्यक्ति कुछ पहचाना-सा लगा तो उसने उसके और करीब जाकर एक पेड़ की आड़ से उसे देखा, और देखते ही उसका पूरा शरीर बर्फ जैसा ठंडा हो गया। दस साल बीत जाने पर भी उसे पहचानने में कोई दिक्कत नहीं हुई। ये वही खगेश बाबू हैं—खगेश खास्तगीर, जो पुराने ईंट-पत्थरों पर रिसर्च करते हैं।

खगेश बाबू के साथ बकुलतला के सत्यप्रकाश बाबू थे। वे कह रहे थे—"इस घर की किसी ने ऐसी बदनामी तो कभी नहीं की। इस क्षेत्र में भूत-प्रेतों का भी कोई चक्कर नहीं है। आप यहाँ दो रात मजे से बिता सकते हैं। और साथ में जब नौकर लाये हैं तब चिन्ता किस बात की। आप तो इधर पहले भी आ चुके हैं, यहाँ के मन्दिरों के क्या कहने! सभी डेढ़ सौ, दो सौ साल पुराने हैं। हमारे गाँव में तो ऐसा कोई खास बड़ा आता नहीं, आप इतने दिनों बाद आए हैं, यह हमारा परम सौभाग्य है।"

इतने दिनों बाद यानी दस साल। रामधन के मँझले

चाचा के दोस्त थे खगेश खास्तगीर। वे सज्जन कोलकाता में रहते हैं, पुरानी मूर्तियों, पत्थरों आदि पर कुछ काम करते हैं। इसी के चक्कर में वे अकसर इस जामहाटी गाँव के डेढ़ सौ-दो सौ साल पुराने पक्की ईंटों से बने उस मन्दिर को देखने आते रहते थे। इस विषय पर अखबारों में उनके कई लेख भी छप चुके थे।

खगेश बाबू के इस काम के प्रति रामधन के मन में कुतूहल जागने पर भी उसे लेकर कभी कुछ कहने की हिम्मत नहीं हुई थी। बाप रे बाप! एक घटना वह कभी नहीं भूल पाएगा। एक बार खगेश बाबू की एक पत्थर की मूर्ति जब रामधन हाथ में लेकर देख रहा था, वह उसके हाथ से गिर गई थी। वे ऐसे ही गुस्सैल आदमी थे, ऊपर से इतना बड़ा नुकसान। खगेश बाबू ने गुस्से में एक हाथ की मुट्ठी में रामधन के बाल पकड़े तथा दूसरा हाथ उसकी पतली कमर में डालकर झटके से ऊपर उठाकर पटक दिया। रामधन दस दिनों तक कराहता रहा था।

रामधन अत्यन्त निरीह प्रकार का लड़का था। खगेश बाबू जब पहली बार उसके यहाँ आए थे तब रामधन मात्र सत्रह साल का था। तब वह हर आदमी की फरमाइश पूरी करने में दौड़ता रहता, फिर भी अकसर डाँट भी खाता। पोस्ट ऑफिस में चिट्ठी डालनी होती तो रामधन; विशु ताऊ को स्टेशन पहुँचाना हो तो रामधन; बरसात के दिनों केष्टो की दुकान से भजिया खरीदनी हो तो रामधन; फलत: रामधन को हमेशा ही आतंकित रहना पड़ता था। मामूली-सी चूक होते ही फिर उसकी शामत आ जाती। घर के सबसे बुजुर्ग से शुरू करके तेरह की उम्र का छोटा भाई बिष्टू भी उससे आँखें दिखाकर बात करता था।

खगेश बाबू इतने दिनों बाद गाँव आए थे और गांगुली बाबू के मकान में एक कमरा लेकर रह रहे थे, यह सुनकर सत्यप्रकाश बाबू वाकई गद्गद हो गए थे। उन्होंने कहा, "आपके काम के लिए दोमंजिले पर दक्खिनवाला कमरा सबसे सुविधाजनक होगा। रोशनी और हवा दोनों ही मिलेंगी। खिड़की

से गंडकी पहाड़ नजर आएगा। आप परम निश्चिन्त होकर अपना काम कर सकते हैं।"

लेकिन एक चीज गड़बड़ हो गई। उस कमरे में रामधन की बाँसुरी रह गई थी। उस बाँसुरी से उसे बहुत लगाव था। उसने उसे रथ के मेले से चार आने में खरीदा था। वह क्या आज की बात है। उस बाँसुरी को रामधन गाँव के उत्तर दिशा के मैदान में जाकर एक पत्रविहीन बादाम पेड़ के नीचे बैठकर बजाया करता था। इस तरह करते हुए न जाने कितना समय बीत गया। वह घर में काफी कम समय टिकता था। ज्यादातर समय उसका बाहर आवारों की तरह घूमते हुए बीतता। इस बात पर उसे कोई टोकता भी नहीं था। यही ठीक था। जीवन-भर उसने दूसरों की न जाने कितनी फरमाइशें पूरी की थीं। अब उसकी छुट्टी थी।

मगर उस बाँसुरी का क्या किया जाए? यह बाँसुरी कुछ अलग भी थी। इतने सालों से उसे फूँकते हुए उसका गला ऐसा खुल गया था जो और किसी नई बाँसुरी में सम्भव नहीं था। अब उसे मौके की तलाश में रहना था। खगेश बाबू जैसे ही बाहर जाएँगे, वह झट से जाकर बाँसुरी ले आएगा। बाँसुरी उनकी नजरों में पड़ जाए, यह ठीक नहीं था। क्या पता, दस साल पहले का गुस्सा उनके मन में अभी भी बना हुआ हो। दस साल में खगेश बाबू के चेहरे में खास परिवर्तन नहीं हुआ था, इसे रामधन ने पहले ही देख लिया था।

खगेश बाबू सुबह आए थे। दिनभर कमरे से बाहर नहीं निकले। सूरज जब डूबने को था, तब कटहल के पेड़ की आड़ से रामधन ने देखा, खगेश बाबू अँगड़ाई लेते हुए सामने के दरवाजे से बाहर आकर खड़े हुए। क्या वे कहीं जानेवाले थे? रामधन ने उस पेड़ के पीछे अपने को अच्छी तरह छिपा लिया।

खगेश बाबू फिर भीतर चले गए। फिर एक लाठी लेकर बाहर आए और पर के सामने की सड़क से पूरब की ओर रवाना हो गए। उनके चलने का मिजाज देखकर स्पष्ट था कि वे शाम की सैर पर निकले थे।

रामधन दो मिनट इन्तजार कर उस पेड़ के पीछे से निकलकर उस मकान की ओर बढ़ गया। नौकर की भी नजर बचानी होगी नहीं तो वह चोर समझकर हल्ला करने लगेगा।

वह नौकर नीचे रसोईघर में था। रामधन सीढ़ियों से होकर दोमंजिले पर पहुँचकर सीधे दक्षिण के कमरे की ओर चला गया।

दरवाजा बाहर से बन्द था। अब घूमकर बरांडे की खिड़की से भीतर घुसना होगा। हाँ, अगर वह खिड़की खुली हो।

हाँ—खिड़की खुली थी।

रामधन भीतर चला गया। मेज पर चारों तरफ तरह-तरह की पत्थर की मूर्तियाँ पड़ी हुई थीं। इसके अलावा कागज-पत्र, कलम-पेंसिल, दवात, तसवीरें कितने ही सामान थे।

मगर वह बाँसुरी नहीं थी। वह जिस आले में रखी थी, वहाँ पर एक लालटेन रखी थी।

बाहर बादल गरज रहे थे। रामधन ने यहाँ आते वक्त आसमान के एक कोने में काले बादलों का झुंड देख लिया था। अब लग रहा था वे बादल ठीक सर पर आ चुके थे। आँधी भी बहने लगी थी। बरांडे की खिड़की से कुछ शिरीष के पत्ते कमरे में आ गए थे।

रामधन बड़ी व्यग्रता से अपनी बाँसुरी ढूँढ़ रहा था। पलंग के नीचे, तकिये के नीचे, मेज की दराजों में, दीवार के मोखों में।

तभी सीढ़ियों से किसी के आने की आहट हुई।

रामधन के मन में कोई सन्देह नहीं रहा कि बारिश के लक्षण देखकर खगेश बाबू लौट आए होंगे।

अचानक दस साल पहले की वह घटना याद आते ही रामधन के बदन में ठंडी लहर दौड़ गई।

वह आहट धीरे-धीरे दरवाजे की ओर बढ़ रही थी।

रामधन को खयाल हुआ कि वह बरांडे वाली उसी खिड़की से भाग

जाए। मगर न जाने क्यों उसका शरीर बिलकुल जड़ हो गया था। इसके अलावा उसकी बाँसुरी भी अभी उसे नहीं मिली थी।

एक मच् की आवाज से दरवाजे का ताला खुला। फिर दरवाजा खुल गया। रामधन मूर्तिवत खड़ा था। जो तकदीर में था, वह होगा।

मगर जो होने की बात सोची थी वह नहीं हुई, बल्कि उसका उलटा ही हुआ।

दरवाजा खोलने के बाद वहाँ रामधन को देखकर खगेश बाबू एकदम घबरा गए और वे बेहोश होकर जमीन पर गिर पड़े। और तभी उनकी कोट की जेब से रामधन की बाँसुरी भी निकल आई। रामधन उसे उठाकर खगेश बाबू को लाँघते हुए सीढ़ियों से उतरकर बाहर भागा।

सभी से लगातार डाँट खाते रहनेवाले रामधन के दिमाग में यह बात आई ही नहीं कि उसे देखकर खगेश बाबू का ऐसा हाल होना ही था। क्योंकि आज से दस साल पहले आज की ही तरह एक तूफानी शाम को एक कैथे के आकार का ओला गिरने से रामधन का सिर फट गया था और उसके प्राण निकल गए थे।

खगेश बाबू जैसे भी रोब-दाबवाले रहे हों, आँखों के सामने रामधन के भूत को देखकर उन्हें बेहोश होना ही था, इसमें आश्चर्य की क्या बात थी!

रचनाकाल; 12 सितम्बर, 1985

मास्टर अंशुमान

(1)

उस सुबह की बात मैं कभी नहीं भूल पाऊँगा। वह रविवार की सुबह थी। लगातार तीन दिनों की बारिश के बाद उस दिन अच्छी धूप खिली थी। मैं गणित का एक सवाल हल करके अपनी कॉपी बन्द कर रहा था, उसी वक्त बिशुदा आए थे। बिशुदा उर्फ़ विश्वनाथ गांगुली मेरे ताऊ जी के बेटे हैं। बिशुदा एक कम्पनी में काम करते थे। बिशुदा ने आते ही मुझसे पूछा, "हाँ, तेरी दशहरे की छुट्टियाँ कब से शुरू हो रही हैं?"

मैंने कहा, "सात अक्तूबर से। क्यों?"

"कारण, तुझे साथ लेकर खिसकने के चक्कर में हूँ।"

"इसका मतलब?"

"जरा ठहर, पहले मैं चाचाजी से बात कर लूँ।"

पिता जी बगल के कमरे में अखबार पढ़ रहे थे। बिशुदा सीधे उनके सामने जाकर खड़े हो गए। मैं भी उनके पीछे-पीछे था। पिता जी ने अखबार से आँख

हटाकर पूछा, "हाँ बिशु, क्या बात है? आज सुबह-सुबह आ गया?"

बिशुदा का जवाब सुनते ही मेरी धड़कन तेज हो गई थी। बिशुदा ने कहा, "आपसे एक जरूरी बात करने आया हूँ। हमारे डायरेक्टर सुशील मित्र जी एक फिल्म बना रहे हैं। फिल्म की अधिकतर शूटिंग बाहर अजमेर में होगी। उसमें एक बारह वर्ष के लड़के का चरित्र है। बहुत अच्छा चरित्र। लगभग बीस दिनों का काम है। मैं सोचता हूँ अंशु उस चरित्र के लिए

एकदम उपयुक्त रहेगा। अब अगर आप..."

पिता जी ने कहा था—"अकेले मेरी ही क्यों, मेरे बेटे की अपनी भी कोई इच्छा हो सकती है।"

पिता जी ने यह बात व्यंग्य से कही थी। यह मैं जानता था, लेकिन इतना समझ गया था, उनको बहुत आपत्ति नहीं है। अभिनय करना पिता जी को बहुत पसन्द था, यह मैं जानता था। मुझे तेज आवाज में खुले गले से कविता-पाठ करना पिता जी ने ही सिखाया था। मुझे स्कूल में कविता-पाठ करके इनाम मिलने पर वे ही सबसे ज्यादा खुश होते थे।

"स्कूल में नागा तो नहीं होगा?" पिता जी ने पूछा था।

बिशुदा ने कहा था—"अगर होगा भी तो दो-चार दिनों का ही होगा। दशहरे की छुट्टियों में ही दो-तिहाई से ज्यादा काम पूरा हो जाएगा। उसके बाद शायद चार-पाँच दिनों का काम रह जाएगा, जो कोलकाता के स्टूडियो में होगा। अंशु तो पढ़ने में तेज है, दो-चार दिनों का नागा होने पर उसे ज्यादा फर्क नहीं पड़ेगा।"

"अंशु की बात कर रहा है—क्या वह कर पाएगा?"

"जरूर कर लेगा," बिशुदा बोले, "लेकिन मेरे कहने से तो नहीं चलेगा। कल सुशील बाबू को साथ लेकर आता हूँ—सुशील मित्र—हम लोगों के डायरेक्टर। लेकिन उनकी पसन्द मैं जानता हूँ। मैं निश्चित हूँ वह अंशु को पसन्द करेंगे। यह चरित्र भी बहुत अच्छा है। लड़के को केन्द्र करके ही सारी घटनाएँ घटती हैं। उसे उसकी भूमिका का डायलॉग पहले ही मिल जाएगा, आप उसे याद करवा दीजिएगा। उसे किसी प्रकार की परेशानी नहीं होगी। काम के बहाने वह नई जगह भी घूम लेगा, यह क्या कम है। क्या अंशु मेरे साथ चलने में तुझे कोई आपत्ति तो नहीं है? तेरे माता-पिता वहाँ साथ नहीं रहेंगे।"

मैंने अपना सिर हिलाकर कहा, "मुझे कोई आपत्ति नहीं है।" मेरे गले से आवाज नहीं निकल रही थी। मेरी धड़कनें तेज हो गई थीं।

बिशुदा की बदौलत मैं स्टूडियो में जाकर शूटिंग देख चुका हूँ। वहाँ किस तरह की घटनाएँ घटती हैं, इसे मैं जानता हूँ। वह देखते-देखते कभी-कभी मुझे लगता था, मैं भी ऐसा कर सकता हूँ। किसी के सामने मैं घबराऊँगा नहीं, गलती के कारण एक ही शॉट कभी भी बार-बार नहीं लेना पड़ेगा। हाँ, यह कितना सच था, यह मैं उस वक्त तक नहीं जानता था।

बिशुदा ने फिर कहा था—"तुझे चिन्ता करने की कोई जरूरत नहीं। यह काम करने में तुझे कोई परेशानी नहीं होगी। फिल्म पूरी होने के बाद सिनेमा हाल में प्रदर्शित होते ही तेरी कितनी चर्चा होगी, तू देखना। यहाँ तक कि श्रेष्ठ बाल अभिनेता का पुरस्कार भी मिल सकता है मास्टर अंशुमान गांगुली को।"

दूसरे दिन डायरेक्टर सुशील बाबू मुझे देखने आए थे। सज्जन गम्भीर मिजाज के होने के बावजूद गुस्सैल नहीं लग रहे थे। उनके कहने पर मैंने 'पुरातन मृत्यु' नामक कविता लयबद्ध ढंग से सुना दी। कविता-पाठ करके उन्हें सुनाया था। मुझे लग रहा था उससे वे प्रसन्न हुए थे।

"लेकिन दो-चार दिनों में तुम्हारा एक कैमरा टेस्ट लेना होगा।" सुशील बाबू ने कहा था, "उसकी सूचना बिशु तुम्हें दे देगा। दो-चार पंक्तियों का डायलॉग तुम्हें भेज दूँगा। तुम उसे याद कर लेना।"

सुशील बाबू के चले जाने के बाद पिता जी ने कहा था, "देखो बेटा, यह भी एक तरह का इम्तिहान है। तुम स्कूल के इम्तिहान में अच्छा करते ही हो, इसमें भी अच्छा प्रदर्शन करना होगा। स्कूल में जैसे तुम्हारे शिक्षक होते हैं। उसी तरह यहाँ डायरेक्टर तुम्हारे शिक्षक होंगे। स्कूल में जिस तरह अपनी पढ़ाई याद करते हो, उसी तरह अपना डायलॉग याद करना पड़ेगा।"

मुझे डर था कि शायद माँ आपत्ति करेंगी, लेकिन वह भी एक बार में ही राजी हो गई थीं। बेटा करीब एक महीने तक उनसे दूर रहेगा, यह सोचकर वे थोड़ी हिचकिचा रही थीं, लेकिन मेरे माता-पिता दोनों बिशुदा से इतना प्यार करते थे कि उन पर मेरी जिम्मेदारी सौंपकर वे निश्चिन्त थे।

मुझे वह भूमिका मिल गई थी। कैमरा टेस्ट केवल नाम के लिए था। यह तो मैं समझ गया था, जब दो दिन बाद बिशुदा फिर एक दर्जी को साथ लेकर मेरे कपड़ों का नाप लेने आए थे। मुझे कुर्ता और चूड़ीदार पायजामा पहनना होगा—राजस्थानियों की तरह। लेकिन केवल पोशाक ही नहीं, मुझे दो भूमिकाएँ निभानी थीं—एक राजा भरत सिंह के पुत्र अमृत सिंह का चरित्र, दूसरा गरीब स्कूल शिक्षक गोपीनाथ के पुत्र मोहन का चरित्र। दोनों एक ही उम्र के थे। देखने में भी एक जैसे थे। पुष्कर के मेले में दोनों का परिचय हुआ था। एक साथ एक चेहरे के दो लड़कों को पर्दे पर दिखाने के लिए कैमरे के करिश्मा को दिखाना था। दो नए दोस्त मेले से दूर किसी शान्त सुनसान जगह पर खेलने के लिए जाएँगे। वहाँ दोनों मजा करने के लिए आपस में कपड़े बदलेंगे और तीन गुंडे राजपुत्र समझकर मोहन का अपहरण कर लेंगे। उनका इरादा उनके बेटे को मुक्त करने के बदले राजा से मोटी रकम वसूल करना था। इधर अमृत ने मोहन के कपड़े पहनकर अपने घर पहुँचकर अपने माता-पिता को पूरी घटना बता दी। बेटे के सकुशल लौट आने से उसके माता-पिता चिन्तामुक्त हुए थे। लेकिन अमृत ने जोर देकर कहा था कि उसके मित्र को मुक्त न करवाने तक वह किसी से बात नहीं करेगा। आखिरकार कहानी के नायक युवा पुलिस इंस्पेक्टर सूर्यकान्त राठौर अपनी जान पर खेलकर मोटरसाइकिल पर सवार होकर गुंडों के चंगुल से मोहन को मुक्त करा लाएँगे।

पूरी कहानी जानकर और दोनों भूमिकाओं को पढ़कर मेरा उत्साह दो गुना बढ़ गया। साथ ही मेरे दिमाग में तरह-तरह के सवाल पैदा हो रहे थे, खासकर बेहद साहसी सूर्यकान्त की भूमिका कौन निभाएगा, इसे जानने का कुतूहल मुझमें था। बिशुदा ने बताया था, उस भूमिका में शंकर मल्लिक नाम का एक नया लड़का अभिनय करेगा। वह बहुत खूबसूरत और स्मार्ट लड़का है। मैंने पूछा था, "लेकिन क्या वह मोटरसाइकिल चलाना जानता है?"

बिशुदा ने हँसते हुए कहा था, "जानता जरूर है लेकिन स्टंट के लिए पेशेवर, स्टंटमैन मुम्बई से आएगा।"

"स्टंटमैन? वह कैसा होता है?"

"समय आने पर देखना।" बिशुदा बोले थे।

पाँच अक्टूबर को हमारी शूटिंग की टीम अजमेर के लिए रवाना हो गई थी। हावड़ा से दिल्ली, दिल्ली से बाँदीकुई, बाँदीकुई से अजमेर जाना था। मतलब दो बार गाड़ी बदलनी होगी। पाँच तारीख की शाम को रवाना होकर सात तारीख की रात में पहुँचना था। पहले से गाड़ी का कमरा आरक्षित था। गाड़ी में सबके साथ मेरा परिचय हो गया था। हम आठ अभिनेता जा रहे थे। शुरू से ही इन सबकी शूटिंग थी। बाकी सब धीरे-धीरे पहुँच जाएँगे। अमृत सिंह के माता-पिता यानी राजा-रानी की भूमिका में पुलकेश बैनर्जी और ममता सेन अभिनय कर रहे थे। इंस्पेक्टर सूर्यकान्त की भूमिका में शंकर मल्लिक थे। इसके अलावा गुंडों के सरदार छगनलाल की भूमिका में अभिनय कर रहे थे जगन्नाथ दे। वे बांग्ला फिल्म के बहुचर्चित खलनायक थे। उनको सब जोगू उस्ताद कहते थे। इन अभिनेताओं के अलावा डायरेक्टर सुशील बाबू, साउंड रेकार्डिस्ट उज्ज्वल प्रामाणिक, कैमरामैन धीरेश बोस, कहानीकार सुकान्त गुप्त, मेकअपमैन सजल सरकार तथा आठ अभिनेता और थे और सबसे पीछे बिशुदा थे। इनमें से चौदह लोग गाड़ी छूटने से पहले ही दो गुटों में बँटकर दो कमरों में ताश खेलना शुरू कर चुके थे। सात लोग रमी खेल रहे थे और सात लोग फ्लाश खेल रहे थे। मैं रमी खेलना जानता था। इसलिए उसी कमरे में अधिकांश समय बिता रहा था। बिशुदा भी रमी के गुट में शामिल हो गए थे। जो लोग ताश नहीं खेल रहे थे, उनमें थे डायरेक्टर सुशील बाबू और कहानी के लेखक सुकान्त गुप्त। वे दोनों फिल्म पर चर्चा कर रहे थे। राजा-रानी की भूमिका में अभिनय करनेवाले पुलक बैनर्जी एवं ममता सेन भी ताश के बजाय पत्रिका पढ़ने में व्यस्त थे।

मुझे मेरा डायलॉग बिशुदा ने कोलकाता में ही दे दिया था। उसे एक

बार मेरे पिता जी ने मुझे पढ़कर सुना दिया था। उससे मैं कुछ हद तक समझ गया था, मुझे किस तरह से अभिनय करना होगा। डायलॉग लम्बा नहीं था इसलिए उसे याद करने में अधिक परेशानी नहीं होनी थी। आने से दो दिन पहले कोलकाता के स्टूडियो में मेरा टेस्ट भी ले लिया गया था। उसमें मुझे राजस्थानी कपड़ा पहनकर शंकर मल्लिक के साथ कैमरे के सामने एक छोटे दृश्य का अभिनय करना पड़ा था। अभिनय जरूर अच्छा हुआ था, नहीं तो सुशील बाबू मेरी पीठ थपथपाकर दोबारा एक्सीलेंट क्यों कहते। और उसके बाद से देख रहा था सुशील बाबू की जब भी नजर मिलती, वे हँस देते थे।

बर्द्धमान में मैं थालीवाला डिनर लेने के बाद एक अपर बर्थ पर अपना बिस्तर बिछाकर लेट गया था। ममता सेन मेरे डिब्बे में थीं। वे बोलीं, "अब से तुम मुझे ममता मासी कहना। ठीक है न! और किसी चीज की जरूरत हो तो मुझे बताना।"

मैं आँखें बन्द करके करवट बदलकर सोच रहा था आनेवाले एक महीने में न जाने क्या-क्या होने जा रहा है। बिशुदा थे इसलिए माँ और पिता जी की गैर-मौजूदगी खल नहीं रही थी। एक बार मैं कलिम्पोंग गया था अपने ममेरे भाई-बहनों के साथ। उस बार भी मेरे माता-पिता साथ नहीं थे। लेकिन मुझे कोई परेशानी नहीं हुई थी। मैं जानता था इस बार भी नहीं होगी। व्यस्तता में एक महीना देखते-देखते बीत जाएगा।

यही सोचते-सोचते कब सो गया था, मुझे पता ही नहीं चला।

(2)

मेरे पिता कॉलेज में इतिहास पढ़ाते थे। उन्होंने ही मुझे बताया था कि अजमेर शहर को अकबर ने मारवाड़ के राजा मालदेव से सोलहवीं सदी में जीता था। उन्नीसवीं सदी में अजमेर अंग्रेजों के अधीन चला गया था। पुष्कर अजमेर से

ग्यारह किलोमीटर दूर पश्चिम में है, यह हिन्दुओं का एक बड़ा तीर्थस्थल है। वहाँ एक तालाब है। हर साल कार्तिक के महीने में उसके चारों तरफ एक मेला लगता है। उसमें लाख से अधिक लोग आते हैं। हम लोगों की फिल्म में हालाँकि अज़मेर एक काल्पनिक शहर हिंडोलगढ़ है। फिल्म का नाम भी हिंडोलगढ़ है। पुष्कर का नाम पुष्कर ही रहना था। और उसी पुष्कर के मेले में स्कूल शिक्षक के बेटे मोहन से राजकुमार अमृत सिंह का परिचय होता है।

देर रात अजमेर पहुँचकर हम सब सीधे सर्किट हाउस चले गए थे। हमें तीन हफ्ते वहीं रहना था। सर्किट हाउस काफ़ी बड़ा था। उसके पहले तल पर उत्तर और पश्चिम में दो चौड़े बरामदे थे। उस बरामदे पर खड़े होने से उत्तर में विशाल आना सागर लेक पश्चिम में पहाड़ दिखाई पड़ता था। हालाँकि रात में देखने लायक कुछ नहीं था। लेकिन समझ गया था, हम लोग एक विचित्र जगह विचित्र बँगले में पहुँच गए हैं। आसमान की एक-तिहाई चाँदनी हल्के कोहरे से ढँकी झील के पानी में प्रतिबिम्बित होकर बहुत सुन्दर लग रही थी। दूर शहर में कहीं ढोलक बजाकर गाना हो रहा था। अन्य कोई शोर नहीं था।

मैं बरामदे में रेलिंग पकड़कर खड़ा था। बिशुदा आकर बोले, "चल तेरा कमरा तय हो गया है। ममता दी भी उसी कमरे में सोएँगी, तुझे कोई डर नहीं है।"

मुझे वैसे भी डर नहीं लग रहा था। हम इतने लोग एक साथ रहेंगे, इसमें डरने की क्या बात है?

"आपका काम कब से शुरू होगा?" मैंने बिशुदा से पूछा।

उन्होंने कहा, "हम सब पुष्कर देखने जाएँगे। साथ ही जिस मकान को राजमहल बनाया जाएगा उसे भी। परसों से काम शुरू हो जाएगा।"

हमारी बातों के दौरान ममता मासी आकर बोलीं, "क्यों रे अंशु, माँ की याद आ रही है?"

असल में मुझे घर की जरा भी याद नहीं आ रही थी, यही बात मैंने

ममता मासी से कह दी।

"ऐसा ही होना चाहिए," ममता मासी ने कहा, "मैं जब तक यहाँ हूँ, मैं ही तुम्हारी माँ हूँ, समझे? किसी प्रकार की भी परेशानी हो, मुझसे कहना।"

रात में नींद अच्छी आई थी।

सुबह जागकर बरामदे में आते ही पहली बार ठीक से झील को देखा था। झील बहुत बड़ा था। उसके उस पार की चीजें बहुत छोटी-छोटी नजर आ रही थीं। पानी में असंख्य बत्तखें तैर रही थीं। पहाड़ बहुत ऊँचें थे। लग रहा था जैसे झील के पानी से निकले थे।

अंडा, रोटी और स्वादिष्ट बड़े-बड़े जलेबियों से नाश्ता करके हम लोग हीरे-जवाहरात के व्यापारी का बँगला देखने के लिए निकल पड़े थे। हम लोगों में से ज्यादातर लोग सर्किट हाउस में रुक गए थे।

सिर्फ छ: लोग बाहर निकले थे—मैं, बिशुदा, सुशील बाबू, सुशील बाबू के सहायक मुकुल चौधरी, कैमरामैन धीरेश बोस और कहानी के लेखक सुकान्त गुप्त। तीन हफ्ते के लिए एक बड़ी बस और दो टैक्सियाँ किराये पर ली गई थीं। उसमें से दोनों टैक्सियाँ आज ड्यूटी पर थीं। मिस्टर लोहिया के बँगले को बँगला कहना गलत होगा, उसे किला कहना उचित होगा। उसके चारों तरफ कोई नहीं था लेकिन पेड़-पौधे, तालाब, मन्दिर सब मिलाकर बहुत बड़ी जगह थी। यही किला राजमहल बनेगा और इसी परिवार का बेटा अमृतसिंह बनेगा।

सच कहूँ तो ऐसा मकान मैंने दूसरा नहीं देखा था। मकान पीले पत्थरों से बना था। वह कितना पुराना था, इसे देखकर अन्दाजा नहीं लगाया जा सकता था। अगर वह मुगलकालीन हो तो भी आश्चर्य की बात नहीं होती। बाद में मुझे पता चला कि वह मुगलकालीन ही था।

मिस्टर लोहिया की उम्र साठ साल से अधिक थी। उनके बाल पूरी तरह सफेद हो चुके थे और घनी मूँछें भी सफेद हो गई थीं। हम सबको बड़ी

आवभगत करके बैठक में ले गए। उन्होंने कहा था, वे बांग्ला फिल्में ज्यादा नहीं देखते, लेकिन बंगाल एवं बंगालियों से उन्हें बहुत लगाव है। उनके एक ममेरे भाई का परिवार दो सौ वर्षों से कोलकाता में रहकर व्यवसाय कर रहा है। इन्हीं ममेरे भाई मोतीलाल चुनोरिया से हम लोगों के फिल्म प्रोड्यूसर का परिचय था। उन्होंने ही मिस्टर लोहिया को पत्र लिखकर यहाँ हम लोगों की शूटिंग की व्यवस्था कर दी थी। यहाँ एक सुविधा यह थी कि परिवार के लोगों की तुलना में कमरों की संख्या अधिक थी। उनमें से एक दो कमरों में शूटिंग चलने से परिवार के सदस्यों के लिए किसी प्रकार की परेशानी की बात नहीं थी।

मिस्टर लोहिया ने हम लोगों को चाय और लड्डू से नाश्ता करवाया था, उसके बाद कुछ हीरे-जवाहरात निकालकर हम लोगों को दिखाया था। अन्त में उन्होंने एक नीला पत्थर दिखाया, उसका आकार एक कबूतर के अंडे के बराबर था। उसका नाम नीलकान्तमणि था। ऐसा पत्थर बहुत कम देखने को मिलता है। उसकी कीमत जानने की बड़ी इच्छा हो रही थी। आखिरकार सुशील बाबू ने पूछ ही लिया था। जवाब में मिस्टर लोहिया ने मुस्कराकर कहा था, "इट इज प्राइसलेस।" मतलब इसके दाम की कोई सीमा नहीं है। मैंने मन ही मन सोचा, मकान के फाटक पर दो बन्दूकधारी दरबान ऐसे ही नहीं लगा रखे हैं लोहिया साहब ने। इस अकेले मकान में करोड़ों की धनसम्पत्ति है।

मि. लोहिया से विदा लेकर हम सब पुष्कर गए थे। रास्ते में एक पर्वतमाला थी। वह लगभग एक मील लम्बी थी। दोनों तरफ ऊँचे पहाड़ों के बीच से सड़क चली गई थी। पुष्कर पहुँचने में बीस मिनट लगे थे।

शंकर मल्लिक को पढ़ने का बहुत शौक था। वे ही राजस्थानी के बारे में बहुत कुछ पढ़कर आए थे। उन्होंने ही जानकारी दी थी कि डेढ़ हजार वर्ष पहले भी पुष्कर भारतवर्ष का एक जाग्रत तीर्थस्थल था। तालाब के किनारे के मन्दिरों को औरंगजेब ने तुड़वा दिया था। उनकी जगह नए मन्दिर

बनाए गए थे। उनमें सबसे प्रसिद्ध ब्रह्माजी का मन्दिर है। कहा जाता है पूरे भारतवर्ष में यही एक मन्दिर है, जहाँ ब्रह्माजी की पूजा होती है। मन्दिर के बाहर ऊपर की तरफ ब्रह्मा के वाहन बत्तख की मूर्ति है। हम लोगों में से दो लोग—सुशील बाबू और लेखक सुकान्त बाबू—मन्दिर के अन्दर जाकर प्रसाद चढ़ा आए थे।

दो दिनों के बाद ही पुष्कर का मेला आरम्भ होनेवाला था। झील के दक्षिण में सूखे मैदान पर मेले की तैयारी चल रही थी। ऊँट, गाय और घोड़े आने शुरू हो गए थे। इन तीन पशुओं का दूसरा कोई इतना बड़ा बाजार नहीं है। मेले के सामने के कुछ हिस्से में कुछ पेड़-पौधे और एक टूटी हवेली को सुशील बाबू और कैमरामैन धीरेन बोस ने अमृत और मोहन के कपड़े बदलने और उनके अपहरण के दृश्य के लिए पसन्द कर लिया था। यहीं से तीन गुंडों को अमृत की पोशाक पहने हुए मोहन को उठाकर ले जाना था। हालाँकि ये पुराने जमाने के गुंडे नहीं थे। वे मोहन को ऊँट या घोड़े की पीठ पर बैठाकर नहीं भागेंगे। उन्हें मोहन को कार में ले जाना था।

पुष्कर से लौटते-लौटते साढ़े बारह बज गए थे। हम लोगों के लिए भोजन की व्यवस्था सर्किट हाउस के भूतल पर डाइनिंग हाल में थी। एक साथ पन्द्रह लोग भोजन कर रहे थे। उनमें नायक, खलनायक सभी थे। एक जोरदार पिकनिक का माहौल था। जितने दिनों तक हम लोग अजमेर में रहेंगे, ऐसा ही माहौल रहेगा। हालाँकि काम शुरू हो जाने पर सर्किट हाउस से सम्पर्क कम रहेगा। क्योंकि पूरा दिन बाहर ही बीतना था।

भोजन करते वक्त शंकर बाबू ने मिस्टर लोहिया के हीरे-जवाहरातों की बात छेड़ी। हम लोग नीलकान्तमणि की तरह एक पत्थर देख आए थे। इसे सुनकर जो लोग नहीं गए थे, वे सभी अफसोस कर रहे थे।

भोजन करने के बाद दोपहर में कल जिस दृश्य की शूटिंग होनी थी, उसे एक बार दोहरा लिया गया था। मैं जानता था कि फिल्म की शूटिंग ठीक फिल्म की घटना के क्रम में नहीं होती है। कभी-कभी, बाद के दृश्य की

शूटिंग पहले और पहले के दृश्य की शूटिंग बाद में होती है। जैसे कल जिस दृश्य की शूटिंग होनी थी, वह मेले से लौटने के बाद का दृश्य था। हालाँकि पहले दिन का काम बहुत आसान नहीं था। मैं अपनी फाइल खोलकर कल के संवाद देख रहा था। उसी समय बिशुदा आकर कह गए थे—"आज शाम को बरामदे में रिहर्सल होगा; मुझे, राजा-रानी, राजा के दीवान—सभी को वहाँ हाजिर रहना होगा।"

मैंने मन ही मन कहा, चलो शुरू हो गया काम।

इस काम के बीच में क्या-क्या घटनेवाला था, मुझे अभी इसका अन्दाजा नहीं था।

(3)

दूसरे दिन सुबह छः बजे उठना पड़ा। अकेले मुझे ही नहीं, जितने लोगों को शूटिंग में काम करना था सभी को पंचानन बेयरा ने चाय देकर जगा दिया था। ब्रेकफास्ट बाद में मिलेगा। इसी को कहते हैं बेड-टी। मुझे इसकी आदत नहीं थी, लेकिन यहाँ सबके साथ चाय पीने में बुरा नहीं लग रहा था। अक्तूबर के महीने में अजमेर में सुबह के वक्त हल्की ठंड का एहसास होता है, इसलिए ममता मासी ने मुझे जबरदस्ती एक पुलोवर पहना दिया था। धूप निकलने के बाद उसे उतारा जा सकता था।

कल का रिहर्सल अच्छा हुआ था। मुझे जो थोड़ी-बहुत घबराहट हो रही थी, सबके साथ मिलकर काम करने के बाद वह एकदम समाप्त हो गई थी। राजमहल में कुछ छोटे-छोटे चरित्र में अभिनय करने के लिए स्थानीय तीन बंगालियों को लिया गया था। वे यहाँ लम्बे समय से रह रहे थे। उन्हें बिशुदा ही ढूँढ़ लाए थे। बिशुदा को हर समय चकरी की तरह चक्कर काटते रहना पड़ता था। वे लोग इसे प्रोडक्शन मैनेजर का काम कहते हैं। वे एक ऐसे व्यक्ति थे, जिन्हें क्षण भर भी आराम नहीं मिलता था।

आज सुबह नौ बजे से काम शुरू होना था। बीच में एक बजे एक घंटे का भोजन अवकाश, फिर दो बजे से दोबारा काम शुरू हो जाएगा। मेरा काम शाम तक पूरा हो जाना था। शाम के बाद भी काम होना था। उस समय तीन गुंडों की आवश्यकता होगी और मेरी जरूरत केवल एक शॉट में पड़ेगी। छगनलाल गुप्ता अपने दो सहयोगियों के साथ राजमहल की दीवार के बाहर धावा बोलने आया। उसका मतलब राजकुमार अमृतसिंह को लेकर भागना था। वह उसी का मौका तलाश रहा था। राजमहल के बाहर से महल की पहली मंजिल के कमरे में वे अमृतसिंह को देख लेते हैं। अमृत एक कमरे से दूसरे कमरे में खेल रहा है। छगनलाल को उसी समय वह दोबारा दिख जाता है, यही है पूरा दृश्य।

आज हम लोगों को तीन गाड़ियों की जरूरत थी, बस की छत पर पहले कैमरा को चलाने के लिए, रेल की पटरियों की तरह पटरियाँ रखी गईं। आठ-दस टुकड़ों को आपस में जोड़कर एक लम्बी लाइन बन जाती है। उसके ऊपर पहियेवाली गाड़ी चलती है। उसे ट्रॉली कहते हैं। उसके ऊपर कैमरा रखा जाता है, उस ट्राली को भी छत पर चढ़ाया गया था। स्टूडियो की बड़ी-बड़ी बत्तियों को भी बस की छत पर रखा गया था, दिन में भी कमरे के भीतर काम करने के लिए बाहर की रोशनी के साथ बिजली की रोशनी की भी आवश्यकता पड़ती है।

आज सुबह अभिनय के लिए मुझे छोड़कर राजा, रानी, दीवान एवं और तीन लोगों की जरूरत थी, जिन्हें कोई संवाद नहीं बोलना था। इन्हें एक्स्ट्रा कहते हैं। इन्हें अजमेर से ही लिया गया था। कल शाम को सर्किट हाउस में एक नाटक मंडली आई थी। वे कह गए हैं कि जरूरत पड़ने पर वे भी अपने लोग देकर सहयोग करेंगे।

सुबह साढ़े सात बजे हम लोगों की कार और बस चल पड़ी थी। मि. लोहिया के बँगले तक पहुँचने में दस मिनट का समय लगता है। बहुत समय था। लेकिन तैयारी में काफी वक्त निकल जाता है, इसे मैं एक दिन

स्टूडियो में टेस्ट देकर ही जान गया था। जिन्हें राजा की भूमिका निभानी थी, वे पुलकेश बैनर्जी लगभग पन्द्रह वर्षों से फिल्म में अभिनय कर रहे थे। वे फिल्मों के साथ-साथ नाटक में भी अभिनय करते हैं। वे गाड़ी में मेरे साथ ही बैठे थे। वे बोले, "आओ मास्टर अंशुमान, हम लोग अपना-अपना किरदार एक बार दोहरा लेते हैं।" मुझे भी कोई आपत्ति नहीं थी। इसलिए गाड़ी में चलते-चलते हम लोगों ने कई बार रिहर्सल कर लिया था।

राजमहल में पहुँचकर हम सबने पहले नाश्ता कर लिया था। मिस्टर लोहिया ने पूरा भूतल हम लोगों के लिए छोड़ दिया था। उसके साथ ही शूटिंग के लिए पहली मंजिल के तीन कमरे खाली थे। उन तीन कमरों में मेज, कुर्सी, कालीन, फानूश सभी कुछ था। और फिल्म में उन्हीं सबका इस्तेमाल होना था। कमरे के लिए कोलकाता से लगभग कुछ भी नहीं लाना पड़ा था।

भूतल में जब खाना-पीना चल रहा था, उसी बीच पहली मंजिल में शूटिंग का सारा सामान पहुँच गया था। पुलकेश बाबू और ममता मासी नाश्ता पूरा करके तुरन्त भूतल के बरामदे में मेकअप करने बैठ गए थे। मुझे कोई मेकअप नहीं करना था। केवल कुछ दूसरे तरीके से बाल सँवारने थे। कुछ समय बचा था। मैं सोच रहा था क्या करूँ। उसी समय एक आवाज सुनकर मेरी नजर सामने मैदान पर चली गई थी। एक मोटरसाइकिल फटफट आवाज करते हुए मैदान पर चक्कर लगा रही थी और उसपर बिशुदा बैठे थे।

दो चक्कर लगाकर बिशुदा उसे मेरे सामने खड़ी करके बोले, "आ पीछे बैठ, तुझे भी घुमा लाता हूँ।"

मैं जानता था कि फिल्म में मुझे सूर्यकान्त के साथ मोटरसाइकिल में बैठना था। इसलिए मैं कैरियर पर बैठ गया था और बिशुदा ने तेज आवाज करते हुए मोटरसाइकिल चला दी थी। मैंने दोनों हाथों से बिशुदा को पकड़ रखा था। कानों के पास से सनसनाती हुई तेज हवा ग़ुजर रही थी। मुझे बड़ा मजा आ रहा था। बिशुदा इतनी अच्छी तरह मोटरसाइकिल चलाना जानते

हैं, मुझे इसकी खबर नहीं थी। वे लम्बे समय से कार चला रहे थे।

बिशुदा ने तीन चक्कर लगाकर मोटरसाइकिल को बँगले के सामने लाकर खड़ा कर दिया था। यह भी एक रिहर्सल था। मुझे लग रहा था स्टंटमैन अगर निपुण हो तो उसके पीछे बैठने में मुझे डर नहीं लगेगा। फिल्म के एक दृश्य में था कि पुलिस इंस्पेक्टर सूर्यकान्त मोहन को डाकुओं के चंगुल से मुक्त कराकर मोटरसाइकिल में बिठाकर भाग रहे थे और डाकू एम्बेसेडर कार से उनका पीछा कर रहे थे। उन लोगों से बचने के लिए सूर्यकान्त सीधा रास्ता छोड़कर ऊबड़-खाबड़ रास्तों पर मोटरसाइकिल चला रहे थे। मोहन ने सूर्यकान्त की कमर पकड़ रखी थी और मोटरसाइकिल बड़ी तेज गति से उछल-उछलकर ऊबड़-खाबड़ मैदान पर दौड़ रही थी। उसके बाद? वही असली दृश्य था। इसी दृश्य को देखकर दर्शक सिनेमा हाल में ताली बजानेवाले थे—मैदान से मोटरसाइकिल कच्ची सड़क पर उतर गई थी। उधर डाकुओं की गाड़ी भी उनके पीछे लगी थी। सामने अचानक चढ़ाई थी। चढ़ाई में चढ़ने से पहले सूर्यकान्त ने मोटरसाइकिल की रफ्तार बहुत बढ़ा दी थी। इसका कारण और कुछ नहीं—सामने दस हाथ चौड़ा नाला था जिसमें तेज प्रवाह से पानी बह रहा था उस नाले को एक छलाँग में लाँघकर दूसरी तरफ ढलान में उतरना था। कहानी में सूर्यकान्त को आराम से नाला पार कर लेना था। लेकिन शूटिंग में मुम्बई का स्टंटमैन क्या ऐसा कर पाएगा? उस वक्त मुझे स्टंटमैन की कमर कसकर पकड़कर बैठना होगा, मैं इसी बात से चिन्तित था।

इस समय इसे पूछने से कोई फायदा नहीं था। जो होना था वह तो बाद में पता चल ही जाएगा। काम अच्छा होने के लिए अगर मुझे मोटरसाइकिल पर बैठना पड़े तो मैं वैसा करने के लिए तैयार था।

मोटरसाइकिल से उतरकर बिशुदा ने कहा, "सूर्यकान्त के लिए यह मोटरसाइकिल किराये पर लाई गई है। उम्मीद है यह कैप्टन को पसन्द आएगा।"

"कैप्टन?" चौंकते हुए मैंने पूछा था, "कैप्टन? कौन है?"

"कैप्टन कृष्णन!" बिशुदा ने कहा, "स्टंटमैन। आज रात मुम्बई से आ रहे हैं।"

कृष्णन मुम्बई से आ रहे थे लेकिन उनके नाम से मैं समझ गया था कि वे दक्षिण भारतीय हैं।

(4)

पहले दिन का काम बड़ी अच्छी तरह सम्पन्न हो गया था। पहला शॉट मेरा था—मोहन की पोशाक पहनकर मैं दीवान के साथ कमरे में जा रहा था। सामने मेरे पिता जी बैठे थे। बदले पोशाक में मुझे देखकर पहले तो वे हैरान हो गए। एक बार में ही शॉट सही होने के लिए सबकी वाहवाही मुझे मिली थी। यहाँ तक कि मि. लोहिया जो अपने पोते के साथ शूटिंग देख रहे थे, उन्होंने भी ताली बजाकर शाबाशी दी थी। आज मुझे घर की बड़ी याद आ रही थी, इसलिए मन भारी था। इतनी अच्छी शूटिंग वे नहीं देख सके। देखते तो कितने खुश होते। लेकिन मुझे पाँच मिनट में दूसरे शॉट के लिए तैयार होना था, इसलिए उस दुःख को भूलना पड़ा। पहले शॉट के समय बिशुदा वहाँ मौजूद थे। शॉट पूरा होने के बाद उन्होंने मेरी पीठ ठोंककर कहा था, "इसी तरह करता रह, चिन्ता मत कर।"

राजा की भूमिका में पुलकेश बाबू ने भी अच्छा अभिनय किया था। लेकिन भोजन के अवकाश में उन्होंने एक बात कही थी, जिसे सुनकर मुझे बहुत मजा आया। उन्होंने कहा था, "जानते हो मास्टर अंशुमान, बाल अभिनेता के साथ अभिनय करने पर बड़ों को कोई नहीं पूछता। हम सब बेकार मेहनत कर रहे हैं।" मैं यह भी गौर कर रहा था। हर बार शॉट देने से पहले वे ओठों ही ओठों में कुछ कहते थे, शायद ईश्वर को स्मरण करते थे।

ममता मासी का अभिनय भी मुझे बहुत अच्छा लगा था। खासकर

उनका आँसू बहानेवाला शॉट। अधिकतर अभिनेता अपने-आप आँसू नहीं बहा पाते हैं। रोने का शॉट देने से पहले वे आँखों के कोने में ग्लीसरीन टपका लेते हैं। ऐसा करने से आँखों में जलन होती है और आँखों में पानी आ जाता है। ममता मासी ने कहा था, "उन्हें ग्लीसरीन की जरूरत नहीं है।" मैं चकित होकर देखता रहा, सचमुच वैसा ही था। गुण्डे उनके पुत्र को न उठाकर गलती से दूसरे लड़के को उठा ले गए हैं, जानकर इतनी खुश हुई थीं कि रोते हुए अपने पुत्र को सीने में जकड़ लिया था।

पाँच बजे तक पूरे दृश्य का काम खत्म हो गया था, अब अँधेरा होने के बाद बाकी काम होना था। मतलब सात बजे से पहले नहीं। पुलकेश बाबू और ममता मासी सर्किट हाउस लौट गए थे। आगे का काम बहुत आसान था। मुझे एक कमरे से दूसरे कमरे में दौड़-भाग करना था। दीवार के बाहर से इस तरह कैमरे में उसका शॉट लेना था कि देखकर लगे गुंडे ही सब कुछ देख रहे हैं।

ग्रामोफोन सुनते हुए दो घंटे बहुत आराम से गुजर गए थे। मि. लोहिया के पास एक पुराना चोंगेवाला ग्रामोफोन था और दुनिया भर के पुराने हिन्दी क्लासिक गानों के रिकॉर्ड थे। वे उन्हीं रिकॉर्डों को बजाकर सुना रहे थे। चाबी भरनेवाला ग्रामोफोन मैंने पहले कभी नहीं देखा था। सहयोगी मुकुल चौधरी क्लासिकल गानों के शौकीन थे। वे बोले, "ये रिकॉर्ड अब बाजार में नहीं मिलते हैं। मि. लोहिया ने इन्हें इस तरह सँभालकर रखा है कि ये इतने दिनों तक खराब नहीं हुए हैं।"

सात बजने के कुछ देर पहले ही गाना सुनना बन्द करके शॉट की तैयारी शुरू हो गई थी। अब राजकुमार के कपड़े पहनने थे। तैयार होने में मुझे ठीक पन्द्रह मिनट समय लगा था। लेकिन इससे क्या होना था। खबर मिली थी काम शुरू होने में थोड़ा समय लगेगा। मुख्य गुंडे की भूमिका अदा करनेवाले जगन्नाथ दे या जगू उस्ताद मिल नहीं रहे थे। बिशुदा व्यस्त होकर सबको पूछते फिर रहे थे, किसी ने जगन्नाथ को तो नहीं देखा है? मैंने शाम

को उन्हें देखा था, इतने-से समय में वे कहाँ गए होंगे।

यहाँ यह कहना जरूरी है जगन्नाथ दे अभिनेता चाहे कितने भी अच्छे हों, व्यक्ति के तौर पर जगू उस्ताद मुझे बिलकुल अच्छे नहीं लग रहे थे। एक तो जगू उस्ताद की हँसी स्पष्ट नहीं थी। असल में उतने पान-तम्बाकू खानेवाले दाँत साफ भी नहीं हो सकते थे। दूसरा कारण था, हमारे दल के दो नौकर भीखू और पंचानन के साथ उन सज्जन का व्यवहार बिलकुल अच्छा नहीं था। यह मुझे बेहद बुरा लगता था। इसलिए कि अपने काम में वे दोनों बहुत मेहनत कर रहे थे।

बिशुदा जगू उस्ताद को ढूँढ़ने निकलने से पहले सुशील बाबू से कह गए थे कि इस बीच मेरा शॉट पूरा कर लिया जाए। मैं तो तैयार था, केवल रोशनी की व्यवस्था करनी थी। आम बिजली की बत्ती में शूटिंग सम्भव नहीं होती। इसके लिए स्टूडियो की बड़ी लाइट में काम करना पड़ता है। निदेशक सुशील बाबू आकर मुझे समझा गए थे कि गुड्डो किस तरह एक कमरे से दूसरे कमरे में भागना था। "मन ही मन कोई गाना गुनगुनाते रहो," सुशील बाबू ने कहा था, "और उससे ताल मिलाकर घूमो-फिरो।" ऐसा करने से काम स्वाभाविक और मजेदार होगा। असल में राजकुमार को कुछ करना ही नहीं था। इसलिए वह अपनी ही धुन में इधर-उधर घूम-फिर रहा था। फिल्म में यही अभिव्यक्ति लानी थी।

मैं थोड़ा-बहुत गा सकता था, लेकिन कौन-सा गाना गाऊँ, समझ में नहीं आ रहा था। सुशील बाबू से पूछने पर कुछ सोचकर उन्होंने कहा, "धानेर खेते रोदेर छाया, गीत को जानते हो?"

मेरे हाँ कहने पर सुशील बाबू ने कहा था, "वेरी गुड, बस उसे ही गुनगुनाओ।" मैंने अपने मन में गाने को गुनगुना लिया था, पूरा गाना मुझे याद नहीं था, उसकी आवश्यकता भी नहीं थी।

आधे घंटे में ही मेरा शॉट बहुत अच्छा हो गया था। उसके भी आधे घंटे बाद आकर बिशुदा ने सूचना दी थी कि जगू उस्ताद मिल गए हैं। बिशुदा

बहुत गुस्से में थे, यह देखकर मुझे कुछ पूछने की हिम्मत नहीं हुई थी। लेकिन उनकी बातों से मैं समझ गया था। जगू उस्ताद को नशा करने की आदत है। वे राजमहल से दूर बाजार में शराब की दुकान पर चले गए थे। शाम होते ही वह नशा किए बिना रह नहीं पाते थे।

इधर दूसरे दोनों गुंडे तैयार बैठे थे। अब जगू उस्ताद को मेकअप करके कपड़े बदलकर छगनलाल बनना था। उसमें एक घंटा और निकल गया था। बिशुदा इस बीच एक बार मुझसे पूछ गए थे—मैं घर जाना चाहता हूँ या नहीं। मुझे वहाँ बड़ा मजा आ रहा था। मैंने कह दिया, "गुंडों का शॉट देखे बिना मैं नहीं लौटूँगा।"

शॉट पूरा होते-होते रात के साढ़े नौ बज गए थे। तीनों गुंडे राजमहल की दीवार के बाहर एक पेड़ के नीचे खड़े थे। दीवार ऊँची होने के कारण राजमहल का केवल ऊपरी हिस्सा दिख रहा था। इसलिए छगनलाल जल्दी-जल्दी पेड़ पर चढ़ गया था। उसे देखकर उसके दो सहयोगी भी चढ़ गए थे। अब वे अमृत को देख सकते थे। उसी समय गश्त करनेवाला सिपाही वहाँ पहुँच गया था। उसकी हुंकार सुनकर तीनों गुंडे पेड़ से झटपट नीचे उतरकर किसी तरह गाड़ी में बैठकर भाग गए थे।

शूटिंग देखकर समझ गया था कि नशा करें या और कुछ, जगू उस्ताद पक्के अभिनेता हैं। बिशुदा ने बाद में कहा था, "वे बहुत अच्छे अभिनेता हैं। इसीलिए उनके इतने बद दिमाग होने पर भी उन्हें लेना पड़ा था।" मैंने मन ही मन कहा, कुछ भी करो भैया, मेरे साथ अभिनय करते समय नशा करके मत आना। मैंने सुना है, शराब की महक बहुत खराब होती है।

(5)

शूटिंग से लौटने में देर हो गई थी। मैं थकान महसूस कर रहा था। इसलिए खाना खाकर सोने चला गया था। कल सुबह उतनी जल्दी उठने की जरूरत

नहीं थी क्योंकि कल केवल पुष्कर के मेले का शॉट लिया जानेवाला था। उसमें किसी अभिनेता का काम नहीं था। मेला कल से शुरू होनेवाला था, इसलिए भीड़ बढ़ने से पहले ही कुछ शॉट ले लेना जरूरी था। आज शाम राजमहल में काम था। इस बार हीरो शंकर मल्लिक का शॉट था। दृश्य था—राजा के पुलिस को सूचना देने के बाद इंस्पेक्टर सूर्यकान्त अमृत से पूछताछ करके पूरा मामला समझ रहे हैं। इसमें मेरा भी शॉट था और पुलकेश बैनर्जी का भी।

उठने की जल्दी न रहने पर भी ज्यादा देर तक बिस्तर पर पड़ा नहीं रह पाया। यह अच्छा ही हुआ क्योंकि बरामदे से निकलते ही बिशुदा से भेंट हो गई थी। बिशुदा बोले, "तू मेरे साथ चलेगा?"

मैंने पूछा, "कहाँ?"

"जगह का नाम दौराल है, यहाँ से सोलह किलोमीटर दूर कहानी के उपयुक्त एक नाले का पता चला है। उसे कृष्णन को दिखा दूँगा। वह एक बार देखना चाहते हैं। मोटरसाइकिल पर सवार होकर उसे पार करना सम्भव है या नहीं।"

"स्टंटमैन आ गए हैं?"

"अरे पूछ मत," बिशुदा बोले, "गाड़ी तीन घंटा लेट थी। कृष्णन को लेकर मैं डेढ़ बजे लौटा था।"

"मोटरसाइकिल भी रहेगी हम लोगों के साथ?"

"वह तो रहेगी ही। लेकिन वह बस की छत पर रहेगी। वहाँ पहुँचकर कृष्णन उसे चलाएगा।"

"कृष्णन कहाँ के रहनेवाले हैं बिशुदा? क्या वे मद्रासी हैं?"

"उन्हें देखते ही समझ जाएगा।"

आठ बजे तक ब्रेकफास्ट हो गया था। आज बस को छोड़कर दूसरी कोई गाड़ी नहीं जा रही थी क्योंकि तीनों गाड़ियाँ पुष्कर चली गई थीं शूटिंग के लिए। लेकिन आउटिंग (घूमने का) का शौक सभी को था। इसलिए जो

शूटिंग में नहीं गए थे, लगभग वे सभी बस में सवार हो गए थे। अन्त में बिशुदा के साथ एक सज्जन आए थे। उनकी उम्र लगभग तीस वर्ष की रही होगी। रंग साफ था। कद आम लोगों से थोड़ा ज्यादा, उनको देखने से पता चलता था कि वे पूरी तरह फिट थे।

"तू कब से स्टंटमैन-स्टंटमैन किए जा रहा था—यही कैप्टन कृष्णन हैं।" कहकर बिशुदा ने उन्हें मेरे पास खाली सीट पर बैठा दिया था। कैप्टन कृष्णन ने मेरी तरफ देखकर अपने चमकते हुए दाँत दिखाकर हँसते हुए साफ बांग्ला में कहा, "नमस्कार!"

मैं तो बेवकूफ बन गया था। मैं सोच ही नहीं सकता था कि कृष्णन भी किसी बंगाली का नाम हो सकता है।

बस की छत पर मोटरसाइकिल चढ़ा दी गई थी। दो बार हॉर्न बजाकर डीलक्स बस चल पड़ी थी।

बस में सवार सभी लोग मुड़कर नए आए स्टंटमैन को देख रहे थे। मेरी नजर भी उनकी तरफ घूम गई थी। वे सज्जन उस वक्त भी मुस्करा रहे थे। आखिरकार मुझसे चुप नहीं रहा गया। मैंने पूछ ही लिया—"आप बंगाली दिखते हैं, लेकिन आपका नाम तो...।"

"मेरा नाम कृष्णपद सान्याल है।" सज्जन हँसते हुए बोले, "मुम्बई में कोई बंगाली स्टंटमैन की कद्र नहीं करता। इसलिए मैंने दक्षिण भारतीय नाम रख लिया। वहाँ मैं टूटी-फूटी हिन्दी और अंग्रेजी बोलता हूँ। बातें तो ज्यादा नहीं करनी पड़ती हैं। वहाँ हम लोगों की भाषा पर कोई अधिक ध्यान नहीं देता है। केवल काम ठीक हो रहा है या नहीं, यही देखते हैं।"

उन्हें देखकर मुझे अजीब लग रहा था। ये ही शंकर मल्लिक बनकर सारे मुश्किल काम करेंगे और फिल्म देखकर दर्शक सोचेंगे सबकुछ शंकर मल्लिक ने किया है। बिशुदा कह रहे थे—"हिन्दी फिल्मों के नायक जितनी फाइटिंग करते हैं, घोड़े से गिरते हैं, एक मकान से दूसरे मकान में छलाँग लगाकर चले जाते हैं, यह सबकुछ स्टंटमैन करते हैं। लेकिन दर्शक इसे

जान नहीं पाते हैं।"

मैंने और एक बार तिरछी नजरों से उन सज्जन को देख लिया। कृष्णपद सान्याल मतलब बंगाली ब्राह्मण हैं।

केवल ब्राह्मण ही नहीं हम गांगुलियों की तरह वारेन्द्र ब्राह्मण। ऐसे परिवार का कोई स्टंटमैन कैसे बन गया, उनसे मुझे यह सबकुछ पता करना होगा। इतना तो समझ गया था कि उनके चेहरे पर एक मूँछ लगा देने के बाद दूर से उनके और शंकर मल्लिक के चेहरे में ज्यादा फर्क नहीं रह जाएगा। दोनों का रंग एवं कद-काठी लगभग एक जैसी थी। बिशुदा के चयन की तारीफ करनी होगी। उन्होंने ही स्टंटमैन ढूँढ़ा था, यह मैं जानता था।

"तुम्हारा नाम क्या है?"

मैंने अपना नाम बता दिया। फिर मैंने कहा, "मुझे तो शायद आपकी मोटरसाइकिल के पीछे बैठना होगा।"

"वह तो बैठना होगा," कैप्टन कृष्णन बोले, "लेकिन घबराने की कोई बात नहीं है। मोटरसाइकिल का स्टंट मेरी तरह कोई नहीं कर सकता। हिन्दी-तमिल मिलाकर मैंने बाईस फिल्मों में मोटरसाइकिल चलाई है। एक बार भी गड़बड़ नहीं हुई।"

"सचमुच ऐसा हुआ है?"

"यस सर!"

पता नहीं क्यों, वे सज्जन मुझे अच्छे लग रहे थे। ऐसा निडर चेहरा आमतौर पर नजर नहीं आता। और जो व्यक्ति इतने खुले दिल से हँसता है, उसमें क्या कोई नीचता रह सकती है? लगता तो नहीं।

कैप्टन कृष्णन किसी हिन्दी फिल्म का गाना गुनगुना रहे थे, यह देखकर मैं चुप हो गया। अच्छी तरह परिचय करने के लिए काफी वक्त था। नाला पार करनेवाली शूटिंग दो दिनों के बाद होनी तय थी, यह मुझे पता चल गया था।

दौराल एक छोटा शहर था। उसे पीछे छोड़कर और कुछ दूर जाने के

बाद बस को रुकने के लिए कहा। बाईं तरफ जंगल के बीच से एक पैदल चलनेवाली सड़क थी। मैं समझ गया था बस उस सड़क पर नहीं जा सकती थी और हम लोगों को उसी पर से जाना था। इन जगहों का चयन करने के लिए सुशील बाबू, बिशुदा और कैमरामैन को साथ लेकर पिछले महीने एक बार अजमेर आ चुके थे। जगह का चयन पहले ही कर लेना पड़ता है। एक बार शूटिंग शुरू हो जाने के बाद और दूसरे काम के लिए समय नहीं रहता है। यह नाला निर्देशक साहब को पसन्द था लेकिन जिन्हें मोटरसाइकिल से नाला पार करना था, उन्हें भी तो पसन्द आना चाहिए।

बिशुदा ने कहा, "वह जगह पक्की सड़क से पाँच मिनट का रास्ता है। जीप आसानी से जा सकती है। बस या कार लेकर जाना असम्भव है।"

हम लोग बस से उतरकर पैदल चल पड़े। मोटरसाइकिल को भी उतार लिया गया था। कैप्टन कृष्णन उस पर सवार होकर धीमी आवाज में उसे स्टार्ट करके हम लोगों के साथ-साथ चल रहे थे।

जंगल घना नहीं था। पेड़-पौधे सब नए थे। यहाँ के दृश्य हम लोगों के बंगाल से काफी अलग थे।

धीरे-धीरे पक्की सड़क पर गाड़ियों के आने-जाने का शोर एकदम बन्द हो गया। अब केवल मोटरसाइकिल की आवाज और चिड़ियों के चहकने की आवाज आ रही थी।

एक मिनट बाद कलकल की ध्वनि सुनाई पड़ने लगी। मैं समझ गया कि हम नाले के पास पहुँच गए हैं। यहाँ आकर सड़क थोड़ी चौड़ी और चढ़ाई वाली थी, थोड़ी दूर चढ़ाई चढ़ने के बाद सड़क एकदम ढलान लेकर नाले तक चली गई थी। नाले की चौड़ाई दस हाथ थी। लेकिन मोटरसाइकिल को बीस-पचीस हाथ छलाँग लगाना था। ऐसा करने से ही इस पार की चढ़ाई से उस पार के ढलान तक पहुँचा जा सकता था।

"कैप्टन, क्या सोच रहे हो?"

बिशुदा ने कैप्टन कृष्णन के पास जाकर पूछा। कृष्णन अब

मोटरसाइकिल को खड़ी करके नाले और सड़क को घूम-फिर कर देख रहे थे।

"रुकिए, एक बार मैं उस पार की स्थिति देख लूँ।" कृष्णन ढलान से उतरकर पानी के पास पहुँचकर पैंट ऊपर उठाकर पानी के ऊपर से छप-छप करते हुए चलकर उस पार पहुँच गए थे। एक मिनट तक उस पार का निरीक्षण करने के बाद इस पार लौटकर बोले, "मैं एक बार कोशिश करके देखूँ, आप लोग किनारे से हट जाइए।"

हम सब हड़बड़ाकर सड़क के दोनों ओर दो गुटों में बँटकर खड़े हो गए। मैं बाईं तरफ के गुट के साथ था। मेरी नजर सड़क पर थी। कृष्णन चढ़ाई चढ़कर मोटरसाइकिल की तरफ चले गए थे। सड़क के दोनों तरफ झाड़ी होने की वजह से कृष्णन अब दिख नहीं रहे थे। लेकिन मोटरसाइकिल की आवाज आ रही थी। आवाज जिस तरह धीमी होती जा रही थी, उससे हम समझ रहे थे, कृष्णन रफ्तार पकड़ने की सुविधा के लिए मोटरसाइकिल दूर ले जा रहे थे।

"रेडी होने पर कहिएगा।" बिशुदा ने चिल्लाकर कहा था।

एक-दो सेकेंड में जवाब आया—"रेडी, आई एम कमिंग।"

अब मोटरसाइकिल की आवाज तेज हो रही थी। मैं समझ गया वह चल पड़ी थी। मोटरसाइकिल के चालू होने में और झाड़ियों के पीछे से अचानक जादू की तरह निकलने में मुश्किल से तीन सेकेंड का समय लगा था। उसके बाद चौंकानेवाली घटना घट गई थी। एक भूखी हिंस्र शेरनी जिस तरह से पूरी ताकत लगाकर बड़ी सहजता से दस हाथ दूर अपने शिकार पर झपटती है, ठीक उतनी ही सहजता और स्फूर्ति से फुर्तीले कैप्टन कृष्णन मोटरसाइकिल को शून्य में लाकर नाला पार करके दूसरी तरफ की ढलान पर उतरकर सामने की झाड़ी में अदृश्य हो गए।

उसके बाद जैसा होना था वैसा ही हुआ। सबने एक साथ तालियाँ बजाकर कृष्णन को शाबाशी दी।

लेकिन खेल यहीं खत्म नहीं हुआ था। इसके बाद जो कुछ हुआ था, मैं जिन्दगी भर नहीं भूल सकता। उस पार से अचानक कृष्णन की आवाज सुनाई दी—"मास्टर अंशुमान!"

मैं अपना नाम सुनकर अचानक न जाने क्यों घबरा गया था। 'अंशुमान' जैसे मेरा नहीं दूसरे व्यक्ति का नाम था।

"कहाँ चले गए मास्टर अंशुमान!" उनकी आवाज फिर सुनाई दी। इधर बिशुदा मेरे पास आ गए थे। बोले, "तुझे बुला रहे हैं, तू जाएगा?"

"जाऊँगा।"

मन से सारा डर अचानक जादू की तरह गायब हो गया था। मेरा मन कह रहा था, कैप्टन कृष्णन जहाँ सारथी हों, वहाँ डरने की कोई बात नहीं है।

मैंने चिल्लाकर कहा, "अभी आ रहा हूँ।" और पैंट ऊपर उठाकर उस पार हाजिर हो गया था। मुझसे बीस हाथ की दूरी पर कैप्टन मोटरसाइकिल पर बैठे थे। उन्होंने मुझे इशारे से अपने पास बुलाया—"एक बार रिहर्सल हो जाए।"

मैं कैप्टन कृष्णन के पास चला गया। उन्होंने पीछे की सीट पर हाथ मारकर समझा दिया था कि मुझे कहाँ बैठना होगा। मैं वहीं बैठ गया।

"डरने की कोई बात नहीं है, केवल मेरी कमर को दोनों हाथों से कसकर पकड़े रखना।"

मैं उन्हें पकड़कर बैठ गया था। कैप्टन कृष्णन मोटरसाइकिल को घुमाकर और दूर ले गए थे। फिर उसे नाले की तरफ मोड़कर इंजन से जोर की आवाज निकालकर उसकी चाल बढ़ा दी।

उनको कमर से पकड़ने के बाद मेरी आँखें भी बन्द हो गई थीं। इसलिए मैंने कुछ नहीं देखा था। केवल आँख खोलने के बाद मैंने देखा, मैं नाले की दूसरी तरफ आ गया था। मेरे ऊपर से जैसे तूफान गुजर गया था। सब लोग दोबारा तालियाँ बजा रहे थे—'शाबाश, शाबाश' कह रहे थे।

"कैसा लगा?" कैप्टन कृष्णन ने पूछा।

मैंने कहा, "बड़ा मजा आया। उतना ही सुकून भी।"

खैर अब कोई चिन्ता नहीं थी। कल स्टेशन से आते समय बिशुदा बाबू ने मुझे सीन समझा दिया था। मैंने उनसे कहा था, "चिन्ता का कोई कारण नहीं है। अगर वह लड़का हिम्मत करके मोटरसाइकिल पर बैठ जाए तो मेरी तरफ से कुछ गड़बड़ नहीं होगी।"

इसी बीच और भी लोग हम लोगों के पास आ गए थे। सुशील बाबू पुष्कर में शूटिंग कर रहे थे, नहीं तो वे भी बहुत खुश होते, और निश्चिन्त भी होते। शंकर मल्लिक ने मेरी पीठ थपथपाकर 'ब्रेव ब्वॉय' कहकर मेरी तारीफ की। फिर कृष्णन से हाथ मिलाकर अपना परिचय देकर कहा था—"सच कहिए तो इस स्टंट को लेकर मुझे बड़ी चिन्ता थी। मुझे पता था कि मुझे कुछ नहीं करना है। लेकिन जिसे यह सब करना है, वह ठीक जँचेगा या नहीं, इसी की चिन्ता थी। अब देख रहा हूँ, मेरी तरह एक मूँछ लगा देने से दूर से या पीछे से किसी को कोई फर्क ही नजर नहीं आएगा।"

जिस काम से हम सब वहाँ गए थे, वह पूरा हो जाने के बाद सब बस में बैठ गए थे। सर्किट हाउस पहुँचकर बारह बजे तक दोपहर का भोजन करके हमें मिस्टर लोहिया के यहाँ पहुँचना था।

नाला पार करने का रिहर्सल ठीक तरह हो जाने के बाद मैं कितना निश्चिन्त महसूस कर रहा था, इसे मैं कह नहीं सकता। पूरी फिल्म में यही मेरा सबसे कठिन काम था और इसे लेकर मुझे बड़ी चिन्ता थी।

कैप्टन कृष्णन मिल गए थे, एक अच्छा स्टंटमैन क्या होता है, आज पहली बार मैंने इसे महसूस किया था।

(6)

शाम के पाँच बजते-बजते मिस्टर लोहिया के बंगले में दोपहर का काम पूरा हो गया था। मुझे इस बात की सबसे अधिक खुशी हो रही थी कि मेरी

गलती के लिए ही शॉट बार-बार नहीं लेना पड़ रहा था। मेरी समझ में आ गया था कि कैमरे का डर खत्म हो जाने के बाद काम आसान हो जाता है। हीरो शंकर मल्लिक ने भी पहले दिन अच्छा ही अभिनय किया था। उस एक व्यक्ति के बारे में कोई कुछ नहीं जानता था क्योंकि वे भी नए थे। बाद में शंकर बाबू ने खुद कहा था कि वे फिल्म के कीड़े हैं। अच्छे-अच्छे विदेशी अभिनेताओं का अभिनय देख चुके थे। इस बात से उनको काम करने में बहुत सुविधा हुई थी। उन्होंने जो कुछ किया था, वह अभिनय लग ही नहीं रहा था। आज शूटिंग देखने यहाँ के पुलिस इंस्पेक्टर भी आए थे। उनका नाम मिस्टर माहेश्वर था। वे मिस्टर लोहिया के घनिष्ठ परिचितों में थे। उन्होंने भी सबका काम देखकर बड़ी प्रशंसा की थी।

शाम को लौटने के बाद सर्किट हाउस में फिर कृष्णन से मुलाकात हो गई। दोपहर-भर मुझे बार-बार उन सज्जन की याद आ रही थी। साथ ही सुबह की चौंकानेवाली घटना भी। यह तय था कि अगर मेरी माँ और पिता जी यहाँ रहते तो मुझे कभी ऐसा नहीं करने देते। बिशुदा ने कह दिया था, "घर में जब चिट्ठी लिखना तब स्टंट का जिक्र बिलकुल मत करना। इस बात को चाचाजी और चाचीजी फिल्म देखते समय ही जान पाएँगे, उसके पहले नहीं। पहले पता चलने पर सारा दोष मेरे ऊपर आ जाएगा।"

"काम कैसा रहा?" कैप्टन कृष्णन ने पूछा।

"बहुत अच्छा। लेकिन सुबह की उस छलाँग से अच्छा नहीं था।"

"एक बात कहना चाहता हूँ तुम्हें—आज से मुझे केष्टोदा कहकर बुलाना। वही मेरा असली नाम है। यहाँ तो मुझे किसी को अपना परिचय मद्रासी के रूप में देने की जरूरत नहीं है।"

यही ठीक था। मेरा भी मन कैप्टन कृष्णन को दादा कहने का हो रहा था। लेकिन कैसे शुरू करूँ, समझ नहीं पा रहा था।

मुझे एक बात जानने की बड़ी उत्सुकता थी, इसे मौका पाकर पूछ लिया।

"आप किस तरह स्टंटमैन के काम में आए केष्टोदा?"

"यह एक लम्बी कहानी है," केष्टोदा बोले, "मैं पंडित के घर का लड़का हूँ। मेरे पिता स्कूल में संस्कृत और गणित पढ़ाते थे। शायद अभी भी पढ़ाते हों। मैं कक्षा से गायब होनेवाला लड़का था। मैं स्कूल से भागकर मारधाड़वाली फिल्में देखता था और पिता जी से पिटता था। डंडे की मार। लेकिन उन्हीं दिनों मैंने एक तरीका सीख लिया था। पीठ पर डंडा मारने पर भी ज्यादा दर्द नहीं होता था। मेरे पिता जी ऐसे कोई ताकतवर आदमी नहीं थे। ताकतवर थे मेरे दादाजी—वे भी संस्कृत के पंडित थे, लेकिन नियमित व्यायाम करते थे। मुग्दर भाँजते थे। एक बार एक मेढ़ा सींग मारने दादाजी के पीछे दौड़ा था। मेरे दादाजी ने उसकी सींग मरोड़कर पट् से तोड़ दिया था। उनकी ताकत का अन्दाजा लगा सकते हो। मैंने भी खूब कसरत की है लेकिन ज्यादा मसल्स होने से स्टंट में परेशानी होती है। शरीर एकदम स्प्रिंग की तरह होना चाहिए। जमीन पर गिरते समय शरीर को एकदम ढीला छोड़ देना चाहिए। ऐसा करने से हड्डी में चोट कम लगती है। पिछले दस वर्षों में घोड़े की पीठ से कम से कम पाँच सौ बार गिर चुका हूँ, ऐसा नहीं कि बिलकुल चोट नहीं लगी। पूरे शरीर में चोट के निशान मौजूद हैं। लेकिन शॉट के समय किसी को पता नहीं चलता कि मुझे चोट लगी है या नहीं।"

केष्टोदा ने कुछ देर रुककर एक सिगरेट जलाकर फिर से कहना शुरू किया—

"मैंने तेरह वर्ष की उम्र में स्कूल जाना बन्द कर दिया था। पिता जी ने सारी उम्मीदें छोड़ दी थीं। मैं घर से भागकर कोलकाता चला गया। वहाँ सियालदह के टावर होटल में बेयरा का काम करने लगा। पाँच साल वहाँ काम करके मैंने एक सौ छप्पन रुपये बचाए। एक दिन अचानक थर्ड क्लास का टिकट लेकर बाम्बे मेल में बैठ गया था। मुम्बई पहुँचने में दो दिन लगे थे। काफी भीड़-भाड़वाला शहर। मैं किसी को पहचानता नहीं था। केवल बाम्बे टाकीज का नाम सुना था। वहाँ जाने के बाद सुना बाम्बे टाकीज अब

नहीं है। अब कहाँ जाऊँ? इधर-उधर भटकते-भटकते पूछते हुए अन्त में परेल में राजकमल स्टूडियो में पहुँचा। पता चला बंगाली डायरेक्टर स्वदेश मुखर्जी की शूटिंग चल रही थी। मैं सीधा स्टूडियो के अन्दर पहुँच गया। वहीं जाकर चुपचाप एक तरफ खड़ा हो गया।

मेरी तकदीर अच्छी थी—वह इस घटना को सुनकर समझ जाओगे। हीरो और खलनायक के बीच मारपीट का दृश्य था। दोनों की जगह दो स्टंटमैन काम कर रहे थे। हीरो को पेट में स्टंटमैन की लात खाकर छिटककर जमीन पर गिरना था। हर तरह से जमीन पर छिटक कर गिरने की प्रैक्टिस मैंने कोलकाता में होटल की छत पर कर ली थी। यहाँ पर यह काम कैसे किया जाता है, इसे देखने के लिए मैं छिपकर खड़ा था। फिर वहाँ जो हुआ, वह एक भयंकर दुर्घटना थी। हिसाब में थोड़ी चूक हो जाने से गिरते समय हीरो के स्टंटमैन का सर एक मेज के कोने से टकरा गया था। बस ब्लैक आउट। उसे उठाकर सेट से बाहर ले जाना पड़ा था। इधर डायरेक्टर परेशान, प्रोड्यूसर परेशान, अब क्या हो। स्टंटमैन के बिना तो काम ही रुक जाएगा। एक दिन काम रुकने का मतलब था बीस हजार रुपयों का नुकसान। अब किस्मत में जो है देखा जाएगा, यह सोचकर मैं डायरेक्टर के पास पहुँच गया। मैंने टूटी-फूटी हिन्दी, अंग्रेजी मिलाकर कहा—मेरा नाम उन्निकृष्णन है। मैं मालबार का रहनेवाला हूँ। स्टंटमैन हूँ। एक बार मुझे भी परख लीजिए।

उस वक्त ऐसी संकटजनक स्थिति थीं कि मैं किसी को बिना बताए शूटिंग देखने कैसे अन्दर पहुँच गया था, यह बात किसी के ध्यान में ही नहीं आई। डायरेक्टर साहब ने उसी समय कहा, "इससे एक बार रिहर्सल करा लो, ठीक से कर ले, तो इसी से काम करा लेंगे।"

हिम्मत करके काम शुरू कर दिया। रिहर्सल परफेक्ट हो गया। टेक परफेक्ट था। उसी दिन स्टंटमैन कैप्टन कृष्णन का जन्म हुआ था। लेकिन यह भी पता चल गया है कि काम से कोई नाम नहीं है। फाइटिंग का दृश्य

देखकर कोई पूछता भी नहीं है कि स्टंटमैन कौन था? लेकिन इससे पेट भरने का पैसा मिल जाता है क्योंकि काम मिलता रहता है। फिल्मों में स्टंटमैन दिनोंदिन बढ़ता जा रहा है। एक फिल्म में हेलिकॉप्टर के नीचे रस्सी पकड़कर लटकना पड़ा था। एक स्टंट के लिए पचीस हजार रुपये। जान हथेली पर रखकर काम करना पड़ता है। हर स्टंट में जान की बाजी लगानी पड़ती है क्योंकि जरा भी चूक होने से मृत्यु न भी हो तो भयानक रूप से घायल होना निश्चित है। आज सुबह ही तो तुमने देखा, काम कितना खतरनाक था। सोच सकते हो जरा भी चूक होती तो क्या होता।"

मैं सोच सकता हूँ, लेकिन सोचना नहीं चाहता। मैं जानता था मेरी किस्मत भी केष्टोदा की किस्मत से जुड़ी हुई थी। वहाँ से लौटने का कोई उपाय नहीं था, इरादा भी नहीं था।

आसमान से सूरज की आखिरी किरण भी पहाड़ों के पीछे चली गई थी। झील का पानी गहरा नीला दिख रहा था। उसमें तैरती बत्तख अभी भी नजर आ रही थीं। थोड़ी देर बाद वे भी ओझल हो जाएँगी। अन्दर सब ताश खेल रहे थे। बीच-बीच में उनके शोर से इस बात का पता चल रहा था। मैंने पूछा, "आप ताश नहीं खेलते केष्टोदा?"

केष्टोदा ने कहा, "खेलता हूँ। आज दोपहर को खेल रहा था। हाँ, याद आया, तुम्हारे ग्रुप में एक व्यक्ति है। उसे सब जगूदा कहते हैं। वह कौन है जरा बताओ तो?"

"वे ही तो गुंडों के सरदार की भूमिका निभा रहे हैं। वे बहुत अच्छे अभिनेता हैं। उनका नाम जगन्नाथ दे है।"

"मैंने पिछले दस सालों से एक भी बांग्ला फिल्म नहीं देखी है।"

"लेकिन आपने यह बात क्यों पूछी?"

"कारण, वह भी ताश खेल रहा था। उसने ही मुझे बुलाया था। मैं उसी कमरे में बैठा था। वह आदमी मुझे ठीक नहीं लगा। भयानक धोखेबाज है। लेकिन मेरी आँखों में धूल नहीं झोंक सकता था। पहली बार तो नहीं मगर

दूसरी बार उसे पकड़ लिया था। उस पर उसकी जो अभिव्यक्ति थी, वह मुझे बिलकुल ठीक नहीं लगी थी। ऐसी गन्दी जबान मैंने बहुत कम सुनी है, वह आदमी गड़बड़ है।"

यह बात मुझसे भी छिपी नहीं थी, इसे मैंने कल की घटना बताकर उन्हें समझा दिया था।

"हुँ!" कहकर केष्टोदा कुछ देर तक भौंहें सिकोड़कर चिन्तित मुद्रा में बैठे रहे। फिर बोले, "तुम्हारे माता-पिता कोलकाता में नहीं हैं?"

मैंने कहा, "हाँ हैं, और मेरी एक बड़ी बहन भी हैं। उनकी शादी हो गई है।"

"माता-पिता से दूर रहने में तकलीफ नहीं हो रही है।"

"नहीं, आपके आने के बाद तो बिलकुल नहीं।"

"गुड! काम अच्छी तरह हो जाए, यही कोशिश होनी चाहिए। बहुत मन लगाकर काम करना होगा। ऐसा करने से तुम्हारा नाम भी होगा। यह मुझे स्पष्ट दिख रहा है।"

"अकेले मेरा क्यों? आपका भी नाम होगा।"

केष्टोदा ने सिर हिलाया—"नहीं, स्टंटमैन को नाम का मोह त्यागना पड़ता है। नाम कमाना होगा तो इसे कमाएगा तुम लोगों का हीरो और इसी से हम लोगों को सन्तुष्टि मिलती है।"

केष्टोदा उठ गए—"देखूँ किसी ताश के ग्रुप में घुस पाता हूँ या नहीं।"

(7)

तीन दिन के बाद पुष्कर के मेले में हम लोगों की सबसे मजेदार शूटिंग हुई थी। आज पहली बार मुझे दो चरित्रों में अभिनय करना पड़ा था। मोहन और अमृत की आपसी बातचीत के दृश्य की दो बार शूटिंग हुई थी। पहली बार

मैंने मोहन की भूमिका निभाई। मेरे सामने अजमेर से लिया गया एक बारह साल का लड़का था। उसका नाम श्यामसुन्दर था। दूसरी बार मैं अमृत बना था और वही श्यामसुन्दर मोहन बना था। दर्शक जब वह दृश्य देखेंगे तो श्यामसुन्दर कहीं नहीं रहेगा। वे मोहन और अमृत को बात करते हुए देखेंगे।

अपहरण का दृश्य जहाँ फिल्माया गया था, वहाँ पर मेले की कोई भीड़ नहीं थी। भीड़ हो तो काम करने में कठिनाई होती। जगू उस्ताद दिन में नशा नहीं करते, इसलिए उन्होंने छगनलाल की भूमिका अच्छी निभाई थी। लेकिन जिस दृश्य में छगनलाल अमृत रूपी मोहन को उठाकर गाड़ी में डालते हैं, वहाँ और थोड़ी सतर्कता बरत सकते थे। शूटिंग के बाद मेरी कमर में जो दर्द शुरू हुआ था, वह शाम तक बना रहा।

शाम को लौटने के बाद, सर्किट हाउस में केष्टोदा से भेंट हुई थी। पिछले दो दिनों से सारी शूटिंग राजमहल में हो रही थी। वहाँ केष्टोदा भी थे। लेकिन काम के बाद उनसे मेरी भेंट नहीं हुई थी। रात को सर्किट हाउस में लौटने की वजह से दोनों थके रहते थे। वे नहा-धोकर भोजन करके सो जाते थे। मुझे उत्सुकता रहती थी कि इन दो दिनों में कोई बताने लायक घटना घटी है या नहीं। आज शाम उसका जवाब मुझे मिल गया था।

केष्टोदा गाना गुनगुना रहे थे। लेकिन मैं अच्छी तरह समझ रहा था कि उन्हें कोई चिन्ता सता रही थी क्योंकि उनकी भौंहें सिकुड़ी हुई थीं।

"तुम्हें ही ढूँढ़ रहा था।" केष्टोदा बोले।

"क्या बात है?" मैंने पूछा।

"मामला जटिल है।"

"क्यों, क्या हुआ है?"

"तुम लोग तो दो दिनों से राजमहल में शूटिंग कर रहे थे। मैं पूरे दिन खाली रहता था। मैं इधर-उधर घूमता रहा। अजमेर के कुछ दर्शनीय स्थल भी घूम आया हूँ। कल रात आठ बजे बाजार गया था। सोचा ठंड है, गरम चाय से गला थोड़ा तर कर लूँ। चाय की दुकान मैंने एक दिन पहले देख

ली थी। कुछ भी हो, मैं दुकान के बाहर बेंच पर बैठकर चाय पी रहा था। उसी समय साथवाली शराब की दुकान से दो आदमी बाहर आए। उन दो आदमियों में से एक तुम लोगों के जगू उस्ताद थे। दूसरे को राजमहल में देखा था। वह वहाँ का नौकर है। उसका नाम शायद विक्रम है। उस्ताद के साथ नौकर को देखते ही मेरे मन में सन्देह पैदा हुआ था। वे दोनों बाहर निकलकर कहीं गए नहीं। वे दोनों बातें करते हुए दुकान के पीछे अँधेरे में चले गए थे।

"क्या हो रहा है। जानने की तीव्र उत्सुकता के कारण मैं भी उठकर बड़ी सतर्कता से, वे दोनों जिस तरफ गए थे, उधर चला गया। दो दुकानों के बीच की खाली जगह में एक बैलगाड़ी खड़ी थी, उसकी आड़ में दो-चार कदम आगे बढ़ते ही जगू उस्ताद की आवाज आई। वह विक्रम को उसके किसी काम में सहयोग करने के लिए कह रहा था। ऐसा करने पर जगू उस्ताद ने उसे मोटी रकम देने का लालच दिया। रुपयों को लेकर कुछ देर तक बहस हुई, फिर एक हजार रुपये में सहमति हो गई। यह तो समझ ही रहे होंगे, राजमहल से वे कुछ चुराने के मौके की तलाश में थे। नौकर उस सामान को चुराकर जगू उस्ताद को दे देगा। उसके बदले में जगू उस्ताद उसे एक हजार रुपये देगा।" मेरे सामने सारी बात एक झटके में स्पष्ट हो गई। नीलकान्त मणि। जगू उस्ताद के सामने कई बार उस मणि की चर्चा हुई थी। वह कितना मूल्यवान था, इसे जगू उस्ताद बेहतर जानते थे। वही मणि वे विक्रम की सहायता से हड़पना चाहते थे। और यही बात केष्टोदा जान चुके थे।

केष्टोदा को नीलकान्त मणि की जानकारी देने के बाद मैंने जानना चाहा, "आपने उन दोनों की बात सुन ली थी। उन्हें पता तो नहीं चला?"

केष्टोदा बोले, "लगता तो नहीं, मैं वहाँ ज्यादा देर तक नहीं था। उनके षड्यंत्र की बात जानकर मैं वहाँ से चला आया था। अब सोचना है, क्या किया जाए?"

"तुम्हें क्या लगता है, बिशुदा को बता देना चाहिए।"

केष्टोदा सर हिलाकर बोले, "उससे कोई फायदा नहीं होगा। जगू उस्ताद का काम अभी भी बाकी था। अगर उसने एक भी शॉट नहीं दिया होता तो उसे हटाकर उसकी जगह दूसरे आदमी से काम लिया जा सकता था। लेकिन अब तो उसकी जगह किसी और को लिया नहीं जा सकता था। अब वह 'कंटिन्यूटी' हो गया।"

"क्या हो गया है?"

"कंटिन्यूटी। मतलब तीन दिन का काम हो जाने के कारण अब वही छगनलाल गुंडा बन गया है। अब उसकी जगह दूसरे आदमी को लाने का मतलब होगा उन तीन दिनों का काम फिर से कराना। उससे लाख रुपये बेकार जाते। जगू की हिम्मत इसी वजह से बढ़ी है। वह जानता है, उसके बगैर काम नहीं चलनेवाला। उसी का फायदा उठाकर वह यह बदमाशी करने का मौका तलाश रहा है।"

"फिर।"

"फिर क्या? हमें अपना मुँह बन्द रखना होगा और जी-जान से कोशिश करनी होगी कि वह यह चोरी न कर सके, जिस मणि की बात कर रहे हो, वह कितनी बड़ी है?"

"लगभग कबूतर के अंडे के बराबर।"

"उसका दाम कितना होगा?"

"कह रहे थे दाम का कोई हिसाब नहीं है, मतलब अमूल्य है।"

"अब समझा।"

केष्टोदा गम्भीर चेहरे से चले गए।

रात में भोजन करने के बाद सोने से पहले एक बार बरामदे में जाकर खड़ा हो गया था। बाहर चाँदनी छाई थी। लेक का पानी झिलमिला रहा था। तभी एक आवाज सुनकर मैंने पलटकर देखा।

लगा बरामदे में कोई है।

जगू उस्ताद। मैं तो चौंक गया था। वे मेरी ओर आ रहे थे। मुझसे उसका क्या काम हो सकता है? खासकर इस समय जब वह नशे में था। अभी पूरे बरामदे में शराब की बदबू फैल जाएगी।

नहीं आज कोई बू नहीं आई। वे आज पूरी तरह स्वस्थ थे।

"कैसा है तू?"

उनका सवाल सुनकर मैं चौंक गया।

"क्यों? मैं तो ठीक ही हूँ।"

"दोपहर में शॉट के बाद देख रहा था, तू अपनी कमर पर हाथ फेर रहा था। तुझे ज्यादा चोट तो नहीं लगी है?"

"नहीं नहीं, अब कोई दर्द नहीं है।"

"वेरी गुड! तेरी चिन्ता हो रही थी, इसलिए सोचा एक बार पता कर लूँ।"

"मैं ठीक हूँ।"

जगू उस्ताद चले गए।

आज तो वे बिलकुल बदले हुए लग रहे थे।

क्या केष्टोदा ने ठीक सुना था?

(8)

और सात दिन बीत गए।

अब शूटिंग का काम लगातार चल रहा था। सबके लिए सब सहज हो गया था। काम की भी रफ्तार बढ़ गई थी। मुझे अपने माँ-पिता जी का पत्र मिल गया था। मेरा काम अच्छा हो रहा है। जानकर दोनों बहुत खुश थे। बिशुदा के अलावा भी कई व्यक्ति थे, जो नियमित आकर मेरा हालचाल पूछ जाते थे। उनमें ममता मासी भी एक थीं। वे अच्छी तरह समझती थीं, माँ की कमी क्या होती है। सच कहूँ तो उनके रहने से मुझे बहुत सुविधा

हुई थी। वे न होतीं तो सब चीजों का खयाल रखना मुश्किल था। और थे सुशील बाबू, वैसे तो वे गम्भीर स्वभाव के व्यक्ति थे। फिर भी कम से कम एक बार आकर पूछ लेते थे "सब ठीक तो है?" सुशील बाबू के सहयोगी मुकुल चौधरी वैसे भी मुझे अच्छे लगते थे। क्योंकि मेरे काम के वक्त मेरा ज्यादा ही खयाल रखते थे। किसी शॉट में अगर मेरे कुर्ते के ऊपर का बटन खुला रह जाए तो उस पूरे दृश्य के सभी शॉट में बटन खुला रहे यह देखना उनकी जिम्मेदारी थी।

केष्टोदा की धारणा गलत थी, मुझे ऐसा लगने लगा था क्योंकि अगले सात दिनों में जगूदा ने कोई गड़बड़ नहीं की थी। मुझे अभी तक मौका नहीं मिला था, लेकिन मौका मिलते ही यह बात केष्टोदा से कह दूँगा। यह तय कर रखा था।

हाँ, इन सात दिनों में फिल्म का काम काफी आगे बढ़ चुका था। पुलकेश बैनर्जी और ममता मासी का काम आज सुबह पूरा हो गया था। आज शाम वे कोलकाता के लिए रवाना होनेवाले थे। इस बीच मोहन के गरीब स्कूल अध्यापक पिता की भूमिका के लिए अजमेर के ही एक चालीस वर्षीय बंगाली अभिनेता मिल गए थे। उनके साथ एक दिन का काम हो भी गया था। इस बीच केष्टोदा को तीन दिन काम करना पड़ा था। उसमें से एक दिन उन्हें एक नए आए स्टंटमैन के साथ फाइटिंग करनी पड़ी थी। फिल्म में वह फाइटिंग छगनलाल और सूर्यकान्त के बीच दिखाया जाएगा। तीन गुंडों में से एक ने लात मारकर सूर्यकान्त का पिस्तौल जमीन पर गिरा दिया था। उसे दोबारा पाने के लिए ही सूर्यकान्त हाथापाई कर रहे थे। छगनलाल रूपी जगू उस्ताद और सूर्यकान्त रूपी शंकर मल्लिक को चोट पहुँचाए बगैर मुक्केबाजी करनी पड़ रही थी। लेकिन जब पिटकर गिरने का दृश्य आता था तो यह काम स्टंटमैन से कराया जाता था।

गुंडों के ठिकाने के लिए शहर से बाहर थोड़ी दूर पर तीन सौ वर्ष पुराना एक खंडहर मिल गया था। वहीं पर ये सारे दृश्य फिल्माये गए थे।

मुझे भी उस दृश्य में हाजिर रहना पड़ा था। क्योंकि मोहन तो गुंडों के कब्जे में था और उसे मुक्त कराने के लिए आए थे सूर्यकान्त। हाथ-पैर बँधी हालत में कमरे के एक कोने में बैठकर मुझे काफी तकलीफ होने का नाटक करना पड़ रहा था। स्टंटमैन की करामात देखकर मेरी धड़कन बढ़ती जा रही थी। खासकर केष्टोदा के स्टंट का कोई मुकाबला नहीं हो सकता था। कभी-कभी केष्टोदा का अभिनय देखकर लग रहा था कि उनके शरीर में हड्डी नाम की कोई चीज नहीं है। नहीं तो इस तरह उछल-उछलकर गिरने के बावजूद उन्हें दर्द नहीं हो रहा था, ऐसा कैसे हो सकता है?

बाकी दो दिन केष्टोदा का काम मुझे लेकर मोटरसाइकिल पर था। हालाँकि कार से मोटरसाइकिल का पीछा करने का दृश्य केवल डेढ़ मिनट का था। उसके लिए लगभग साठ-सत्तर शॉट लेने पड़े थे। दृश्य खत्म होता था नाले पर छलाँग लगाने के दृश्य के साथ। वह शॉट सात दिनों के बाद लिया जाना था। वह सबसे मुश्किल काम था इसलिए अन्त में किया जाना तय हुआ था। उस शॉट के बाद मेरा और केष्टोदा का कोई काम नहीं था।

इतना तो मानना ही होगा, अभिनय के मामले में जगू उस्ताद कोई गफलत नहीं करते थे। इसलिए मुझे शक हो रहा था, केष्टोदा ने ठीक सुना था या नहीं। पाँच दिनों तक मोटरसाइकिल पर शूटिंग करने के बाद मौका पाकर केष्टोदा मेरे पास आए थे। मैं उसी समय नहाकर बरामदे में आकर खड़ा हुआ था। आना सागर झील रोज देखने के बावजूद वह पहले जैसा नया लगता था। साथ ही पहाड़ के पीछे से सूर्योदय की खूबसूरती रोज नयापन लेकर आती थी।

"क्या खबर है?" केष्टोदा ने पूछा था।

"मैं तो आपसे ही नया कुछ सुनने की आशा कर रहा था।"

"उस आदमी ने शायद उम्मीद छोड़ दी है," केष्टोदा बोले, "मुझे मौका मिलते ही मैं शाम को उस चाय की दुकान में पहुँच जाता हूँ। पूरे शरीर पर चद्दर ओढ़कर बेंच पर चुपचाप बैठा रहता हूँ। मुझे जरूर कोई पहचान

नहीं पाता होगा। उसी हालत में मैंने तीन दिन जगू उस्ताद को शराब की दुकान में जाते देखा था। उसके साथ एक दिन दो गुंडों में से एक को देखा था। लेकिन उस नौकर विक्रम को फिर कभी नहीं देखा।"

"इसका मतलब हो सकता है आपके सुनने में गलती हुई होगी?"

केष्टोदा ने सिर हिलाया था—"नहीं, मैंने गलत नहीं सुना था। उनका कोई षड्यंत्र है, इसमें कोई सन्देह नहीं है। इस बीच राजमहल में शूटिंग के दौरान मेरा कोई काम नहीं था। एक दिन मैं उनके एक नौकर से माचिस माँगने के बहाने उससे बात कर रहा था। उसने कहा मिस्टर लोहिया का खास बेयरा तीन हफ्ते हुए छुट्टी लेकर गया है। उसी की जगह विक्रम आया है। मतलब कुछ गड़बड़ जरूर है। उसमें मालिक के प्रति वफादारी का कोई सवाल ही पैदा नहीं होता। उसे फुसलाना आसान है। इसलिए सन्देह होता है। देखा जाए और दो-चार दिनों के बाद सबकुछ साफ होगा, अभी कुछ कहना मुश्किल है।"

"लेकिन अगर सचमुच कुछ हो जाए?"

केष्टोदा गहरी साँस छोड़कर बोले, "पता नहीं, जब तक जगू उस्ताद की शूटिंग है, हमें चुप रहना होगा। अगर उस मणि की चोरी होगी तो पुलिस जरूर आएगी। पुलिस अगर जगू उस्ताद पर शक करती है तो करेगी, और लोग क्या कर सकते हैं। लेकिन यह बात पक्की है कि ऐसा होने पर तुम्हारी फिल्म का भी जबर्दस्त नुकसान हो जाएगा। जरूरत होने पर पुलिस अपराधी को पकड़ेगी, उन्हें कोई नहीं रोक सकता। मुझे फिल्म की चिन्ता है। मैं जहाँ तक जानता हूँ, अभी भी जगू उस्ताद के साथ तुम्हारी काफी शूटिंग बाकी है।"

"वह तो है ही, मेरे अपहरण के बाद उनके ठिकाने में मेरे तीन शॉट हैं। वे मेरे ऊपर जुल्म करेंगे, ठीक से खाना नहीं देंगे, मुझे एक कपड़े में दिन गुजारना पड़ेगा। इनमें से एक भी शॉट अब तक नहीं लिया गया है।"

"हूँ!"

फिल्म से केष्टोदा का इतना लगाव है, यह जानकर मुझे अच्छा लगा था।

आठवें दिन पता चला कि यह चिन्ता सही थी। उस दिन सुबह नौ बजे राजमहल में काम था। मेरे साथ जो सज्जन फिल्म में दीवान जी की भूमिका कर रहे थे, उनका शॉट था। पुलिस ने गुंडों की तलाश शुरू कर दी थी। दूसरी तरफ राजकुमार अमृत अपने नए दोस्त का समाचार पाने के लिए बेचैन था। घर के लोगों से कहने से कुछ नहीं हो रहा था, इसे देखकर वह खुद इंस्पेक्टर को फोन करके पूछता है। इस शॉट को लेने में एक घंटे से अधिक समय नहीं लगना चाहिए। उस दिन का बाकी काम गुंडों के ठिकाने पर था।

सुबह साढ़े सात बजे सामान और कुछ लोगों को लेकर बस रवाना हो गई। बिशुदा भी उसी बस में चले गए थे। बाकी लोग आठ बजे कार से जानेवाले थे। बीस मिनट के बाद देखा, बिशुदा एक ऑटो रिक्शा से वापस चले आए। राजमहल में कल रात एक भयानक घटना घट गई थी। राजमहल में कल रात डाका पड़ा था। मिस्टर लोहिया के सिर पर डंडा मारकर उन्हें बेहोश करके उनके तकिये के नीचे से चाबी निकालकर डाकू सन्दूक खोलकर उनकी नीलकान्त मणि निकाल ले गए थे। मिस्टर लोहिया की पत्नी साथवाले कमरे में अपने दो पोतों को लेकर सोती थीं। उन्हें कुछ पता नहीं चल पाया था। भोर में स्वस्थ होने के बाद अपनी पता चलने पर मिस्टर लोहिया ने यह बात पत्नी को नींद से जगाकर बताई थी।

बिशुदा ने यह भी बताया था कि घर का एक नौकर विक्रम लापता था। वह मिस्टर लोहिया के खास बेयरा शत्रुघ्न के बदले एक महीने के लिए आया था। पुलिस वहाँ पहुँचकर सबसे पूछताछ कर रही थी। राजमहल में और तीन दिन का काम बाकी रह गया था, जिसे सारा काम पूरा होने के बाद अन्त में करना था।

मैंने हड़बड़ाकर नीचे जाकर बिशुदा से पूरी घटना सुनी। केष्टोदा भी उसी कमरे में थे। उन्होंने केवल एक बार मेरी तरफ देखा। मैं जानता था।

इसमें हम दोनों कुछ भी नहीं कर सकते थे। जबकि हम लोग सबकुछ जानते थे। फिल्म के पचीस लोगों में से केवल मैं और केष्टोदा ही जानते थे कि असली बात क्या है, नीलकान्त मणि कहाँ और किसके पास है।

(9)

गुंडों के अड्डे की शूटिंग शाम के साढ़े चार बजे पूरा करके बिशुदा बोले, "चल अंशु, एक बार जाकर मिस्टर लोहिया का हालचाल ले आते हैं। वह कैसे हैं यह जानना जरूरी है।"

बिशुदा, सुशील बाबू, शंकर मल्लिक, सुकान्त बाबू और मैं एक गाड़ी में बैठकर राजमहल पहुँचे।

महल के अन्दर-बाहर दोनों जगह पुलिस का पहरा था। बँगले का चेहरा ही बदल गया था। बँगले के सभी लोगों का चेहरा बहुत गम्भीर था। सभी के व्यवहार बदल गए थे। सबकी चाल में मुर्दनी थी। वे आपस में बातें फुसफुसाकर कर रहे थे। उन्हें देखकर लग रहा था जैसे बँगले के सभी लोग शोक में डूबे हुए थे। उस पर आज आसमान में बादल घिरे थे।

बस इतनी गनीमत थी कि मिस्टर लोहिया के जख्म गहरे नहीं थे। वह पहली मंजिल में आरामकुर्सी पर पट्टी बाँधकर बैठे फल का जूस पी रहे थे। हम लोगों के बैठने के लिए कहकर पास खड़े नौकर से सबके लिए शर्बत लाने के लिए कहा। सुशील बाबू ने उनसे कहा, "हम लोग आपको बिलकुल परेशान नहीं करना चाहते हैं। इस दुर्घटना की खबर सुनकर बस आपका हालचाल पूछने आए हैं।"

"आई एम मच बेटर।" मिस्टर लोहिया बोले, "क्या किया जाए, कहिए? इनसान की जिन्दगी एक-सी तो नहीं गुजरती है। मेरी किस्मत में यह लिखा था, कौन रोक सकता था! अफसोस केवल इतना है कि इतने हीरे-जवाहरात रहते हुए भी चोर मेरा प्रिय हीरा ही ले गया।"

"क्या यह आपके उस नौकर की करतूत हो सकती है?" सुशील बाबू ने पूछा।

"जब वह भाग गया है तो यही समझना चाहिए। लेकिन वह आदमी ऐसा कर सकता है, मैं पहले नहीं समझ पाया था। वह किसी की जगह पर आया था और काम भी ठीक कर रहा था। न जाने अचानक क्या गड़बड़ हो गया।"

"वह क्या सचमुच भाग गया है?"

"लगता तो ऐसा ही है। इस तरह के गलत काम के बाद क्या वह इस शहर में रहेगा? मुझे तो इसका अफसोस है कि आज आप लोगों का काम नहीं हो पाया। असल में नौकरों ने काम बन्द करवा दिया था। अगर मुझे पता होता तो मैं ऐसा नहीं होने देता। अगर आप लोग चाहें तो कल सुबह से काम शुरू कर सकते हैं। मुझे कोई असुविधा नहीं होगी।"

"उसकी कोई जल्दी नहीं है, आप पहले ठीक हो जाइए, इस बीच हम लोगों का दूसरी जगह काम है।"

शर्बत पीकर हम सब उठ गए। सर्किट हाउस में पहुँचे तो छः बज रहे थे। मैं अपने कमरे में जाकर नहाने की तैयारी करूँ या नहीं, यही सोच रहा था। उसी समय केष्टोदा आए, उनका चेहरा गम्भीर था।

"क्या हुआ, केष्टोदा?"

"मेरा काम कब खत्म हो रहा है तुम्हें कुछ पता है?" केष्टोदा ने पूछा।

मैंने कहा, "चौबीस तारीख तक, लेकिन आप क्यों पूछ रहे हैं?"

"जगू उस्ताद का काम क्या चौबीस तारीख के बाद भी है?"

"नहीं, चौबीस की सुबह उनका काम पूरा हो जाएगा। उसी दिन शाम को वे वापस चले जाएँगे।"

"तुम अच्छी तरह जानते हो?"

"हम लोगों के काम की तालिका बैठक की दीवार पर ही चिपकी हुई है। उसे एक बार देखने से पूरी स्थिति स्पष्ट हो जाएगी। लेकिन आप क्यों पूछ रहे हैं?"

"कारण, उसका काम पूरा होने से पहले मेरे चले जाने से परेशानी होगी। उसका काम पूरा न होने तक मैं कुछ नहीं कह सकता हूँ। चौबीस तारीख को उसके वापस जाने से पहले मुझे जो कुछ करना होगा, मैं करूँगा। मेरे पास कुछ घंटे ही रहेंगे। बड़ी मुश्किल है।"

केष्टोदा के यहाँ आने का कारण मैं समझ रहा था। वे खीजते हुए बोले, "परेशानी क्या है जानते हो? मेरे बताने पर लोग मेरी बातों पर यकीन करेंगे, इसकी कोई गारंटी नहीं है।"

मैं केष्टोदा को ढाढ़स बँधाने की सोच रहा था लेकिन ऐसा कर नहीं पाया। तभी वहाँ जगू उस्ताद पहुँच गए थे।

जगू उस्ताद व्यंग्य से हँसते हुए बोले, "दोनों में लगता है काफी दोस्ती हो गई है। अरे भाई, तुम्हीं लोगों को देखकर सिनेमाहाल में तालियाँ बजेंगी। हमारी तकदीर में तो दुआ के सिवा कुछ नहीं है। लेकिन मानना होगा, तुम लोगों का काम है फर्स्ट क्लास, मास्टर अंशु का तो जवाब नहीं, और स्टंटमैन भी जोरदार हैं।"

"आप यह क्या कह रहे हैं जगूदा! आप जिस फिल्म में रहते हैं, उस फिल्म के टिकट आपके नाम से ही बिकते हैं, मैंने तो यही सुना है।"

जगू उस्ताद जैसे अचानक गर्वित हो गए।

"मैं खलनायक का काम पिछले ग्यारह सालों से कर रहा हूँ। विलेन का काम करने में बहुत काबिलियत चाहिए केष्टो भैया! यह तुम्हारी कलाबाजी नहीं है। अच्छा अभिनय करना और जिमनास्टिक करना एक चीज नहीं होती।"

केष्टोदा हँसते हुए विनम्रता से बोले, "मैं इस बात को अस्वीकार नहीं कर रहा उस्ताद जी! आपका नाम तो फिल्म की टाइटल में बड़े अक्षरों में लिखा रहता है। मेरा नाम तो रहता ही नहीं, हमारे काम में और कुली के काम में कोई फर्क नहीं है।"

केष्टोदा इतना विनम्र हो सकते हैं, शायद जगू उस्ताद को इसका

अन्दाजा नहीं था। वे थोड़ा अकचकाकर प्रसंग बदलकर बोले, "जानते हो मास्टर अंशु, अफसोस यह है कि उतनी बड़ी मणि चोरी हो गई और मैं उसे देख भी नहीं पाया। केवल तुम लोगों से सुनकर दूध का स्वाद छाछ से पूरा करना पड़ा। हालाँकि मणि किसने ली है, यह तो पता ही है।"

"इसका मतलब?" मैं बिना पूछे रह नहीं पाया था।

"वह नौकर विक्रम, एक नम्बर का बदमाश है।"

"आपको कैसे पता?" जगू उस्ताद के कहने का मतलब क्या था, मैं समझ नहीं पा रहा था।

"जानूँगा क्यों नहीं। हम लोग शराब की दुकान में जाते हैं, वहाँ सब तरह के लोगों से बातचीत, मेलजोल करना पड़ता है। वहाँ वह भी एक दिन दुकान में आया था। मुझे पटाने की कोशिश कर रहा था। नशे में धुत्त होकर कह रहा था—मेरे मालिक के पास एक महँगा पत्थर है, अगर तुम्हें वह ला दूँ तो मुझे कितने रुपये दोगे? सोचा होगा फिल्म अभिनेता है, करोड़पति न भी हो, लखपति तो जरूर होगा। साले को दुकान के बाहर खींच लाया, फिर गले की तावीज पकड़कर अपने मुँह के पास उसका सर खींचकर बोला, 'फिर अगर ऐसी बात की तो सीधा पुलिस को पकड़वा दूँगा।'

"अगर आप वैसा करते तो अच्छा होता। तब यह अघटन नहीं घटता।" केष्टोदा ने कहा।

"वह पत्थर तो अब उसके पास नहीं है।" जगू उस्ताद बोले, "उसे दूसरे किसी को देकर मोटी बख्शीश लेकर फरार हो गया है साला विक्रम। पुलिस को अगर अक्ल होगी तो वे यहाँ के सभी प्रतिष्ठित हीरे-जवाहरात के दुकानों पर छापा मारेंगे। कौड़ियों के मोल उतना कीमती पत्थर मिलने पर वे उसे खुशी-खुशी खरीद लेंगे। बीस लाख के पत्थर के बदले हजार-दो हजार मिलने पर भी विक्रम खुश हो जाएगा। एक मामूली नौकर की माँग इससे अधिक क्या हो सकती है!"

जगू उस्ताद अपनी बात पूरी करके 'गुडनाइट' कहकर चले गए थे।

मैं थोड़ा हिचकिचाकर केष्टोदा की तरफ देखने लगा।

केष्टोदा चुप हो गए थे। दो बार इधर-उधर सर झटककर बोले, "सब गड़बड़ लग रहा है। कई बार लगता है शायद मैंने ही गलत सुना होगा। हाँ, अगर वैसा हो तो अच्छा ही है क्योंकि अगर यह साबित हो जाए कि जगू उस्ताद ने वह पत्थर विक्रम से लिया है तो फिल्म अभिनेता बदनाम होंगे, यह अच्छा नहीं होगा।"

"नहीं, ऐसा नहीं होगा।"

(10)

उस घटना के बाद कई बार मैं अपना संवाद भूल जाने के कारण 'एन. जी.' हुआ था। 'एन. जी.' का मतलब 'नाट गुड' मतलब शॉट दोबारा लेना होगा। शॉट अगर ठीक होता है तो ओ.के. होता है। एक शॉट पूरा होते ही डायरेक्टर कह देते हैं ओ.के. या एन. जी.। सुशील बाबू ने एक बार मुझसे पूछा भी था, "अंशु, तुम्हारी तबीयत तो ठीक है?"

उन्होंने बहुत ही विनम्रता से यह बात कही थी, लेकिन मुझे बहुत शर्म आ रही थी। कारण और कुछ नहीं। मैं नीलकान्त मणि की बात भूल नहीं पा रहा था। इसीलिए सबकुछ गड़बड़ा रहा था। खासकर जगू उस्ताद की बातें बार-बार याद आ रही थीं और लग रहा था जगू उस्ताद निर्दोष हैं। उनकी बातें ही ठीक हैं। केष्टोदा ने उलटा-सीधा सुन लिया होगा।

उस नीलकान्त मणि की बात भुलाकर ठीक तरह अभिनय करने में मुझे दो दिन लग गए थे। उसके बाद फिर 'एन. जी.' नहीं हुआ था।

इंस्पेक्टर माहेश्वर को मामले की छानबीन करने में काफी परेशान होना पड़ रहा था। वह नौकर शहर छोड़कर भाग गया था लेकिन वह कहाँ छुपा था, लाख कोशिशों के बावजूद पुलिस उसका पता नहीं लगा पा रही थी।

तेईस तारीख की सुबह फिर मोहन के घर में शूटिंग थी। इंस्पेक्टर

सूर्यकान्त मोहन को गुंडों के चंगुल से मुक्त कराकर उसके पिता को सौंप देते हैं और पिता बेटे को अपने सीने से लगा लेते हैं।

यह शूटिंग इंस्पेक्टर माहेश्वर अपनी पत्नी और बेटी के साथ देखने आए थे। बिशुदा के पूछने पर उन्होंने बताया—"चोर अभी तक पकड़ा नहीं गया है। लेकिन विक्रम अच्छा आदमी नहीं था, इसका सबूत हम लोगों को मिल गया है। वह बाजार जाने के बहाने शराब के ठेके में जाकर शराब पीता था। जिस दिन चोरी हुई थी, उस दिन भी वह शराब के ठेके पर गया था।"

आज चौबीस तारीख—बहुत महत्त्वपूर्ण दिन था। आज केष्टोदा मुझे मोटरसाइकिल पर बिठाकर नाला पार करेंगे। उस दृश्य को कैमरे में कैद करने के लिए दो अतिरिक्त व्यक्ति कैमरा लेकर मुम्बई से आए थे। सर्किट हाउस में कमरे खाली थे इसलिए वे दोनों वहीं ठहरे थे। मोटरसाइकिल से नाला पार करने के दृश्य को बार-बार करना खतरनाक हो सकता था इसलिए उस दृश्य को एक ही बार में तीन कैमरों में तीन जगहों से एक साथ कैद किया जाना था। एक फोटो चढ़ाई से आगे बढ़ते समय, दूसरा नाला पार करते समय और तीसरा दूसरी तरफ ढलान में उतरते समय।

हालाँकि उस दृश्य से पहले सभी के दूसरे काम थे। उसमें तीन गुंडे और पुलिस का काम था। पुलिस द्वारा छगनलाल और उनके साथियों के गिरफ्तार करने का दृश्य। इंस्पेक्टर माहेश्वर ने स्थानीय पुलिस के लोग भी दिए थे। उन्हें ही शूटिंग में पुलिस का काम करना था। अब मुझे यकीन होने लगा था कि केष्टोदा ने ही गलत सुना होगा। जगू उस्ताद बेकसूर हैं। विक्रम उसे फुसला रहा था लेकिन वह सहमत नहीं हुए थे। अच्छा हुआ कि जगू उस्ताद पर आरोप नहीं लगाया है, नहीं तो बड़ी असहज स्थिति हो जाती।

एक परेशानी की बात यह थी कि आज सुबह से आसमान में बादल घिरे थे। साथ ही तेज हवा भी चल रही थी, बीच-बीच में बादल छँटकर धूप निकल आती थी। शाम को नाला पार करने के शॉट के समय धूप होना जरूरी था। कारण मोटरसाइकिल के सारे शॉट धूप में ही लिखे गए थे। मैं समझ गया

था कि यहाँ भी उसी कंटिन्यूटी की जरूरत थी। धूप में लिए सारे शॉट के बीच बादलों वाला एक शॉट बहुत बुरा लगेगा, इसलिए सुबह से भगवान से प्रार्थना कर रहा था कि शाम तक बादल छँटकर धूप निकल आए।

दोपहर के भोजन के बाद एक गाड़ी में मैं, केष्टोदा और दो मेकअप मैन और दूसरी गाड़ी में दो नए कैमरे, दो कैमरामैन और उनके सहयोगी नाले की शूटिंग के लिए रवाना हो गए। बाकी लोग सुबह ही गुंडों के शॉट के लिए निकल गए थे। वे लोग सीधे वहीं से नाले के शॉट के लिए पहुँचनेवाले थे।

जाते समय रास्ते में अचानक मैंने देखा हम लोगों की तीसरी गाड़ी में जगू उस्ताद और दो-तीन लोग शूटिंग के बाद सर्किट हाउस लौट रहे थे। मतलब छगनलाल का काम पूरा हो गया था।

पहले की तरह आज भी नाले तक पहुँचने में बीस मिनट लगे थे। मोटर साइकिल पहले ही बस के छत पर रखकर पहुँचा दिया गया था। केष्टोदा देर किए बिना मोटरसाइकिल पर चढ़ गए थे। जो पहले आ गए थे, वे लंच में पूरी-सब्जी खा रहे थे। केष्टोदा बोले, "एक बार मैं नाला पार करके देखता हूँ, रफ्तार का अन्दाजा लगा लेना पड़ेगा।"

मैंने पूछा, "मेरे आने की जरूरत है?"

केष्टोदा सिर हिलाकर बोले, "तुम बैठोगे शॉट लेते वक्त।"

रास्ते के दाईं तरफ कुछ दूर एक इमली का पेड़ था। उसी के नीचे बैठकर सब लोग भोजन कर रहे थे। केष्टोदा ने चिल्लाकर सबसे कह दिया था, "मैं एक बार रिहर्सल कर लेता हूँ। आज ही उनका आखिरी शॉट था। इसके बाद उन्हें मुम्बई वापस लौट जाना था। हो सकता है फिर कभी उनसे भेंट न हो। यह सोचकर मुझे बहुत बुरा लग रहा था। केष्टोदा ने कुछ दूर जाकर नाले के पास सड़क पर मोटरसाइकिल खड़ी कर दी थी।

"नाले के पास तो कोई नहीं है?" केष्टोदा ने चिल्लाकर पूछा था।

बिशुदा भोजन परोस रहे थे। उन्होंने चिल्लाकर कहा, "नहीं, सब

लोग यहाँ हैं।"

मैं दौड़कर रिहर्सल देखने के लिए नाले के पास चला गया था। फिर चिल्लाकर कहा, "केष्टोदा, आ जाइए।"

फिर वही तेज आवाज, अचानक झाड़ियों के पीछे से निकलना, वही साँस रोकनेवाली छलाँग, सबकुछ जादू की तरह।

लेकिन यह क्या हो गया, उस पार जाकर मोटरसाइकिल को क्या हो गया? वह ढलान पार करने के बाद गिर पड़ी थी। और केष्टोदा छिटककर झाड़ियों के पीछे जाकर गिरे थे।

"बिशुदा!"

शोर मचाना रोककर मैं जूता मोजा पहने ही नाला पार करके दूसरी तरफ पहुँच गया था।

मोटरसाइकिल अभी भी उसी तरह पड़ी हुई थी। उसका एक पहिया तेज गति से घूम रहा था। और केष्टोदा सड़क पर से उठकर धूल झाड़ रहे थे।

"मैं स्टंटमैन था इसलिए आज बच गया हूँ अंशु बाबू, दूसरा कोई होता तो...।"

"चोट तो लगी होगी?"

"झाड़ी के कारण बच गया हूँ, नहीं तो सर पर निश्चित चोट लगती।"

"गिरने का कारण यह था कि किसी ने सड़क में गड्ढा खोद दिया है। फिर मिट्टी से हल्का ढककर ऊपर से कुछ कंकड़-पत्थर डाल दिए हैं। इसे देखकर ही जरूर समझ रहे होगे। इसलिए मोटरसाइकिल उतरते ही मिट्टी में धँस गई।"

मेरी आवाज सुनकर बिशुदा के साथ सब लोग वहाँ पहुँच गए थे। मामला देखकर सभी की आँखें फटी-की-फटी रह गई थीं।

"लेकिन ऐसा किया किसने?" सुशील बाबू ने पूछा, "किसी से आपकी दुश्मनी तो नहीं, जो आपको इस तरह नुकसान पहुँचाना चाहता हो।"

केष्टोदा के गाल और गर्दन पर खरोंच आ गए थे। मेरे पास फर्स्ट-एड

बॉक्स था, उसमें से चोट पर दवाई लगा दी थी।

सुशील बाबू ने दोबारा पूछा, "आपको अन्दाजा है कि यह काम कौन कर सकता है?"

केष्टोदा ने कहा, "हाँ है। लेकिन ऐसी धारणा क्यों है, बताने के लिए बहुत कुछ बताना होगा। मैं केवल इतना कहता हूँ जगू उस्ताद नाम के आपके जो अभिनेता हैं, उनका कोलकाता जाना आप रोक दीजिए।"

मैंने देखा बिशुदा को यह बात अच्छी नहीं लगी थी। वे बोले, "आपके केवल इतना कहने से नहीं चलेगा। आप क्यों ऐसा करने का आग्रह कर रहे हैं, यह हम लोगों को जानना होगा। आप इसका कारण बताइए। बेवजह दल के किसी सदस्य पर आरोप लगाने का कोई मतलब नहीं होता। उनके साथ क्या आपकी कोई कहा-सुनी हो गई है?"

केष्टोदा को अलबत्ता पूरी बात बतानी पड़ी।

मैं अब समझ गया था, केष्टोदा का कहना ही ठीक था। लेकिन बिशुदा ने उनकी बात को ज्यादा महत्त्व नहीं दिया था।

बिशुदा बोले, "देखिए कैप्टन, रोज शाम को जगू उस्ताद शराब पीते हैं, यह हम सभी जानते हैं। लेकिन उसके विरुद्ध चोरी का आरोप किसी ने नहीं लगाया है। लम्बे समय से वे फिल्म में काम कर रहे हैं और काम वे अच्छा करते हैं। इसे नकारा नहीं जा सकता है। आप मुम्बई से आकर कोलकाता के किसी अभिनेता पर इतना बड़ा आरोप लगाएँगे, यह हम लोगों से बर्दाश्त नहीं होगा। आपने शराब की दुकान में उन्हें जो कहते हुए सुना है, इसे हम मानने को तैयार नहीं हैं। आप नशा नहीं करते हैं, इस बात का क्या सबूत है?"

केष्टोदा बोले, "कभी मैं भी एक-आध बार पी लेता था, इस बात से मैं इनकार नहीं करता। लेकिन एक बार एक स्टंट गड़बड़ा जाने के बाद मैंने पिछले पाँच सालों में शराब को एक बार भी हाथ नहीं लगाया। मैंने जो कुछ सुना है, सही सुना है, उसमें कुछ गड़बड़ नहीं है। अब आप उस पर

यकीन करें या न करें, यह आपकी मर्जी। और आज इस दुर्घटना के बाद मैं यकीन के साथ कह सकता हूँ, वह नीलकान्त मणि जगू उस्ताद के पास ही है। मैंने उसकी बात सुन ली थी। इसलिए इस तरह मुझे मारने के लिए उसने गड्ढा खुदवाया है।"

सुशील बाबू अत्यन्त चिन्तित दिख रहे थे। अब वे बोले, "जो कुछ भी हो, अब देखना है, यहाँ मोटरसाइकिल चलाना सम्भव है या नहीं। शॉट तो हम लोगों को लेना ही होगा। और यहीं लेना होगा क्योंकि दूसरी कोई सड़क इस तरह नाले तक नहीं पहुँचती।"

"शॉट लेना कोई मुश्किल नहीं है। लेकिन उस गड्ढे को मिट्टी और पत्थर से अच्छी तरह से भरना होगा। भीतर से पूरी तरह खोखला होने के कारण ही मोटरसाइकिल उसमें धँस गई थी।"

आधे घंटे के अन्दर सबने मिलकर गड्ढा भर दिया था। घड़ी में ढाई बज रहे थे, "तो अब शॉट लिया जाए?"

"नहीं, अभी नहीं क्योंकि आसमान बादलों से घिर गया है। चारों तरफ अँधेरा छा गया है, यहाँ तक कि अगर बारिश भी शुरू हो जाए तो कोई आश्चर्य की बात नहीं है।"

मैं जानता था कि धूप निकलने से पहले शॉट नहीं हो सकता था। मैं केष्टोदा को अकेला पाकर उनके पास जाकर फुसफुसाकर बोला, "जगू उस्ताद पौने छः बजे सर्किट हाउस से रवाना होगा, साढ़े छः बजे उसकी गाड़ी है।"

केष्टोदा ने मेरी बात का कोई जवाब नहीं दिया। मैंने उन्हें तसल्ली देने के लिए उनकी पीठ पर अपना हाथ रखा। बिशुदा ने उनके साथ इस तरह बातें करके अन्याय किया था।

इस बार केष्टोदा ने जबान खोली। उनकी आवाज भारी थी और वे बहुत संजीदा थे।

उन्होंने कहा, "मुझसे कुछ मत कहो, मैं समझ गया हूँ, किसी की भलाई

करना मूर्खता है। अगर मुम्बई होता तो लोग मेरी बात पर यकीन करते।"

मैं डर रहा था, केष्टोदा शायद गुस्से के कारण शूटिंग ही न करें। मैंने मजबूरन उनसे पूछा, "केष्टोदा, आप बाकी काम करेंगे?"

"देखते हैं।" कहकर केष्टोदा चुप हो गए। बारिश नहीं हुई थी। लेकिन बादल भी नहीं छँटे थे। हवा बन्द हो चुकी थी। इसलिए बादल छँटने का नाम नहीं ले रहे थे। मेरी नजर बार-बार आसमान की तरफ चली जा रही थी। अकेला मैं ही क्यों, हमारे दल के सभी उस एक शॉट के लिए बार-बार आसमान की तरफ देख रहे थे। सूरज कहाँ था, कभी-कभी बादल हल्का होने के कारण पता चलता था। उजाला भी हो रहा था लेकिन धूप नहीं निकल रही थी। कैमरामैन अपने काम के लिए एक काले रंग के काँच का इस्तेमाल करते हैं, जिसे एक फीते से वे गले में लटकाए रहते हैं। धीरेश बोस बार-बार उस काँच के भीतर से आसमान को देख रहे थे।

साढ़े चार।

अचानक देखा, केष्टोदा मोटरसाइकिल को खींचते हुए नाले के उस पार ले गए। कारण शॉट में मोटरसाइकिल को उस पार से इस पार आना था। मुझे थोड़ा बल मिला। लग रहा था, केष्टोदा का गुस्सा थोड़ा शान्त हुआ है। उनकी नाराजगी स्वाभाविक थी। दुर्घटना के बाद से मुझे यकीन था कि इस बदमाशी के मूल में जगू उस्ताद का ही हाथ है। नीलकान्त मणि चुराकर विक्रम ने जगू उस्ताद को दे दी होगी। केष्टोदा ने उसकी चाल समझ ली थी। जगू उस्ताद ने किसी तरह यह जान लिया था और उसी का बदला लेने के लिए कल कुछ लोगों से गड्ढा खुदवाकर मिट्टी से ढाँक दिया था। लेकिन बिशुदा ने केष्टोदा की बातों पर यकीन नहीं किया। अकेले बिशुदा क्यों, किसी ने नहीं किया। वे स्टंटमैन हैं। इसका मतलब क्या उनकी बात पर यकीन नहीं किया जा सकता?

इस बीच मैंने अमृत के कपड़े पहन लिए और यह देखकर आश्वस्त हुआ था कि केष्टोदा ने भी मूँछें लगाकर इंस्पेक्टर के कपड़े पहन लिए थे।

केष्टोदा के तैयार होते ही दल के चार-पाँच लोग एक साथ चिल्लाए—"धूप निकल आई है।"

आसमान की तरफ नजर घुमाकर देखा सचमुच बादल छँट गए थे। सूर्य के साथ नीला आसमान भी नजर आ रहा था। कम से कम पाँच मिनट तक तो ऐसा रहना ही था।

"कैमरा रेडी!" यह आवाज स्वयं डायरेक्टर सुशील मित्र की थी।

तीन जगहों पर तीन कैमरे—रास्ते के दोनों तरफ और नाले के पास तैयार करके बहुत पहले से रखे हुए थे। अब तीनों कैमरामैन भी रेडी हो गए थे।

"चलो मास्टर अंशु!" गम्भीर आवाज में केष्टोदा बोले।

मैं और केष्टोदा मोटरसाइकिल पर बैठ गए थे।

"कैमरा स्टार्ट हो जाने पर चिल्लाकर कहना," सुशील बाबू ने कहा, "उसके बाद मोटरसाइकिल स्टार्ट होगी।"

इस बार केष्टोदा मोटरसाइकिल को पहले से भी दूर ले गए, इससे पहले इतनी दूर से स्टार्ट नहीं किया था। इसका मतलब इस बार और तेज मोटरसाइकिल चलाएँगे? मुझे केष्टोदा से यह बात पूछने की इच्छा हो रही थी, लेकिन अभी इन बातों के लिए वक्त नहीं था।

"सब तैयार हैं?" सुशील बाबू ने चिल्लाकर पूछा। तीनों कैमरामैन और केष्टोदा बोले, "रेडी।"

मैंने कैरियर पर बैठकर दोनों हाथों से केष्टोदा की कमर को पकड़ रखा था।

"आज रफ्तार और बढ़ा दूँगा।"

दाँत भींचकर वे अपने आपसे बोले, "कसकर पकड़कर बैठना। डरने की कोई बात नहीं है।"

"स्टार्ट कैमरा!"

तीनों कैमरामैन एक साथ बोले—"रनिंग।"

और चार-पाँच सेकेंड में आवाज आई—"स्टार्ट बाइक।"

तेज आवाज में गरजकर एक झटका देकर मोटरसाइकिल चल पड़ी। आज मैंने अपनी आँखें बन्द नहीं की थीं। आज मैं आँख खोलकर सब देखना चाहता था। पिछली बार से डेढ़ गुनी तेज रफ्तार से तीर की तरह मोटरसाइकिल चढ़ाई पर चढ़ गई थी।

अब मुझे लग रहा था पूरी दुनिया जैसे नीचे उतर गई थी, मोटरसाइकिल शून्य में थी। हवा भी काफी तेज बह रही थी।

शून्य में आगे बढ़कर अब मोटरसाइकिल नीचे उतर रही थी। पृथ्वी दोबारा ऊपर आ गई थी।

अब मैं रफ्तार बढ़ाने का कारण समझ गया था। केष्टोदा गड्ढा पार करके सख्त जमीन पर मोटरसाइकिल उतारनेवाले थे। मुझे बैठाकर वह किसी तरह के खतरे में नहीं पड़ना चाहते थे।

एक तेज झटके के साथ मोटरसाइकिल जमीन पर उतरी। बहुत दूर से आवाज आई—"ओ.के.!"

इसका मतलब तीनों कैमरों में शॉट ठीक-ठाक आ गया था।

लेकिन यह क्या! मोटरसाइकिल रुक क्यों नहीं रही थी?

केष्टोदा कहाँ जा रहे थे?

मन में यह सवाल आते ही मुझे उसका जवाब भी मिल गया।

बिशुदा चाहे कुछ भी कहें, केष्टोदा अपने यकीन से काम कर रहे थे।

नाला सर्किट हाउस से चौदह किलोमीटर दूर था। तेज रफ्तार से मोटरसाइकिल चलाकर दस मिनट में अजमेर पहुँचकर एक लालबत्ती पर पहुँचते ही एक ट्रैफिक पुलिस के पास अपनी गाड़ी रोक दी थी। केष्टोदा ने फिर पुलिसवाले से पूछा, "थाना किधर है?"

पुलिस के समझा देते ही मोटरसाइकिल दोबारा तेज रफ्तार से चलने लगी थी, कितनी रफ्तार थी उसकी—अस्सी, नब्बे? मुझे इसका अन्दाजा नहीं था। मैं केवल इतना जानता था कि इससे पहले मैं इतनी तेज रफ्तार की गाड़ी पर नहीं बैठा था। हवा की सनसनाहट से मेरे कान बन्द हो रहे थे। मेरे

रोंगटे खड़े हो गए थे।

पुलिस स्टेशन आ गया था।

तीन मिनट के अन्दर इंस्पेक्टर माहेश्वर से भेंट हो गई थी। मुझे देखते ही उन्होंने मुझे पहचान लिया था। केष्टोदा को इंस्पेक्टर के कपड़ों में देखकर वे हँस पड़े थे।

"आप लोगों को क्या चाहिए?"

"लोहिया जी की नीलकान्त मणि," केष्टोदा बोले, "मैं जानता हूँ कहाँ है। एक जीप लेकर मेरे साथ चलिए। अगर मेरा कहना गलत हो, तो आप मुझे जेल में डाल दीजिएगा?"

शायद केष्टोदा के बोलने के लहजे से ही माहेश्वर जी तैयार हो गए थे। "ठीक है, मैं आपके साथ चल रहा हूँ।"

"सर्च वारेण्ट ले लीजिएगा।"

"ओ. के.।"

मोटरसाइकिल पर बैठते ही मैंने केष्टोदा की कलाई घुमाकर एक बार उनकी घड़ी देख ली थी। छः बजने में दस मिनट बाकी थे। जगू उस्ताद जरूर स्टेशन के लिए निकल चुके होंगे।

बाहर अँधेरा था।

रास्ते में आश्चर्यजनक तरीके से ट्रैफिक से बचते हुए केष्टोदा बिजली की गति से स्टेशन की तरफ जा रहे थे। पीछे पुलिस की जीप थी, मोटरसाइकिल के साथ ताल मिलाकर जीप भी भाग रही थी। बार-बार हॉर्न बजाकर बीच सड़क से भीड़ को हटने की चेतावनी दी जा रही थी।

स्टेशन पहुँच गए। कितने बजे थे। थाने से निकले पाँच मिनट भी नहीं हुए थे।

स्टेशन के बाहर मोटरसाइकिल और जीप दोनों खड़ी हो गईं।

"वह रहे जगू उस्ताद!" मैं चिल्लाया।

वे भी अभी-अभी स्टेशन पहुँचे थे। ऑटो रिक्शा से उतरकर कुली के

सर पर माल लदवा रहे थे।

"दैट इज द मैन!" जगू उस्ताद की तरफ अँगुली से इशारा करते हुए केष्टोदा ने माहेश्वर से कहा।

माहेश्वर जगू उस्ताद की तरफ बढ़ गए। उनके हाथ में पिस्तौल थी।

(11)

जगन्नाथ दे उर्फ जगू उस्ताद ने भागने की कोशिश की थी लेकिन सफल नहीं हुए थे। दोनों तरफ से दो पुलिसवालों ने आकर उन्हें पकड़ लिया। उसके पास से ही मिस्टर लोहिया की नीलकान्त मणि मिली थी; यह शायद अब कहने की आवश्यकता नहीं थी। मणि मिल जाने से मिस्टर लोहिया इतना प्रसन्न हुए थे कि उन्होंने केष्टोदा को दो हजार रुपये पुरस्कार भी दिये। ऐसा होगा, यह मैं जानता था। केष्टोदा स्टंटमैन अवश्य थे लेकिन मणि खोजने का स्टंट पहले नहीं किया था।

बिशुदा को सबसे ज्यादा दु:ख हो रहा था—"उस दिन अनजाने में मैंने आपको कितना भला-बुरा कहा था। आप उसका बुरा नहीं मानेंगे, आशा करता हूँ।"

"मैं बिलकुल बुरा नहीं मानूँगा क्योंकि इस फिल्म में काम करके विशेषकर मास्टर अंशु के साथ काम करके मुझे बहुत खुशी हुई है।"

"मैं आपको एक बात बताना चाहता हूँ।" बिशुदा बोले।

"क्या बात है, कहिए!"

"आप लोगों का नाम तो टाइटल में नहीं जाता है न—मैं वादा करता हूँ, इस बार हमारी फिल्म में आपका नाम अलग से मोटे अक्षरों में दिया जाएगा।"

"फिर तो मेरी एक बहुत पुरानी तमन्ना पूरी हो जाएगी।" केष्टोदा बोले। यह सारी बातें स्टेशन पर हो रही थीं, हम लोगों को कल सुबह अपना

काम पूरा करके कल शाम की गाड़ी से वापस जाना था। आज केष्टोदा मुम्बई वापस जा रहे थे। हम उन्हें विदा करने आए थे। केष्टोदा अब मेरी तरफ मुड़े, फिर अपना दाहिना हाथ बढ़ाकर हैंडशेक करके बोले, "मैं तो दस वर्षों से स्टंट कर रहा हूँ, यह मेरे लिए बहुत आसान है, लेकिन तुमने मात्र बारह वर्ष की उम्र में अपनी पहली फिल्म में जिस तरह हिम्मत दिखाई, उस स्टंट का कोई जवाब नहीं है।"

"लेकिन आपसे फिर कब मुलाकात होगी केष्टोदा?"

"जिस दिन यह फिल्म रिलीज होगी, उस दिन। मिस्टर लोहिया के दिए हुए रुपयों से टिकट लेकर मैं यहाँ आ जाऊँगा, नहीं तो बांग्ला फिल्म मुम्बई में देखने को नहीं मिलेगी।"

गाड़ी की सीटी बज गई थी। केष्टोदा कूदकर गाड़ी के पायदान पर चढ़ गए थे।

"चलूँ मास्टर अंशुमान, मेरा पता रख लिया है न!"

"हाँ, हाँ!"

"चिट्ठी लिखना।"

गाड़ी चल पड़ी थी।

"जरूर लिखूँगा केष्टोदा, जरूर लिखूँगा।" जब तक नजर आते रहे वे, मुझे देखते हुए एक हाथ से रॉड पकड़कर बाहर झुककर विदाई में दूसरा हाथ हिलाते रहे।

देश; शारदीय, 1392 (सितम्बर-अक्टूबर 1985)

बोसपोखर में हत्याकांड

(1)

हमारे दोस्त रहस्य-रोमांच के उपन्यासकार लालमोहन गांगुली उर्फ जटायु के चक्कर में पड़कर आखिरकार 'जात्रा नाटक' देखने जाना पड़ा। आज के समय के सबसे नामी जात्रा-दल 'भारत ऑपेरा' का हिट नाटक 'सूर्यतोरण' था। यह कहना ही पड़ेगा कि जब तक नाटक चलता रहता है, आदमी उसमें डूब जाता है। नाटक में कहीं भी कोई कसर नहीं रहती। अभिनय थोड़ा अतिरंजित होने पर भी किसी को नौसिखिया नहीं कहा जा सकता। लालमोहन बाबू लौटते समय बोले, "मेरी कहानी की जो विशेषता है, इसकी भी वही है। पूरी तरह से मन को खींच लेता है। मगर जरा गहराई में उतरकर देखिए, आपको काफी कमियाँ तथा चतुराई नजर आएगी।"

उनकी बातों में अपनी वाहवाही भले ही हो मगर इनकार नहीं किया जा सकता। लालमोहन बाबू की कहानी पर विचार करने पर ऐसा कुछ नजर नहीं

आएगा। लेखक के रूप में उनकी लोकप्रियता आश्चर्यजनक थी। नई किताब प्रकाशित होने के बाद से लगातार तीन महीने तक बेस्ट सेलर लिस्ट में उनका नाम रहता था। हालाँकि वे ज्यादा नहीं लिखते; सिर्फ साल में दो उपन्यास—एक वैशाख में, एक दुर्गापूजा में। आजकल तथ्यों की गलतियाँ भी पहले से काफी कम हो गई थीं। इसका कारण ऐसा नहीं कि वे छपने से पहले फेलूदा को अपनी पांडुलिपि दिखा लेते थे, बल्कि इन दिनों वे खुद भी कई प्रकार की एन्साइक्लोपीडिया वगैरह खरीदते रहते थे। उनका सद्व्यवहार हो रहा था, यह उन्हें पढ़ने पर समझ में आ जाता था।

'सूर्यतोरण' का नाम शुरू में लेने का कारण था, इसके साथ जुड़े एक व्यक्ति को लेकर ही हमारी इस बार की जाँच है। उनका नाम इन्द्रनारायण आचार्य था। वे ही नाटक के भी लेखक थे और गीत भी लिखते थे अर्थात् खुद गीतकार थे तथा खुद ही आर्केस्ट्रा और वायलिन बजाते थे। मुख्य बात यह कि गुणी व्यक्ति थे। उन्हें लेकर जो गोलमाल हुआ वह हालाँकि खूब पेचीदा था, फेलूदा को अपना दिमाग लड़ाकर इस रहस्य का समाधान करना पड़ा था।

जात्रा देखने के दस दिन बाद ही एक दिन टेलीफोन से एपॉयंटमेंट लेकर इन्द्रनारायण बाबू खुद ही हमारे यहाँ अपनी समस्या लेकर आ गए। रविवार का दिन था। लालमोहन बाबू रोज की तरह नौ बजते-बजते गप्पें लड़ाने आ गए थे। करीब दस बजे वे सज्जन आकर हाजिर हुए। उनका चेहरा क्लीन शेव्ड था। वे चालीस-बयालीस साल के रहे होंगे। रंग गोरा था। कद मँझोले से थोड़ा ज्यादा था। सिर के बाल लगभग काले ही थे। फेलूदा ने 'सूर्यतोरण' की प्रशंसा करते हुए कहा, "आप तो महाशय मैन ऑफ मेनी आर्ट्स हैं : इतनी चीजें आपने सीखीं कैसे?"

इन्द्रनारायण ने पुकारकर कहा, "मेरी लाइफ हिस्ट्री थोड़ी विचित्र किस्म की रही है। मेरी फैमिली की बात जानने पर आप समझ जाएँगे कि मेरा जात्रा से कनेक्शन कितना अस्वाभाविक है। आपने क्या बोसपोखर के

आचार्य परिवार का नाम सुना है?"

"बिलकुल!" फेलूदा बोले, "वह तो बहुत नामी फैमिली है महाशय! आप लोगों के एक पुरखे कन्दर्पनारायण आचार्य थे, जो विलायत जाकर प्रिन्स द्वारकानाथ की तरह नवाबी ठाट-बाट से रहते थे।"

"आप ठीक कह रहे हैं," इन्द्रनारायण बाबू ने कहा, "कन्दर्पनारायण मेरे दादाजी के पिता जी थे। वे अठारह सौ पचहत्तर में विलायत गए थे। बहुत शौकीन व्यक्ति थे। गाने-बजाने का शौक था। उन्हीं की खरीदी हुई वायलिन मैं बजाता हूँ। हमारे परिवार में मेरे मँझले भाई हरिनारायण के अलावा और किसी की गाने-बजाने में रुचि नहीं थी। हालाँकि वह कुछ बजाता-वजाता नहीं है। उसे विदेशी क्लासिकल संगीत पसन्द है। वह रेकॉर्ड और कैसेट सुनता है। खैर, मेरा परिवार खानदानी है, इसे तो समझ ही रहे होंगे। हम तीन भाई हैं—मैं, हरिनारायण और देवनारायण। मैं छोटा हूँ, देवनारायण बड़े हैं। देव व्यवसाय करता है और हरिनारायण चार्टर्ड एकाउंटेंट है। हमारे पिता जी जीवित हैं। उनका नाम कीर्तिनारायण है। उम्र उन्यासी साल है। वे बैरिस्टर हैं, हालाँकि इस उम्र में अब कोर्ट-कचहरी कर नहीं पाते। समझ ही रहे हैं, ऐसी स्थिति में मेरा जात्रा से जुड़ना कितना अस्वाभाविक है। मगर मेरा बचपन से ही उधर रुझान रहा है। आई.ए. पास करने के बाद फिर मेरा पढ़ने में मन नहीं लगा। मैंने ट्यूशन रखकर उस्ताद जी से वायलिन सीखी थी। गाना गाता था और बहुत ही कम उम्र से गीत लिखने लगा था। अपने पिता जी से मैंने साफ कह दिया कि मैं जात्रा ज्वाइन करूँगा। पता नहीं पिता जी की मुझ पर कैसी दुर्बलता थी इसलिए उन्होंने मेरा हठ मान लिया मगर अब यह जरूर है कि मैं अपने दोनों भाइयों से कम नहीं कमाता। जात्रा से मिलने वाले पैसों के बारे में आपको पता होगा ही।"

"जरूर," लालमोहन बाबू बोले, "हीरो-हीरोइन को हर महीने पचीस-तीस हजार तनख्वाह मिलती है।"

"मैं अपने मुँह से अपने बारे में कहे जा रहा हूँ, इसके लिए मुझे माफ

कीजिएगा," इन्द्रनारायण बाबू ने कहा, "मगर आज भारत ऑपेरा की जो इतनी ख्याति है वह काफी कुछ मेरे कारण भी है। मेरा नाटक, मेरे गीत, मेरा संगीत ये सब भारत ऑपेरा के बड़े एट्रेक्शन हैं। मेरी परेशानी भी यहीं से शुरू होती है।"

इतना कहकर वे रुके। उसका एक कारण यह भी था कि श्रीनाथ चाय ले आया था। फेलूदा ने कहा, "आप क्या दूसरे दलों से प्रतिद्वन्द्विता की बात कह रहे हैं?"

"जी हाँ, आपने ठीक समझा। मुझे ज्यादा रुपयों का लालच देकर अपनी जात्रा पार्टी में लेने की कोशिश बहुत दिनों से चल रही है। रुपया ऐसी चीज है, इसकी उपेक्षा नहीं की जा सकती। मगर भारत ऑपेरा के साथ मैं पिछले सत्रह वर्षों से जुड़ा हूँ। वे लोग मेरी बहुत खातिर करते हैं, मेरे गुणों की कद्र करते हैं। इसीलिए इसे छोड़कर कहीं और जाने के पहले काफी सोचना पड़ता है। मैंने इसीलिए इन सबको अभी गफलत में रखा है। लेकिन उस दिन जो घटा—और जिसके लिए मैं आपके पास आने के लिए मजबूर हुआ—वह है, मुझे रास्ते से हटा करके भारत ऑपेरा को पंगु बनाने का षड्यंत्र किया जाना।"

"हटाने का क्या मतलब है?"

"साफ-साफ कहूँ, वे मेरी हत्या करना चाहते हैं।"

"इसका प्रमाण क्या है?"

"प्रमाण मुझ पर हमला है। तीन दिन पहले की घटना है। अभी तक कन्धा दुख रहा है।"

"कहाँ हमला हुआ था?"

"वीडन स्ट्रीट से मुहम्मद सफी लेन निकली है। वहाँ एक मकान में हमारा दफ्तर और रिहर्सल चलता है। वह गली अँधेरी और सुनसान रहती है। उस दिन बिजली कटौती भी थी। डी सी ऑफ। मैं दफ्तर जा रहा था, ठीक तभी पीछे से किसी ने लोहे की रॉड जैसी कोई चीज मारी। उसने शायद

सिर पर मारना चाहा था, मगर सौभाग्य है ऐसा कर नहीं पाया। संयोग से मेरे नाटक के दो अभिनेता गली की ओर से आ रहे थे। मैं उस वक्त जमीन पर गिरकर दर्द से कराह रहा था। उन्होंने मुझे उठाकर ऑफिस में ले जाकर बाकी सारी व्यवस्था की। मेरे हाथ में बक्स में वायलिन थी, वह सड़क पर गिर पड़ी थी। मुझे सबसे ज्यादा उसी की चिन्ता थी कि कहीं उसे कोई नुकसान न पहुँचा हो। मगर ऐसा नहीं हुआ था। अब मैं आपके पास यह सलाह लेने आया हूँ कि मुझे क्या करना चाहिए।"

फेलूदा एक चारमीनार सुलगाकर बोले, "इस हालत में मेरे लिए कुछ करना सम्भव नहीं है। और जिसने आप पर हमला किया है, वह दूसरी पार्टी का है, ऐसा सोचने का भी कोई कारण नहीं है। वह मामूली चोर-उठाईगीर भी हो सकता है। हो सकता है वह आपके मनीबैग के चक्कर में रहा हो। आप पुलिस में रिपोर्ट लिखा सकते हैं। इससे ज्यादा मेरे लिए कुछ कहना सम्भव नहीं है, मिस्टर आचार्य! मगर फिर कोई दुर्घटना घटे तो आप मुझे सूचित कीजिएगा। मगर मुझे लगता है, इस मामले में पुलिस आपकी ज्यादा मदद कर सकती है। इतना कह सकता हूँ कि आपका पारिवारिक इतिहास मुझे बहुत इंटरेस्टिंग लगा। ऐसे परिवार के कभी किसी व्यक्ति ने जात्रा नाटक में काम किया हो, मुझे याद नहीं पड़ता।"

"मुझे आचार्य फैमिली का ब्लैकशिप कहा जाता था," इन्द्रनारायण बाबू ने कहा, "अन्ततः मेरे भाई तो ऐसा ही कहते थे।"

इन्द्रनारायण बाबू जाने के लिए उठ खड़े हुए। उनके जाने के बाद फेलूदा ने मुँह से धुएँ के छल्ले उड़ाते हुए कहा, "यह सोचना विचित्र लगता है कि मात्र सौ साल पहले इस आचार्य फैमिली के कन्दर्पनारायण ने विलायत में जाकर जमकर नवाबी की थी, और आज उसी फैमिली का व्यक्ति मुहम्मद शफी लेन में जात्रा के रिहर्सल के लिए जाते वक्त गुंडों के हाथों से मार खा रहा है। सिर्फ तीन जनरेशन के इस परिवर्तन की कल्पना नहीं की जा सकती।"

"हालाँकि यह परिवर्तन सिर्फ इन्हीं के मामले में हुआ है," लालमोहन बाबू ने कहा, "दूसरे भाइयों के बारे में जो कुछ मैंने सुना, उससे तो लगता है वे बड़े मजे से आचार्य फैमिली का ट्रैडिशन चलाए जा रहे हैं।"

"जो भी हो," फेलूदा बोले, "यह फैमिली बड़ी इंटरेस्टिंग लग रही है। मुझे लगता है एक बार बोसपोखर हो आना चाहिए।"

उस बोसपोखर में आचार्य भवन में जाने का मौका इन कुछ दिनों में ही हाथ लग जाएगा, तब उस वक्त सोचा नहीं था।

(2)

'सम्राट अशोक' और दो दिनों बाद समाप्त हो जाएगा। इसे लेकर इन्द्रनारायण को चिन्ता करने की कोई जरूरत नहीं थी। सच बात तो यह थी कि और चार नाटक पहले से ही तैयार थे। हालाँकि इन्द्रनारायण ने यह बात ऑपेरा मालिक को अभी नहीं बताई थी। हर नाटक हर वक्त नहीं पसन्द किया जाता। दर्शकों की रुचि हर साल आश्चर्यजनक ढंग से बदलती रहती है। हवा का रुख देखकर नाटक लिखना पड़ता है, नहीं तो अच्छा नाटक भी कई बार मार खा जाता है। इस दृष्टि से सम्राट अशोक काफी हद तक इस युग के अनुरूप नाटक था।

दरअसल दुश्चिन्ता का कारण दूसरा था। इस वक्त रात के दस बजे थे। कुछ देर बाद ही वीणापाणि ऑपेरा के मैनेजर अश्विनी भड़ इन्द्रनारायण से मिलने आनेवाले थे। इसे लेकर वे पाँचवीं बार आ रहे थे। इसके अलावा नव नट्ट कम्पनी का आदमी भी उनके पास आ चुका था। मगर वीणापाणि जैसा वजन उसमें नहीं था। आने का कारण एक ही था, वे लोग भारत ऑपेरा से इन्द्रनारायण को अपने यहाँ लेना चाहते थे। इन्द्रनारायण सत्रह साल से जात्रा के साथ जुड़े हुए थे। इस वक्त वे बयालीस साल के थे। इस लेन-देनवाले मामले से वे अभी तक अनभिज्ञ थे। मगर अब परिचित हो

चुके थे। हालाँकि इसके लिए उनकी प्रसिद्धि ही जिम्मेदार थी। इन्द्रनारायण ईश्वर-प्रदत्त प्रतिभा लेकर जनमे थे। इसीलिए आज सभी लोग इन्हें अपने दल में लेना चाहते थे, खासकर वीणापाणि ऑपेरावाले।

उस दिन का हमला इस प्रतिद्वन्द्विता से जुड़ा नहीं भी हो सकता था। प्रदोष बाबू ने ठीक ही कहा था। यह किसी चोर-उठाईगीर का काम भी हो सकता था। अगर वह सर पर वार करना चाहता तो क्या ऐसा कर नहीं पाता? दरअसल, यह उसका उद्‌देश्य था नहीं। उसका उद्‌देश्य उन्हें बेहोश करके जेब से मनीबैग निकालकर भागना था। उस दिन जेब में डेढ़ सौ से ज्यादा रुपये भी थे। संयोग से मलय और इन्द्रजित उस वक्त वहाँ आ पहुँचे थे। इन्द्रनारायण की किस्मत अच्छी थी कि उन्हें ज्यादा चोट नहीं आई थी।

सन्तोष चपरासी ने आकर पर्ची थमाई—अश्विनी भड़।

"जाओ बुला लाओ।" इन्द्रनारायण आचार्य ने कहा।

अश्विनी भड़ ने आकर कुर्सी खींचकर बगल में बैठते हुए कहा, "जी, कहिए।"

"आप कहिए!" इन्द्रनारायण बोले।

"मैं और नया क्या कहूँ, इन्द्रबाबू! मैं तो इसे लेकर पाँच बार आ गया। अब तो इस पार या उस पार जो होना हो, हो ही जाना चाहिए।"

"यह तो समझ ही रहा हूँ। लेकिन मैं अभी तक तय नहीं कर पाया हूँ अश्विनी बाबू! इतने दिनों का सम्पर्क खत्म कर लेना तो आसान बात नहीं है।"

"वह सब तो समझता हूँ, मगर कलाकार तो घर बदलते ही रहते हैं। न्यू ऑपेरा में दस साल रहने के बाद संजय कुमार भारत ऑपेरा में चले गए। ऐसा तो हमेशा से ही हो रहा है। फिर जरा मिलने वाले रुपये भी तो देखिए। आपको भारत ऑपेरा में क्या मिल रहा है, हमें पता है। सिर्फ पन्द्रह हजार। हम आपको बीस देंगे। एक साल की आपकी इनकम ढाई लाख होगी। और आपकी खातिरदारी भी हम वहाँ से कम नहीं करेंगे। गुणों की कद्र हम भी

करते हैं। विज्ञापनों में आपका नाम मोटे हर्फों में छपा रहेगा। आप जो कहेंगे हम वही मानेंगे, अगर वह हमारी क्षमता से बाहर की चीज न हो।"

"सुनिए, अश्विनी बाबू! इस नाटक को खत्म होने में और दो-तीन दिन लगेंगे। मैं इस वक्त और कुछ सोच नहीं पा रहा हूँ। आप अगले सप्ताह एक बार और मिलिए।"

"कुछ उम्मीद हो तो कहिए।"

"एकदम निराश करने की इच्छा होती तो आपको आने के लिए क्यों कहता? मगर जरा आप मेरी ओर से भी सोचकर देखिए। रुपया ही हमेशा सबसे बड़ी चीज होती है, ऐसा नहीं। भारत ऑपेरा को अगर पता चले कि आप लोग मुझे बीस ऑफर कर रहे हैं तो मुझे विश्वास है, वे भी मुझे इतना देने के लिए तैयार हो जाएँगे। और सबसे बड़ी बात यह है कि इतने साल का सम्पर्क क्या झट से तोड़ा जा सकता है?"

"ठीक है। फिर तो इस वक्त बात करने से लाभ नहीं। सप्ताह-भर बाद आने से ही मालूम होगा। मगर इस तरह लटकाए रखना भी ठीक नहीं है इन्द्रबाबू! तो फिर चलता हूँ, नमस्कार!"

"नमस्कार!"

इन्द्रनारायण भी उठकर अश्विनी बाबू को विदा करने दरवाजे तक गए। इसके बाद अपने कमरे में लौटकर कुर्सी पर बैठ गए। अन्तिम दृश्य अच्छा ही बन पड़ा था। इस तरह एकदम अन्त तक चलते रहने से फिर इस नाटक को कोई रोक नहीं पाएगा। यह इन्द्रनारायण आचार्य के जीवन का श्रेष्ठ काम होगा।

इन्द्रनारायण तल्लीन होकर काम किए जा रहे थे। बीच-बीच में दो-एक बरसाती कीड़े चले आते थे। दुर्गापूजा करीब थी। ये कीड़े ही उनके काम में सबसे ज्यादा बाधा डालते थे। साथ ही लोड शेडिंग। मगर आजकल कुछ दिनों से लोड शेडिंग नहीं हो रही थी। आशा है अगले दो दिन भी नहीं होगी।

इन्द्रनारायण ने अपना पूरा ध्यान लिखने में लगाया। उनके जीवन का

श्रेष्ठ नाटक। सम्राट अशोक।

मगर वे अपना काम ज्यादा देर तक नहीं कर पाए। इन्द्रनारायण को पता भी नहीं चला कि कोई उनके कमरे में दबे पाँव आकर ठीक उनके पीछे खड़ा हो गया था।

इसके बाद उनके सिर पर एक जोरदार प्रहार हुआ। इन्द्रनारायण की आँखों के सामने हमेशा के लिए अँधेरा छा गया।

(3)

अखबार खोलते ही मैं चौंक गया।

इन्द्रनारायण आचार्य की उनके घर में हत्या हो गई थी। परसों रात को यह घटना घटी थी। उस खबर में जात्रा नाटक में इन्द्रनारायण की भूमिका के बारे में भी कुछ पंक्तियाँ लिखी थीं। आश्चर्य! दस दिन पहले ही वे फेलूदा से मिलने हमारे यहाँ आए थे।

फेलूदा मुझसे पहले ही यह खबर पढ़ चुके थे। अफसोस जताते हुए वे सिर हिलाकर बोले, "वे सज्जन मेरे पास आए मगर मैं उनके लिए कुछ नहीं कर सका। हालाँकि मेरे करने लायक कुछ था भी नहीं।"

मुझे एक चीज खटक रही थी। मैंने कहा, "पहली बार उन पर गली में हमला हुआ था और इस बार बिलकुल घर में घुसकर उनकी हत्या की गई। खूनी बड़ा ही डेयरिंग है।"

फेलूदा ने कहा, "इसे तो उनके मकान का प्लान, वे किस कमरे में रहते थे, वगैरह देखे बिना नहीं कहा जा सकता। और खून करने की ऐसी जरूरत पड़ ही जाए तो खूनी घर में आकर भी हत्या कर सकता है।"

"मगर इस बार तो तुम्हें जाँच करने के लिए बुलाया नहीं गया है।"

"लगता है इस बार पुलिस को ही बुलाया गया है। मगर वहाँ के थाने के दारोगा मणिलाल पोद्दार को खूब अच्छी तरह से पहचानता हूँ। हो

सकता है, वे मुझे खबर करें।"

मणिलाल पोद्दार को एक बार मैंने भी देखा था—मोटे-तगड़े मूँछोंवाले सज्जन थे। फेलूदा का मजाक भी उड़ाते थे मगर उनकी कद्र भी करते थे।

आखिरकार खबर आई, मगर दारोगा की ओर से नहीं; खुद आचार्य परिवार के मुखिया उन्यासी साल के बूढ़े कीर्तिनारायण ने फेलूदा को बुला भेजा। हत्या होने के तीन दिन बाद सुबह करीब नौ बजे एक सज्जन हमारे घर आए। वे करीब चालीस के रहे होंगे। काफी शार्प चेहरा था। आँखों पर सोने का चश्मा। अक्तूबर का महीना होने के बाद भी काफी गर्मी थी। वे सज्जन सोफे पर बैठकर रूमाल से पसीना पोंछते हुए बोले, "बुरा मत मानिएगा मि. मित्तिर! काफी कोशिश करने पर भी आपकी लाइन नहीं मिली। मैं बोसपोखर के आचार्य भवन से आ रहा हूँ। मुझे वहाँ के मुखिया कीर्तिनारायण बाबू ने भेजा है। शायद आपको पता हो, घर में एक खून हो गया है। अगर उस मामले में आपकी हमें मदद मिल सके।"

"आपका परिचय?"

"अरे अपने बारे में तो बताना ही भूल गया। मेरा नाम प्रद्युम्न मल्लिक है। मैं वहाँ रहकर उस खानदान के आदि पुरुष कन्दर्पनारायण की एक जीवनी लिख रहा हूँ। लिखना ही मेरा पेशा है। मैं एक अखबार में काम करता था, अब वहाँ छोड़ दिया है। फिलहाल जीवनी के लिए तथ्य इकट्ठा करने के साथ-साथ कीर्तिनारायण के सेक्रेटरी का काम भी कर रहा हूँ। वे बैरिस्टर थे। चार साल हुए उन्हें रिटायर हुए। उनकी तबीयत कुछ ठीक नहीं है।"

"आप मुझे बुलाने आए हैं, पुलिस को खबर नहीं दी है।"

"पुलिस अपना काम कर रही है, मगर कीर्तिनारायण की पसन्द-नापसन्द औरों से कुछ अलग है। पुलिस को उनके बेटों ने बुलाया था। कीर्तिनारायण ने खुद आपके बारे में कहा है। कहा, किसी अच्छे प्राइवेट

डिटेक्टिव को नियुक्त करने से पुलिस से बेहतर काम होगा। वे जासूसी कहानियों के बड़े शौकीन हैं। आपका जो भी पारिश्रमिक हो, उसे देने के लिए भी वे तैयार हैं।"

"इस हत्या के बारे में इस बीच कुछ और तथ्य मिले हैं?"

"कुछ खास नहीं। सिर के पिछले हिस्से पर प्रहार करके यह हत्या की गई। इन्द्रनारायण उस वक्त मेज पर बैठे काम कर रहे थे। पुलिस के डॉक्टर ने जाँच करके बताया कि हत्या बारह से साढ़े बारह के बीच हुई थी। इन्द्रनारायण का कमरा पहली मंजिल पर था। एक सोनेवाला कमरा और उसकी बगल में उनके लिखने-पढ़ने का कमरा। वे काफी रात तक काम करते थे। वे जात्रा नाटक से जुड़े थे, यह बात आपको मालूम होगी ही।"

फेलूदा ने इस बार मि. मल्लिक को बता दिया कि इन्द्रनारायण आचार्य उनके पास आए थे, इसलिए आचार्य खानदान के बारे में काफी कुछ वे जान चुके हैं।

"तब तो अच्छा ही हुआ," कहा प्रद्युम्न मल्लिक ने—"खून की रात को करीब दस बजे इन्द्रनारायण के पास वीणापाणि ऑपेरा के मैनेजर मिलने आए थे। पुलिस उनसे जिरह कर रही है क्योंकि घर के नौकर सन्तोष बेयरा ने अपने बयान में कहा है कि इन्द्रनारायण और उस व्यक्ति में किसी बात को लेकर बहस हो रही थी, जो उसके कानों में गई थी। मगर वीणापाणि ऑपेरा के वे सज्जन, जिनका नाम शायद अश्विनी बाबू था, ग्यारह बजते-बजते चले गए थे। इसके बाद वे फिर आए थे कि नहीं, पता नहीं क्योंकि घर के पीछे की तरफ एक दरवाजा है जिसे घर के नौकर काफी रात को बन्द करते हैं। रात का काम खत्म हो जाने पर घर के नौकर मुहल्ले में अड्डेबाजी करने निकलते हैं, फिर एक बजे तक लौटते हैं। इसलिए बारह बजे तक अश्विनी बाबू अगर दुबारा लौटे हों तो उनके आने का पता किसी को चल नहीं सकता। खैर, इसकी जाँच तो आप वहाँ जाकर खुद कर लेंगे। मगर हाँ, अगर आप इस केस की जिम्मेदारी उठाना चाहें, अगर आप राजी हों

तो आप सुबह ग्यारह बजे तक वहाँ आ सकते हैं। उस वक्त कीर्तिनारायण खाली रहते हैं।"

मुझे पता था फेलूदा राजी हो जाएँगे क्योंकि आचार्य परिवार के बारे में उन्हें पहले से ही कुतूहल था। इसके अलावा इन्द्रनारायण बाबू से भी बात करके उन्हें अच्छा लगा था। यह तय हुआ कि हम लोग ग्यारह बजे बोसपोखर में पहुँच जाएँगे। प्रद्युम्न बाबू ने एक बार और पसीना पोंछकर विदा ली।

"उस कागज को देख तो, क्या छूट गया है," फेलूदा ने प्रद्युम्न बाबू के जाने के बाद कहा।

एक तहाया हुआ कागज सोफे के कोने पर पड़ा हुआ था, मैंने उसे उठाकर फेलूदा को दे दिया। कागज खोलकर देखने पर डॉट पेन से लिखी ये पंक्तियाँ नजर आईं—

Happy Birth day Hukum chand.

फेलूदा भौंहें सिकोड़कर कुछ देर उस लिखे को देखने के बाद बोले, "हुकुमचन्द नाम पहचाना-सा लग रहा है। लगता है ये पंक्तियाँ जन्मदिन के केक के ऊपर लिखी जाएँगी। हुकुमचन्द शायद कीर्तिनारायण के दोस्त हैं; या फिर टेलीग्राम भेजना होगा, मल्लिक पर इस काम की जिम्मेदारी होगी।"

फेलूदा ने उस कागज को तहाकर अपनी कमीज की जेब में रख दिया।

"इस बार तृतीय मस्केटियर को फोन करना मेरा कर्तव्य होगा। उनकी गाड़ी के अलावा तो हमारे पास कोई साधन नहीं है, और उन्हें साथ न ले जाएँ तो वे खुश जरूर नहीं होंगे।"

लालमोहन बाबू को फोन करने के घंटे भर में ही वे नहा-धोकर फिट-फाट तैयार होकर अपनी हरी एम्बेसेडर लेकर हाजिर हो गए। सारी घटना सुनने के बाद बोले, "इस बार दुर्गा-पूजा लगता है, रहस्य की गाँठें

सुलझाने में ही कट जाएगी। खैर, एक तरह से अच्छा ही है। उपन्यास पूरा हो जाने के बाद अपना हाथ बहुत खाली लगने लगता है। इससे समय मजे से कट जाएगा। हाँ, मेरे पड़ोसी रोहिणी बाबू उस दिन कह रहे थे उनकी बोसपोखर के आचार्यों से अच्छी जान-पहचान है। मुझसे कहा, भाई साहब, ऐसा परिवार आपको कहीं और नजर नहीं आएगा जहाँ बाप-बेटे में प्रेम नहीं, भाई-भाई में प्रेम नहीं, इसके बावजूद पूरा परिवार संयुक्त है। उस घर में कोई खून होगा, इसमें हैरानी की कोई बात नहीं है।"

हम लोग रवाना हो गए। लालमोहन बाबू के ड्राइवर हरिपद बाबू गाड़ी की अच्छी तरह देखभाल करते थे, यह गाड़ी की कंडीशन देखकर पता चलता था। हरिपद बाबू फेलूदा के बड़े प्रशंसक थे।

ग्यारह बजकर पाँच मिनट को बोसपोखर रोड में आचार्य भवन के पोर्टिको के नीचे दरवाजे के सामने जाकर हमारी एम्बेसेडर रुक गई। कॉलिंग बेल दबाने पर दरवाजा खुलने के बाद देखा, घर के नौकर के पीछे प्रद्युम्न मल्लिक खड़े थे। उन्होंने कहा, "गाड़ी की आवाज सुनते ही समझ गया था, आप लोग आ गए हैं। मैं भी पहली मंजिल पर रहता हूँ। आइए, दोमंजिले पर बड़े बाबू से मिल आएँ।"

मकान काफी बड़ा था। जरूर उस कन्दर्पनारायण का बनवाया होगा, या उसके पहले का भी हो सकता था क्योंकि मकान को देखकर वह डेढ़ सौ साल से कम का नहीं लगता था। चौड़ी लकड़ी की सीढ़ियों से आवाज करते हुए हम ऊपर पहुँचे। सीढ़ी के बगल की दीवार पर आचार्यों के पुरखों की बड़ी-बड़ी आयल पेंटिंग्स लगी हुई थीं। सीढ़ियों से चढ़ते ही सामने सफेद पत्थर की काफी बड़ी मूर्ति रखी थी, इधर-उधर विभिन्न आकारों के गुलदान रखे हुए थे, उनमें से ज्यादातर मुझे चीन के बने हुए लगे। सीढ़ी के सामनेवाले बरामदे में एक खड़ी हुई घड़ी भी थी। बरामदे के एक किनारे खड़े होकर एक तरफ नाट मन्दिर देखा जा सकता था, दूसरी तरफ कतारबद्ध कमरे। उन्हीं में से एक कमरे में हमें प्रद्युम्न मल्लिक ले गए। वह

एक मँझोले आकार का बैठकखाना था। चारों तरफ सोफे बिछे थे, जमीन पर गलीचा, छत पर दो तरफ दो फानूस लटक रहे थे। मैं और लालमोहन बाबू एक सोफे पर बैठ गए। फेलूदा ने कुछ देर चहलकदमी करके वहाँ रखे सामानों को देखा, फिर एक ओर छोटे सोफे पर बैठ गए। मल्लिक कीर्तिनारायण को बुलाने गए थे।

कुछ ही देर में उस घर के सबसे बुजुर्ग कीर्तिनारायण आचार्य आ पहुँचे। अत्यधिक गोरा रंग, क्लीन शेव्ड और सिर के अधिकांश बाल पके हुए थे। उन्यासी साल की उम्र में कुछ काले बाल बचे हुए थे, यही आश्चर्य था। कद छोटा होते हुए भी उनका व्यक्तित्व ऐसा था कि उनपर से आँखें हटाना मुश्किल था। देखकर लगता अपने समय में जबदस्त बैरिस्टर रहे होंगे। वे सिल्क का कुर्ता-पाजामा और बैगनी रंग का ड्रेसिंग गाउन पहने हुए थे। उनकी आँखों पर जो चश्मा था, उसे हाफ ग्लास कहते हैं, अर्थात नीचे की ओर पढ़नेवाला आधे लेंस का चश्मा, ऊपर की ओर कोई शीशा नहीं था।

"आप में से जासूस कौन सज्जन हैं?"

फेलूदा ने अपना तथा हम दोनों का परिचय दिया। लालमोहन बाबू का परिचय पाकर कीर्तिनारायण ने आश्चर्य से पूछा, "मगर आपका लिखा कोई रहस्य उपन्यास तो मेरी नजर में नहीं आया।"

लालमोहन बाबू ने बड़े विनय से कहा, "जी, वे सब आपके पढ़ने लायक चीजें हैं भी नहीं।"

"फिर भी रहस्य कहानियाँ जब लिखते हैं तब आपमें भी एक जासूस जरूर है। देखिए, आप दोनों मिलकर इस रहस्य का समाधान कर पाते हैं कि नहीं। इन्द्र मेरा छोटा बेटा था। जैसा होता है, सबसे छोटा बेटा कई बार थोड़ा उपेक्षित रह जाता है। उसके साथ भी ऐसा ही हुआ था, मगर इसके लिए उसने कभी कोई शिकायत नहीं की थी या गलत रास्ते पर नहीं गया था। उसे संगीत का शौक था। जब पढ़ाई-लिखाई कायदे से हो नहीं पाई तब

सोचा, वह अपने शौक का काम ही करे। वह बचपन से ही गीत लिखता, नाटक लिखता, वायलिन बजाता था। घर में दादाजी की विलायत से लाई हुई वायलिन मौजूद थी—'आम आँटी' (आम की गुठली) का बाजा।"

"आम आँटी का बाजा?" फेलूदा ने हैरत से पूछा।

"दादाजी, इसी तरह मजाक करते थे," कीर्तिनारायण बोले, "वे वायलिन को आम आँटी (गुठली) का बाजा कहते थे। पहली बार जब उन्होंने लैगंडा मोटर खरीदी तब उसका नाम उन्होंने पुष्पक रथ रखा। ग्रामोफोन रिकॉर्ड का उन्होंने नामकरण किया था—सुदर्शन चक्र। उनकी बातें सुनाने लगूँगा तो रात बीत जाएगी। असल बात यह है कि इन्द्र की इस प्रकार की मौत से मुझे बहुत धक्का लगा है। यह ठीक था कि जात्रा में काम करना आचार्य कुल की प्रतिष्ठा के उपयुक्त नहीं था, मगर आखिरी दिनों में उसे पन्द्रह हजार मिलने लगे थे; इसकी भी उपेक्षा नहीं की जा सकती। योग्यता के बिना तो ऐसा होना सम्भव नहीं था। मैं खुद जात्रा-नाटक का बड़ा प्रेमी रहा हूँ। कह सकते हैं यह एक प्रकार का नशा था। ऐसे में अगर मेरा बेटा उस लाइन में हो तो नाक-भौं सिकोड़ने से काम कैसे चलता? मैंने इन्द्र को पूरी आजादी दे रखी थी। और उसने उसका पूरा सद्व्यवहार भी किया। जात्रा में काम करते हुए भी उसमें कोई बुरी आदत नजर नहीं आई थी। काम के प्रति उसमें दीवानगी थी। वह वायलिन बहुत बढ़िया बजाता था। गीत भी बहुत बढ़िया लिखता था। मेरी राय में उसने आचार्य वंश का किसी प्रकार असम्मान नहीं किया था बल्कि देखा जाए तो सम्मान को बढ़ाया ही था।"

फेलूदा ने कहा, "क्या आपको पता है कि पन्द्रह दिन पहले मुहम्मद शफी लेन में किसी ने उन पर पीछे से वार किया था, जो अगर कन्धे पर न लगकर सिर पर लगता तो उनकी उसी वक्त जान जा सकती थी।"

"हाँ, मुझे पता है," कीर्तिनारायण बोले, "मैंने ही तो उसे आपसे सलाह लेने के लिए कहा था।"

"इस बार जो घटना घटी, क्या आपको लगता है कि उसके पीछे इन जात्रा-दलों की आपसी प्रतिद्वन्द्विता का हाथ है?"

"मैं कुछ कह नहीं सकता। इसे ढूँढ़ निकालना आपका काम है। मगर इतना कह सकता हूँ कि अगर इन्द्र का कोई दुश्मन होगा तो शायद वह जात्रा-दल में ही होगा। वह यूँ ही ज्यादा लोगों से मिलता-जुलता नहीं था, साथ ही वह पूरी तरह से निर्विवादी व्यक्ति था। कहा न, वह काम के अलावा और कुछ नहीं जानता था। काम के बाहर उसे किसी चीज में इंटरेस्ट नहीं था।"

"पुलिस तो घर के सभी लोगों से पूछताछ कर चुकी होगी?"

"वह तो करेगी ही। यह तो उनके रुटीन में पड़ता है। लेकिन वे कर चुके हैं—इसलिए आप नहीं कर पाएँगे ऐसी बात नहीं है। हाँ, इस वक्त आप मेरे बेटों से नहीं मिल पाएँगे, उनसे शाम होने पर ही भेंट हो पाएगी। प्रद्युम्न इस वक्त घर में है, आप अगर उससे कुछ पूछना चाहें तो पूछ सकते हैं। नौकर-चाकर भी घर में हैं। मेरी एक बहू भी यहाँ है, हरिनारायण की पत्नी। बड़ा बेटा देवनारायण विधुर है। हरिनारायण की एक लड़की लीना है। वह बड़ी चतुर है। इन्द्र से उसे खूब प्यार था। हाँ, अब आप बताइए आपकी फीस कितनी है?"

"मैं एक हजार पेशगी लेता हूँ। इसके बाद जाँच ठीक तरह से पूरी होने पर एक हजार और लेता हूँ।"

"रहस्य का समाधान न कर पाने पर क्या पेशगी लौटा देते हैं?"

"जी नहीं, ऐसा नहीं होता।"

"वेरीगुड! मैं आपको हजार रुपये का चेक भिजवा देता हूँ। एक निवेदन है—मैं किसी दिन अचानक इस दुनिया से विदा ले सकता हूँ—एक तो डायबिटीज़, ऊपर से एक बार दिल का दौरा भी पड़ चुका है—मैं बस जाने से पहले इन्द्र के हत्यारे को सजा होते देख जाना चाहता हूँ।"

"सिर्फ एक सवाल करना बाकी है।"

"पूछिए।"

"क्या हुकुमचन्द नाम के आपके कोई दोस्त हैं?"

"हुक्म सिंह नाम के एक व्यक्ति को जानता था, मगर वह काफी पहले की बात है।"

"थैंक यू!"

फेलूदा ने प्रद्युम्न बाबू से पहले बयान लेना ठीक समझा। कीर्तिनारायण बाबू के उठकर जाते ही प्रद्युम्न बाबू कमरे में चले आए। उन्होंने आते ही कहा, "दारोगा साहब एकबार आपसे मिलना चाहते हैं।"

"कौन, मिस्टर पोद्दार?"

"हाँ, वे नीचे बैठे हैं।"

हम तीनों नीचे गए। लालमोहन बाबू अभी तक चुपचाप बैठे थे, मगर मैं समझ गया था कि वे सारी बातें गौर से सुन रहे थे। विभिन्न प्रकार के व्यक्ति किस तरह से बातें करते हैं, इस तरफ लेखक को नजर रखनी पड़ती है, अन्यथा कहानी में अच्छे संवाद लिखे नहीं जा सकते। इसके अलावा कुछ दिन पहले ही लालमोहन बाबू ने एक दिन मेरे यहाँ गप्पें लड़ाते हुए कहा था, "सुनो भैया तपेश, तुम्हारे बड़े भाई साहब को जाँच के मामले में हमें जितना सहयोग करना चाहिए, नहीं कर पाते। इस बार से हम लोग भी आँख-कान खुले रखेंगे। सिर्फ दर्शक के रूप में साथ रहने का कोई मतलब नहीं होता, खासकर मेरा, जो कि खुद ही एक जासूसी लेखक है।"

मणिलाल पोद्दार ने फेलूदा को देखकर मुस्कराते हुए कहा, "देख रहा हूँ सूँघते हुए ठीक पहुँच गए हैं।"

फेलूदा ने कहा, "मैं तो सोच रहा था कि यहाँ आने पर पता चलेगा कि आप केस निपटा चुके हैं।"

"मामला तो एक प्रकार से साफ ही है," मणिलाल बाबू ने कहा, "जात्रा पार्टियों में प्रतिद्वन्द्विता चल रही है। विन्टिम भारत ऑपेरा के विशेष स्ताभ हैं, जिनके दम पर कहा जाए, नाटक चलता था। दूसरे दलवाले उन्हें

वहाँ से हटाने की कोशिश कर रहे थे। जब सफल नहीं हो पाए, तब उनकी हत्या करके भारत ऑपेरा को लँगड़ा बना दिया है। हालाँकि चोरी का भी उद्देश्य हो सकता है क्योंकि कमरे में कुछ कागजात भी उलटे-पुलटे गए हैं। शायद वे लोग उनका लिखा कोई नया नाटक ढूँढ़ रहे थे।"

"आपने भारत ऑपेरा के मालिक से पूछताछ की है?"

"सिर्फ भारत ऑपेरा क्यों? हत्या की रात को राइवल कम्पनी वीणापाणि ऑपेरा के मैनेजर विक्टिम से मिलने आए थे। उनका नाम अश्विनी भड़ है। उन्होंने काफी प्रलोभन दिखाया था। बीस हजार रुपये महीने ऑफर कर रहे थे। मगर इन्द्रनारायण ने कोई कमिट नहीं किया था। स्वाभाविक था भारत ऑपेरा से उनकी एक लॉयेलिटी थी। अश्विनी भड़ पौने ग्यारह बजे चले गए थे। हत्या रात बारह से साढ़े बारह के बीच हुई। घर के पिछवाड़े का दरवाजा खुला हुआ था। नौकरों का कहना है, इन्द्रनारायण उस वक्त काम कर रहे थे और बीच-बीच में वायलिन बजा रहे थे। शायद गाना लिख रहे थे। उसी समय मर्डर हुआ था। किसी ने पीछे से किसी भारी भोथरी चीज से उनके सिर पर वार किया था। मौत तुरन्त हो गई थी। इन्द्रनारायण मेज पर झुककर काम कर रहे थे, उन्हें मारने का यही बढ़िया मौका था।"

"वह हथियार मिला?"

"नहीं। जिस तरफ इन्द्रनारायण रहते थे, उधर सन्नाटा रहता है। पहली मंजिल का कमरा। नौकर-चाकर खाना-वाना खाकर अड्डेबाजी करने निकले थे। घर का खास नौकर सन्तोष पियक्कड़ है। वह भोजन के बाद शराब पीने जाता है। देर रात को लौटकर वह पिछला दरवाजा बन्द करता है। सदर दरवाजा हमेशा बन्द रहता है। बाहर दरबान भी खड़ा रहता है। रात बारह के बाद अगर कोई पीछे के दरवाजे से घुसे, तो किसी को पता नहीं चलनेवाला। क्योंकि घर के पीछे एक गली है—जदु नस्कर लेन।"

"अगर मैं एक बार इन्द्रनारायण के सोने और उनके काम करने का

कमरा देखूँ तो आप लोगों को कोई एतराज तो नहीं होगा?"

"बिलकुल नहीं। यू आर मोस्ट वेलकम। मगर मैंने आपको जिस तरह इन्फॉरमेशन दिया, उसी तरह आपकी ओर से भी मिलती रहे तो दोनों पक्षों के लिए सुविधा हो जाएगी—समझ तो रहे ही होंगे आप, हें हें हें।"

(4)

मणिलाल बाबू से बात करके हम लोग प्रद्युम्न बाबू के साथ इन्द्रनारायण आचार्य के कमरे में गए। वह कमरा पहले तल्ले के उत्तर-पश्चिम कोने पर था। मकान का आगे का हिस्सा उत्तर की ओर पड़ता था। बीच में नाट मन्दिर और उसके तीन तरफ बरामदा और कतार में बने कमरे थे। घर का पिछला दरवाजा दक्षिण-पश्चिम की ओर खुलता था, पश्चिम के बरामदे के आखिरी छोर पर। इसका मतलब कोई दरवाजे से घुसे तो बरामदा पार करते ही उसे इन्द्रनारायण बाबू का सोनेवाला कमरा नजर आएगा। इसके बाद उत्तर के बरामदे से दस कदम आगे जाने पर दाहिने उसे इन्द्रनारायण बाबू के पढ़ने-लिखनेवाला कमरा मिलेगा। अर्थात बाहर से किसी का आकर खून कर जाना बहुत आसान बात थी।

सोनेवाले कमरे में एक पलंग, एक अलमारी, दो आले और कुछ ट्रैक सूट के अलावा खास सामान नहीं था। इसके बाद हम लोग उनके लिखने-पढ़नेवाले कमरे में पहुँचे।

यहाँ पर दो बड़े-बड़े ताख कागज-पत्र, कॉपी आदि से भरे हुए थे। समझ गया, इनमें नाटक और गीतों की पांडुलिपियाँ होंगी। सत्रह सालों से जो कुछ लिखा था, सभी शायद उन ताखों में ही रखे थे। बरामदे की ओर जो दरवाजा था, उसके ठीक दाईं ओर एक मेज-कुर्सी थी। स्पष्ट था खून वहीं हुआ था। मेज पर फाउंटेन पेन, डॉट पेन, गोंदिल, पेपरवेट, स्याही, टेबल लैम्प वगैरह रखे थे। एक और चीज थी—वायलिन रखने का डिब्बा।

फेलूदा ने कहा, "एक बार 'आम-आँटीर भेंपू' का चेहरा देखा जाए।"

बक्स खोलकर वायलिन को देखकर समझ गया, इन्द्रनारायण बाबू उसे बहुत यत्न से रखते थे। सौ साल पुरानी वायलिन अभी भी नई जैसी लगती थी।

फेलूदा ने ढक्कन बन्द कर दिया।

इसके अलावा उस कमरे में एक तरफ सोफा, एक कुर्सी और सफेद पत्थर की एक छोटी तिपाई रखी थी। दीवार की तसवीरों में मढ़े हुए दो सम्मान-पत्र भी थे, जो इन्द्रनारायण बाबू को मिले थे। एक विदेशी लैंडस्केप और एक रामकृष्ण परमहंस की तसवीर भी लगी थी।

कमरा देख लेने के बाद सोफे और कुर्सी पर हम चार लोग शेयर करके बैठ गए। प्रद्युम्न बाबू इस बीच मट्ठे के शर्बत के लिए कह आए थे। उसे अब नौकर लाकर संगमरमर की मेज पर रख गया था। शर्बत पीते-पीते आपस में बातें होने लगीं।

"आपका कमरा कहाँ है?" फेलूदा ने प्रद्युम्न बाबू से पूछा।

"इस कमरे के उल्टी ओर कुछ तिरछे," प्रद्युम्न बाबू ने कहा, "अर्थात दक्षिण-पश्चिम कोने में। एकदम कोने का कमरा लाइब्रेरी है और मेरा उसके बगल में है।"

"आप रात में सोते कब हैं?"

"रात हो जाती है। कभी-कभी तो एक-डेढ़ बज जाता है। मेरा काम अर्थात कन्दर्पनारायण के सम्बन्ध में तथ्य संग्रह का काम, अमूमन मैं रात को ही करता हूँ। शुरुआत में मैं कीर्तिनारायण के इंटरव्यू के सिलसिले में यहाँ आया था। उन्होंने बाईस साल की उम्र तक अपने दादाजी को देखा था। उनके पास से सारे तथ्य एकत्र करने के बाद मैंने चिट्ठियाँ, दस्तावेज, डायरी आदि की स्टडी शुरू की।"

"उस दिन जब खून हुआ था उस वक्त आप जगे हुए थे?"

"हाँ। मगर नाट मन्दिर इतना बड़ा है कि मेरे कमरे से वह कमरा नजर

नहीं आता, न वहाँ का कोई शब्द सुनाई पड़ता है।"

"वीणापाणि ऑपेरा से कोई इन्द्रनारायण बाबू के पास आया था, यह खबर कैसे पता चली?"

"इसे सन्तोष बेयरा ने बताया था। अश्विनी भड़ ने जो स्लिप भेजी थी, वह भी मेज पर पड़ी मिली थी। वे सज्जन कब गए थे, इसकी खबर भी बेयरे ने ही दी थी।"

"आपको वायलिन बजाने की आवाज सुनाई नहीं दी थी?"

"एक-आध बार जरूर सुनाई दी थी मगर उसे तो प्राय: रोज ही सुनता था इसलिए खासकर उस दिन मैंने सुना था या नहीं, अब कहना मुश्किल है।"

"कन्दर्पनारायण क्या नियमित डायरी लिखते थे?"

"बाद में लिखना बन्द कर दिया था, लेकिन पचीस साल की उम्र से चालीस साल तक नियमित लिखते रहे थे।"

"इसका मतलब विलायत भ्रमण की डायरी भी होगी।"

"जरूर है, और वह एक विचित्र चीज है। कितने लार्ड, ड्यूक और बैरन के साथ उन्होंने खाना-पीना किया था, इसके बारे में जानकर चकित रह जाना पड़ता है। कन्दर्पनारायण लन्दन से फ्रांस गए थे। वहाँ पेरिस में कुछ दिन बिताकर वे भूमध्यसागर के तट पर स्थित दक्षिण फ्रांस के रिवियेरा में चले गए थे। आपको पता होगा कि उस क्षेत्र के कई शहरों के कैसिनो जुआरियों के तीर्थस्थल जैसे हैं। कन्दर्पनारायण माण्टेकार्लो के कैसिनो के रुलेट से लाखों रुपये जीते थे। बहुत कम बंगाली उस युग में विदेशों में जाकर ऐसी ख्याति अर्जित कर पाते थे।"

"आचार्य परिवार की जमींदारी कहाँ पर थी?"

"पूर्वी बंगाल के कान्तिपुर में। काफी बड़ी जमींदारी थी।"

फेलूदा ने एक चारमीनार सुलगाई। दो कश लगाकर फिर बोले, "सबसे पहले लाश को किसने देखा?"

"सन्तोष बेयरा ने ही। वह करीब पौने एक बजे वापस लौटा था। इसके बाद इन्द्रनारायण बाबू के कमरे में बत्ती जलती देख उधर जब झाँकने आया तब उसे यह दृश्य नजर आया। उसने तुरन्त मुझे खबर दी। इसके बाद मैंने दोमंजिले पर जाकर औरों को इससे अवगत कराया।"

"पुलिस को खबर देने के लिए किसने कहा था?"

"देवनारायण बाबू ने। बड़े मालिक ने मना किया था मगर देवनारायण बाबू ने अपने पिता की बातों पर ध्यान नहीं दिया।"

"आपके साथ इन्द्रनारायण बाबू का सम्पर्क कैसा था?"

"बहुत अच्छा। मैंने उनसे भी कुछ सवाल पूछे थे। खासकर उनकी वायलिन के बारे में। उन्होंने कहा था, यह यंत्र बहुत बढ़िया है और इसकी आवाज भी बहुत मीठी है। करीब सत्तर साल तक वह बिना बजाए पड़ी हुई थी मगर इन्द्रनारायण बाबू ने उसे जब फिर से बजाना शुरू किया तो उसकी मीठी आवाज गूँजने में वक्त नहीं लगा।"

"इन्द्रनारायण बाबू के बारे में आपकी राय क्या थी?"

"अपने काम के पीछे दीवाने रहते थे। घर में जितनी देर रहते अपने काम में ही डूबे रहते। लाइब्रेरी से बीच-बीच में किताब लेने आते थे। खासकर ऐतिहासिक नाटक लिखते समय पुस्तकें देखने की जरूरत पड़ती ही थी। कन्दर्पनारायण के बेटे और कीर्तिनारायण के पिता, दर्पनारायण इतिहास में एम. ए. थे, इसलिए लाइब्रेरी में इतिहास की बहुत अच्छी-अच्छी किताबें थीं।"

"इस बार बाकी दोनों भाइयों के सम्बन्ध में कुछ जानना चाहता हूँ।"

"जी, कहिए।"

"सबसे बड़े तो देवनारायण हैं, इसके बाद हरिनारायण, उसके बाद इन्द्रनारायण।"

"जी।"

"इन्द्रनारायण ने तो शादी ही नहीं की और देवनारायण सुना, विधुर थे।"

"जी। करीब सात साल पहले उनकी पत्नी की मौत हो गई थी।"

"उनके बाल-बच्चे नहीं हैं?"

"एक लड़की है, उसकी शादी हो गई है। पति पूना में काम करता है। लड़का अमेरिका में इंजीनियरिंग पढ़ रहा है।"

"आपकी राय में देवनारायण कैसे व्यक्ति हैं?"

"वे अपने मनोभावों को प्रकट नहीं करते। गम्भीर प्रकृति के व्यक्ति हैं।"

"वे कहाँ नौकरी करते हैं?"

"वे स्टॉकवेल टी कम्पनी में किसी बड़ी पोस्ट पर हैं।"

"दफ्तर से घर कब लौटते हैं?"

"रात साढ़े नौ बज ही जाते हैं क्योंकि वे ऑफिस से क्लब चले जाते हैं। शाम वहीं बिताते हैं।"

"अपने भाई की मौत पर क्या वे काफी दु:खी लगे थे?"

"तीनों भाइयों के आपसी रिश्ते बहुत मधुर नहीं थे। खासकर इन्द्रनारायण के जात्रा में काम करने की बात पर, मेरी धारणा है कि उनके दोनों भाई उन्हें अपने से हेय समझते थे।"

"मगर कीर्तिनारायण तो अपने छोटे बेटे से काफी प्यार करते थे।"

"सिर्फ प्यार ही नहीं करते थे, तीनों बेटों में सबसे छोटे बेटे को ज्यादा मानते थे। इस विषय में मुझे कोई सन्देह नहीं क्योंकि कई बार बातों के बीच में उनका पक्षपात साफ झलकता था।"

"कीर्तिनारायण ने क्या कोई वसीयत की थी?"

"मुझे तो लगता है जरूर की थी।"

"उस वसीयत में भी पक्षपात जरूर हुआ होगा।"

"क्यों नहीं हो सकता।"

फेलूदा ने एक चारमीनार सुलगा ली। लालमोहन बाबू अपनी छोटी लाल रंग की कॉपी निकालकर पता नहीं क्या दर्ज करते जा रहे थे। शायद भविष्य की किसी कहानी का प्लॉट उनके दिमाग में आया होगा।

"अब दूसरे भाई के बारे में कुछ जानने की जरूरत है।"

"क्या जानना चाहते हैं, कहिए।" प्रद्युम्न बाबू बोले।

"वे तो चार्टर्ड एकाउंटेंट हैं न?"

"हाँ! स्किनर एंड हार्डविक कम्पनी में हैं।"

"कैसे व्यक्ति हैं?"

"उनकी तो फैमिली है, लिहाजा वहीं उनका अपने बड़े भाई के साथ एक फर्क है। वे कुछ मौज-मस्तीवाले आदमी हैं, विदेशी गीत-संगीत के बड़े प्रेमी हैं।"

"रेकॉर्ड और कैसेट सुनते हैं?"

"हाँ, मगर रविवार को। बाकी दिन शाम को वे भी क्लब जाते हैं, साढ़े नौ-दस बजे तक लौटते हैं।"

"किस क्लब में जाते हैं?"

"सैटरडे क्लब में।"

"बड़े भाई भी क्या उसी क्लब के मेम्बर हैं?"

"नहीं, वे बंगाल क्लब में जाते हैं।"

"हरिनारायण की तो एक लड़की है।"

"हाँ, लीना। बुद्धिमती है। अभी चौदह साल की है। पियानो सीख रही है। कैलकटा गर्ल्स स्कूल में पढ़ती है। चाचा की मौत से उस बेचारी को बहुत धक्का लगा है। वह अपने चाचा से बहुत हिली हुई थी।"

"और हरिनारायण बाबू? उन्हें धक्का नहीं लगा था?"

"बड़े दो भाइयों में से कोई भी छोटे भाई को ज्यादा महत्त्व नहीं देता था।"

"यह भी हो सकता है कि इन्द्रनारायण को जात्रा से इतना कमाते देखकर उनके दिलों में साँप लोट जाता रहा हो।"

"ऐसा भी हो सकता है।"

"मुझे इन दोनों भाइयों से भी मिलना पड़ेगा। मुझे लगता है शनिवार

या रविवार को ही यह काम करना ठीक रहेगा। क्यों?"

"आप शनिवार की सुबह आ जाइए। दोनों भाई घर में मिल जाएँगे।"

"आप तो कन्दर्पनारायण की जीवनी पर काम कर रहे हैं, इसे कब से शुरू किया?"

"करीब छह महीने हुए।"

"अचानक ऐसा विचार कैसे आया?"

"मैं उन्नीसवीं सदी पर एक उपन्यास लिखने के इरादे से नेशनल लाइब्रेरी में जाकर लिख-पढ़ रहा था। उसी दौरान कन्दर्पनारायण के बारे में पता चला। खोज-खबर लेने पर पता चला कि उनके वंशज अभी भी बोसपोखर में रहते हैं। मैंने सीधे जाकर कीर्तिनारायण से भेंट की। कीर्तिनारायण ने कहा, तुम मेरे यहाँ रहकर रिसर्च कर सकते हो मगर इसके साथ तुम्हें मेरा भी कुछ काम करना होगा। उसके लिए मैं तुम्हें थोड़ा पारिश्रमिक भी दूँगा, मैं तब अखबार का काम छोड़कर यहाँ चला आया। यहाँ काफी कमरे खाली पड़े हुए हैं। उन्हीं में से एक कमरा मुझे एक तल्ले में कीर्तिनारायण ने दे दिया। विगत छः महीने से मैं इस घर के सभी लोगों से हिल-मिल गया हूँ। मेरा कारोबार अवश्य, सिर्फ कीर्तिनारायण पर ही केन्द्रित है, मगर दूसरों ने भी इस बारे में कोई आपत्ति की हो, ऐसा मुझे नहीं लगा।"

"बहुत अच्छे!"

फेलूदा ने अपने पर्स से कागज का एक सफेद टुकड़ा बाहर निकाला।

"यह शायद उस दिन आपकी जेब से गिर गया था—आपने जब पसीना पोंछने के लिए रूमाल बाहर निकाला था। यह जन्मदिन के लिए केक का ऑर्डर है या टेलीग्राम है?"

फेलूदा ने 'हैपी बर्थ डे हुकुम चन्द' लिखा कागज प्रद्युम्न बाबू को दे दिया। प्रद्युम्न बाबू ने भौंहें सिकोड़कर कहा, "ऐसा तो कोई कागज मेरी जेब में नहीं था। और इन हुकुम चन्द नाम के किसी सज्जन को मैं नहीं जानता।"

"आप उस दिन मेरे यहाँ कैसे आए थे?"

"बस से।"

"बस में भीड़ थी? शायद किसी ने आपकी जेब में डाल दिया हो।"

"सम्भव है। मगर इसका तो कोई मतलब मेरी समझ में नहीं आ रहा है।"

"यह अगर आपका न हो तो इसे मेरे पास रहने दीजिए।"

फेलूदा ने उस कागज को फिर से पर्स में डाल दिया। यह कागज किसी रहस्य का अंग था, इसमें कोई सन्देह नहीं था।

(5)

हम लोग बोसपोखर बृहस्पतिवार को गए थे। शनिवार को फिर वहाँ जाना था, लिहाजा शुक्रवार को हम खाली थे। उस मौके को देखते हुए लालमोहन बाबू हमारे घर में हाजिर हो गए। असल में एक जाँच जब शुरू हो जाती है तब नियम मानना मुश्किल होता है।

लालमोहन बाबू आकर सोफा पर धप से बैठते हुए बोले, "आपका उद्देश्य सिर्फ बोसपोखर जाने से नहीं पूरा होगा, जात्रा पार्टियों के यहाँ भी एक बार जाने की जरूरत है।"

"यह भी भला कहने की बात है," फेलूदा ने कहा, "मृत व्यक्ति का पूरा जीवन ही जात्रा को समर्पित था। आप जब आ ही गए हैं तब घर में बैठकर बातों में वक्त न बरबाद करके, एक बार चलिए मुहम्मद शफी लेन घूम आएँ।"

"इसके बाद वीणापाणि ऑपेरा के मैनेजर ईशानबाबू या ऐसा ही कुछ—"

"अश्विनी बाबू।"

"हाँ, अश्विनी बाबू से पूछताछ कर आएँ! ठीक है न?"

"बिलकुल। तोपसे, जरा डायरेक्टरी में देख तो, वीणापाणि ऑपेरा का पता क्या है?"

डायरेक्टरी देखने पर पता चला वीणापाणि ऑपेरा का दफ्तर सुरेश मल्लिक स्ट्रीट में था। लालमोहन बाबू ने कहा कि वह रास्ता उनका देखा हुआ था। वहाँ की किसी व्यायामशाला में वे अपने शिक्षार्थी जीवन में प्राय: जाया करते थे।

"कहते क्या हैं?" फेलूदा ने चकित होकर पूछा।

"यकीन मानिए, दंड-बैठकी, बारबेल, चेस्ट एक्सपेंडर कुछ भी नहीं छोड़ा। बॉडी का डेवलपमेंट भी बढ़िया हुआ था। मेरी हाइट बयालीस इंच और छाती की चौड़ाई भी बुरी नहीं थी।"

"तो वे मांसपेशियाँ कहाँ चली गईं?"

"अरे भाई! लेखक बन जाने के बाद शरीर में मसल्स कहाँ रह जाते हैं। तब सारे मसल्स ब्रेन में जाकर इकट्ठा हो जाते हैं। मगर भोर में नियमित दो मील पैदल चलने की आदत अभी भी बनी हुई है। इसीलिए तो आपके साथ ताल मिलाकर चल पाता हूँ।"

चाय पीने के बाद हम लोग निकल पड़े। लालमोहन बाबू के ड्राइवर हरिपद बाबू में बड़ा उत्साह था। उन्होंने इस हत्या के बारे में अखबार में पढ़ा था, इसके अलावा भारत ऑपेरा के काफी जात्रा उन्होंने देखे थे। हम लोग उस हत्या की जाँच कर रहे थे, यह पता चलने पर उन्होंने कहा, "इन्द्र आचार्जी ने अकेले भारत ऑपेरा को बुलन्दी पर पहुँचा दिया था। उनके हत्यारे को कठघरे में खड़ा कर पाने से वाकई एक काम जैसा काम होगा।"

शुक्रवार को काफी ट्रैफिक था इसलिए भारत ऑपेरा के दफ्तर पहुँचने में करीब पैंतालीस मिनट लग गए। नम्बर मैंने डायरेक्टरी में देख लिया था, इसके अलावा दरवाजे पर साइन बोर्ड में कम्पनी का नाम भी लिखा था।

दरवाजे से अन्दर जाने के बाद हमें मेज-कुर्सी पर एक काले रंग के प्रौढ़ व्यक्ति बैठे हुए नजर आए। उन्होंने पूछा, "किससे मिलना है?"

फेलूदा ने अपना विजिटिंग कार्ड बाहर निकालकर उन्हें थमाया जिसे

देखकर उनकी आलस्य-भरी नजरें चौकन्नी हो गईं। उन्होंने पूछा, "आप लोग क्या शरत बाबू से मिलना चाहते हैं—यहाँ के प्रोपराइटर से?"

"जी हाँ," फेलूदा ने कहा।

"जरा बैठिए।"

कमरे में एक बेंच और एक अतिरिक्त कुर्सी रखी थी। हम लोग उस पर बैठ गए। वे सज्जन पीछे के दरवाजे से अन्दर चले गए। लालमोहन बाबू ने कहा, "इस कम्पनी का इतना नाम है, यह इस कमरे को देखकर नहीं लगता।" जल्दी ही वे सज्जन लौटकर बोले, "आइए हमारे साथ। शरत बाबू ऊपर के कमरे में बैठते हैं।"

एक पतली सीढ़ी से ऊपर जाते समय हारमोनियम की आवाज सुनाई पड़ी। रिहर्सल चल रहा है क्या? खूँटा भले ही उखड़ गया हो पर कम्पनी को तो चलाए रखना था।

प्रोपराइटर शरत भट्टाचार्जी के दफ्तर को देखकर धारणा बदल गई। वह कमरा बहुत बड़ा था, सामने बड़ी-सी मेज थी, चारों तरफ मजबूत कुर्सियाँ थीं; दीवार पर एक बारहमासा कैलेंडर था, वहाँ अभिनेताओं की फ्रेम की गई तसवीरें भी लगी थीं, दो अलमारियों में मोटी-मोटी बहियों के अलावा एक गोदरेज की अलमारी भी थी; सिर पर एक पंखा जोर से घूम रहा था।

मेज के दूसरी तरफ जो सज्जन बैठे थे, जरूर वे ही शरत बाबू रहे होंगे। उनके सिर के बाल गायब थे, कान के पास के बाल सफेद हो गए थे, उनकी भौंहें काली और घनी थीं, चेहरे की त्वचा अभी तनी हुई थी। उन्हें देखकर उनकी उम्र के बारे में कुछ कहा नहीं जा सकता था, बस अन्दाज लगाया जा सकता था कि वे पचपन से पैंसठ के बीच रहे होंगे।

"आप ही प्रदोष मित्तिर हैं?" फेलूदा की ओर देखकर सज्जन ने पूछा।

"और ये हैं मेरे दोस्त रहस्य-रोमांच उपन्यासों के लेखक लालमोहन गांगुली।" फेलूदा ने कहा।

"अरे बाप रे, आप तो स्वनामधन्य व्यक्ति हैं महाशय! मेरे घर में आपके काफी प्रशंसक हैं।"

लालमोहन बाबू ने दो-चार बार हें-हें किया, इसके बाद उक्त सज्जन के कहने पर हम लोग कुर्सियों पर बैठ गए। फेलूदा ने ही बात शुरू थी—

"इन्द्रनारायण बाबू के पिता जी ने मुझे अपने बेटे की हत्या की जाँच करने के लिए नियुक्त किया है। हम उसी के लिए आए हैं।"

शरत बाबू ने सिर हिलाकर कहा, "मैं क्या कह सकता हूँ कहिए, सिर्फ इतना ही जानता हूँ कि उसके न रहने पर हम बरबाद हो गए हैं। कोई नाटक लिखने वाला भले ही मिल जाए पर वैसे गीत लिखनेवाला कहाँ मिलेगा, कोई लिख भी नहीं सकता। आहा—'आसमान में मुस्कराता है चन्दा, क्यों अनमने हो तुम', क्या गीत है। सिर्फ गाना सुनने के लिए ही लोग बार-बार जात्रा देखने आते थे।"

"हमें पता चला है दूसरी कम्पनियों से उन्हें लालच दिया जा रहा था।"

"वह तो था ही। मगर लालच से कोई लाभ नहीं हुआ। मेरे साथ उसका सम्बन्ध इतना घनिष्ठ था कि मुझे छोड़कर जाने की वह सोच भी नहीं सकता था। जब वह पहली बार यहाँ आया था तब उसकी उम्र पच्चीस साल की थी। मैंने ही उसे पहला मौका दिया था, इसे वह कभी भूला नहीं। मगर उसकी हत्या हो जाने से मैं लँगड़ा हो गया हूँ।"

शरत बाबू ने धोती के छोर से अपनी आँखें पोंछीं। फिर कहना शुरू किया— "एक बार पहले भी गली में किसी ने उसके सिर पर मारने की कोशिश की थी। हालाँकि वह खून की कोशिश थी या उसके साथ इस खून का कोई सम्बन्ध था कि नहीं, यह कहना मुश्किल है। इस गली में गुंडे-बदमाशों की कमी नहीं है। उस दिन वे दोनों वक्त पर न पहुँचे होते तो मुझे यकीन है, उसका मनीबैग गायब हो चुका होता। ऐसा हो नहीं पाया था। मगर इस बार उसकी हत्या से सिर्फ वही नहीं मरा, मैं भी मर गया। आप जाँच करना चाहते हैं तो वीणापाणि ऑपेरा में कीजिए। मुझे इससे

ज्यादा कुछ कहना नहीं है।"

हमारे लिए चाय आई थी जिसे पीने के बाद हम उठ गए। इसके बाद हम सुरेश मल्लिक स्ट्रीट की ओर रवाना हुए।

रामहर्स्ट स्ट्रीट से होकर उत्तर की ओर जाते हुए बाईं ओर के मोड़ के बाद आगे दाहिनी ओर मुड़ने पर सुरेश मल्लिक स्ट्रीट आती थी। वहाँ जाकर चौदह नम्बर वीणापाणि का दफ्तर ढूँढ़ निकालने में दिक्कत नहीं हुई।

वहाँ पर पहुँचते ही जोर-जोर से संवाद बोलने की आवाज सुनकर मैं समझ गया कि वहाँ पर पूरे दम से रिहर्सल चल रहा था। मैनेजर अश्विनी बाबू से मिलने में वक्त नहीं लगा। वे देखने में थोड़े बदमिजाज लगे; टूथ ब्रश मार्का मूँछें, उम्र यही कोई पचास साल की रही होगी। बाहर के एक कमरे में हमें बिठाया गया। मैनेजर ने आकर जैसे ही फेलूदा का कार्ड देखा, वे बुरी तरह बिफर उठे।

"क्या आप बोसपोखर के खून के मामले में आए हैं?"

फेलूदा ने कहा, "जी हाँ, मुझे जाँच करने का काम सौंपा गया है। आपने हत्या की रात इन्द्रनारायण बाबू से भेंट की थी, इसीलिए आपसे दो-चार बातें पूछने आया हूँ।"

"पुलिस तो एक बार जिरह कर गई है, फिर आप क्यों? खैर, जो भी हो, मैं बता देता हूँ कि उनकी हत्या के विषय में मैं कुछ नहीं जानता। मैं अपनी ऑपेरा की ओर से उनके पास एक ऑफर लेकर गया था। उसके पहले भी कई बार जा चुका था। उन्हें करीब-करीब सहमत भी कर लिया था क्योंकि भारत ऑपेरा से उन्हें जो मिलता था उससे हम काफी ज्यादा देने की बात कर रहे थे। चूँकि हम लोग इस दृष्टि से समर्थ हैं इसलिए ऐसा करते हैं, लिहाजा ऐसी हालत में हम चाह रहे थे कि वे हमारी कम्पनी में आ जाएँ। अगर वे मर ही गए तो हमारा फायदा कहाँ से?"

"दूसरी कम्पनी का नुकसान भी तो आपका लाभ है।"

"नहीं, ऐसी ओछी बातों में हम लोग नहीं पड़ते। हम लोग विभिन्न कम्पनियों से आर्टिस्ट तोड़ने का काम हर समय करते हैं लेकिन उसमें सफल न हो पाएँ तो क्या हम लोग आर्टिस्ट की हत्या करके उस कम्पनी को नुकसान पहुँचाएँगे?"

"आप कह रहे थे कि वे लगभग सहमत हो गए थे, क्या इस बात का कोई प्रमाण है?"

"शुरू में जब पत्र लिखकर ऑफर दिया था तब उनका एक पोस्टकार्ड पर जवाब आया था। आप चाहें तो दिखा सकता हूँ।"

फेलूदा के कहने पर उन्होंने अपनी फाइल से पोस्टकार्ड निकालकर दिखाया। उसमें देखा, इन्द्रनारायण बाबू ने सचमुच लिखा था—'आपके प्रस्ताव पर मैं विचार करूँगा। आप कृपा करके महीने भर बाद मुझसे पुनः सम्पर्क कीजिएगा।' अर्थात इन्द्रनारायण बाबू ने वीणापाणि ऑपेरा के प्रस्ताव को पूरी तरह खारिज नहीं किया था। उनके मन में एक दुविधा पैदा हो गई थी।

फेलूदा ने कहा, "उस दिन रात को आप दोनों के बीच किसी बात पर कोई बहस हुई थी?"

"मैं उन्हें तरह-तरह से समझाने की कोशिश कर रहा था, उसमें हो सकता है मेरे गले की आवाज तेज हो गई हो। मगर इन्द्रनारायण बाबू ठंडे दिमाग के व्यक्ति थे। उसी कारण उनका काम इतना अच्छा होता था। उन्होंने कहा, 'भारत ऑपेरा के साथ इतना पुराना सम्बन्ध है, उसे खत्म करना इतना आसान नहीं है। फिर भी कह रहा हूँ सम्भव हो तो मुझे कुछ और समय दीजिए। मैं भारत ऑपेरा के लिए एक नया नाटक लिख रहा हूँ। उसे उन्हें देने का वादा कर चुका हूँ, उस जबान से मैं मुकर नहीं सकता। इस साल के अन्त में मैं खुद ही आप लोगों से सम्पर्क करूँगा।' यही उनकी आखिरी बातें थीं। इसके बाद मैं वहाँ से चला आया। उस वक्त पौने ग्यारह का वक्त था।"

"मामला पेचीदा होता जा रहा है।" चौरंगी के एक रेस्टोरेंट में बैठकर कॉफी पीते हुए फेलूदा ने कहा।

"वीणापाणि ऑपेरा ने गुंडों के जरिये हत्या करवाई है, अब ऐसा नहीं लग रहा है। ठीक है न?" लालमोहन बाबू ने कहा।

"हाँ, ठीक है," फेलूदा बोले, "मगर प्रश्न है शत्रुहीन इस व्यक्ति पर किसका इतना आक्रोश था? किराये के गुंडे ने ही अगर हत्या की हो तो फेलू मित्तिर के लिए कुछ करने को नहीं है। वहाँ पर पोद्दार बाबू बाजी मार ले जाएँगे।"

"मगर अश्विनी बाबू की बात सुनकर—"

"अश्विनी बाबू सच कह रहे हैं, इसे ही कैसे मान लूँ? हो सकता है उस दिन उनके प्रस्ताव को इन्द्रनारायण ने एकदम ख़ारिज कर दिया हो, यह भी तो हो सकता है। कोई गवाह है?"

"अच्छा, अगर घर के किसी व्यक्ति ने उन्हें मारा हो?"

"इसकी सम्भावना टाली नहीं जा सकती। कीर्तिनारायण अपने छोटे-बेटे को सबसे ज्यादा चाहते थे। अगर उन्होंने अपनी वसीयत में इन्द्रनारायण को ज्यादा हिस्सा दिया हो, तो उससे बड़े भाइयों को लग सकता है कि छोटे भाई को हटाकर अपना हिस्सा कुछ बढ़ाया जा सकता है।"

लालमोहन बाबू ने कहा, "यह बात आपने सोलह आने सच कही है।"

"मगर बात क्या है, जानते हैं? हत्या करना इतना आसान नहीं होता। बहुत जरूरत न हो तो साधारण इनसानों के लिए हत्या करने की हिम्मत करना आसान नहीं होता। पहले उन दोनों भाइयों से थोड़ी जिरह कर लूँ, फिर वैसी कोई सम्भावना दिखेगी तो इस पर सोचा जाएगा।"

फेलूदा के माथे पर बल पड़े देखकर मैंने पूछा कि वे क्या सोच रहे हैं? फेलूदा बोले, "सेकेंड ब्रदर हरिनारायण के बारे में सोच रहा हूँ।"

"क्यों?"

"वह व्यक्ति वेस्टर्न म्यूजिक का बड़ा भक्त है—खासकर क्लासिकल

म्यूजिक का। इस पर कुछ सवाल करना आसान नहीं है क्योंकि मुझे इसका क ख ग भी नहीं आता।"

लालमोहन बाबू बोले, "मेरे पास पाश्चात्य संगीत का एन्साइक्लोपीडिया है—हर वॉल्यूम साढ़े सात सौ पृष्ठों का। आपको जो भी जानना है, उसमें सब मिल जाएगा।"

"आप उस किताब का क्या करते हैं?"

"वह एक सेट के साथ मुझे मिली थी। उसमें हिस्ट्री, ज्योग्राफी, मेडिसिन, साइंस, ऐनिमेशन आदि सब हैं। मैंने भी उस संगीत की किताब को उलट-पुलटकर देखा है। उसमें हेडन, मोजार्ट, विथोवेन—सभी बड़े-बड़े संगीतकारों की जीवनी है।"

"मैंने कभी इन लोगों का संगीत तो नहीं सुना, लेकिन इनके नामों का उच्चारण मुझे पता है, मगर आपको नहीं है।"

"किस तरह?"

"हाइडन, मोत्सार्ट, बेटोफेन—यह है असली उच्चारण।"

"क्या इस वक्त आप मुझे वह किताब दे सकते हैं?"

"क्यों नहीं! आपके लिए कभी भी!"

हम लोगों ने रेस्टोरेंट से बाहर निकलकर गड़पार जाकर लालमोहन बाबू से वह किताब ले ली और उन्हें उनके घर में छोड़कर टैक्सी से वापस लौट आए।

अगले सारे दिन फेलूदा से बात नहीं हो पाई क्योंकि वे कमरा बन्द करके 'एन्साइक्लोपीडिया ऑफ वेस्टर्न म्यूजिक' पढ़ने में डूब गए थे।

(6)

शनिवार सुबह दस बजे बोसपोखर में जाकर पहले जिससे बात हुई वह हरिनारायण की बेटी लीना थी। उसके स्कूल में आज छुट्टी थी। वह कई

दिनों से सुन रही थी कि उसके यहाँ डिटेक्टिव आए हैं। इसलिए वह बड़ी उत्सुक थी। फेलूदा की प्रशंसिका होने के कारण उन्हें उससे बातें करने में और सुविधा हो गई।

"तुम्हारे छोटे काका तुमसे बहुत प्यार करते थे, है न?" फेलूदा ने पूछा।

"सिर्फ प्यार ही नहीं करते थे," लीना ने कहा, "हम दोनों दोस्त भी थे। काका जो कुछ लिखते थे, सबसे पहले मुझे सुनाते थे। अगर मुझे कोई जगह कमजोर लगती थी तो काका उसे बदल देते थे।"

"और गाना?"

"मुझे ही पहले सुनाते थे।"

"तुम्हें संगीत पसन्द है?"

"मैं पियानो सीख रही हूँ।"

"वह तो विलायती बाजा है।"

"हाँ, मगर मुझे रवीन्द्र-संगीत भी अच्छा लगता है, काका के गाने भी अच्छे लगते थे। मैं खुद भी थोड़ा-बहुत गाती रहती हूँ।"

"तुम्हारे काका ने कभी तुमसे भारत ऑपेरा छोड़ देने की चर्चा की थी?"

"वीणापाणि ऑपेरावाले काका को काफी रुपया देने के लिए तैयार थे, मगर मुझे नहीं लगता कि काका कभी भारत ऑपेरा छोड़ते। मुझसे कहते थे, मेरी जड़ें भारत ऑपेरा में हैं। जड़ उखाड़कर किसी दूसरी जगह लगाने से मैं जी नहीं पाऊँगा।"

"तुम्हारे काका एक नया नाटक लिख रहे थे, तुम्हें पता है?"

"सिर्फ एक क्यों? 'सम्राट अशोक' भी खत्म नहीं हुआ है। इसके अलावा काका के चार और नाटक लिखे रखे थे। इसके अलावा उनके पन्द्रह-बीस बढ़िया गीत लिखे रखे थे, जिनका अभी जात्रा में इस्तेमाल नहीं हुआ है। और नाटक की जो भी रूपरेखाएँ लिखी थीं, वह भी आठ-दस तो

होंगी ही—वे सब तो उसी हाल में रह गईं।"

लीना से प्रद्युम्नबाबू के कमरे में बात हो रही थी। बेहद सादा कमरा था, वह पुस्तकालय के ठीक बगल में ही था। प्रद्युम्न बाबू ने कहा कि उनके रिसर्च का काम करीब-करीब पूरा हो गया है। इसके बाद अपने कागजात लेकर वे पुस्तक लिखने के लिए श्रीरामपुर अपने घर में चले जाएँगे। उनका अन्दाज था कि किताब पूरी होने में साल भर तो लग ही जाएगा।

"मगर रहस्य का समाधान न होने तक आपको यहाँ ही रहना पड़ेगा, इसे शायद आप समझ रहे हैं।"

"यह बात पुलिस पहले ही कह चुकी है।"

"आपके चले जाने के बाद कीर्तिनारायण बाबू के सेक्रेटरी का क्या होगा?"

"मैं बदले में एक लड़के को यहाँ रखवा जाऊँगा। एक बार जीवनी लिखने बैठ जाऊँगा, तो फिर किसी और चीज में ध्यान नहीं दे पाऊँगा।"

फेलूदा घूम-घूमकर उस कमरे को देख रहे थे। उस कमरे से बाहर का कितना हिस्सा नजर आता था, इस पर भी गौर कर रहे थे। मैंने देखा, प्रद्युम्न बाबू के सोनेवाले कमरे से इन्द्रनारायण बाबू के पढ़ने-लिखनेवाला कमरा नजर आता था। मगर लाइब्रेरी में से उनके दोनों कमरों में से कोई भी नहीं दिखता था। कमरे की पीछे की खिड़की से बाहर की गली नजर आती थी—जदु नस्कर लेन। बोसपोखर रोड घर के सामने पड़ता था, अर्थात दक्षिण दिशा के बागीचे के बाद।

लीना ने इस बीच अपने पिता हरिनारायण बाबू से जाकर हमारे आने की बात बता दी थी। हम लोग दोमंजिले की दक्षिण दिशा के बरांडे के बगलवाली बैठके में पहुँचे। कमरा काफी सजा-धजा था, उसमें कुछ महँगी पुरानी चीजें भी रखी हुई लगीं। ऐसी ने चीजें जिन्हें लोग क्यूरियो की दुकान से खरीदते हैं। कमरे के एक तरफ एक बड़े ताख में एक हाई-फाई यंत्र

रिकॉर्ड और कैसेट बजाने के लिए, तथा ताख के ऊपर के दोनों तरफ दो स्टीरियो स्पीकर रखे थे।

हरिनारायण बाबू को देखकर स्पष्ट लगता था कि वे लीना के पिता हैं। काफी भद्र चेहरा था। उनका रंग भी घर के अन्य व्यक्तियों की तरह गोरा था; बदन पर चर्बी थोड़ी ज्यादा थी।

उन्होंने फेलूदा और लालमोहन बाबू से कहा, "आप दोनों का नाम मुझे सुना हुआ लग रहा है। अब कहिए, मैं किस तरह आपकी सहायता कर सकता हूँ।"

फेलूदा ने तुरन्त काम की बात नहीं छेड़ी। कहा, "आपके पास तो संगीत का जबर्दस्त कलेक्शन है।"

"हाँ, बीस साल से वेस्टर्न म्यूजिक सुन रहा हूँ। उसी में मन रम गया है, देसी संगीत अब अच्छा नहीं लगता।"

"आपका कोई फेवरिट कम्पोजर है?"

"चाइकोवस्की बहुत अच्छे लगते हैं; सूमान, ब्राम्स, सोपाँ।"

"यानी रोमांटिक युग ही आपको सबसे प्रिय है।"

"हाँ।"

"आपके छोटे भाई के वायलिन प्रेमी होने पर भी शायद पाश्चात्य संगीत के प्रति उनका रुझान नहीं था।"

"नहीं, वह एकदम उलटा था। सुना है, वह काफी टैलेंटेड था, लेकिन जात्रा देखने की मुझे कभी इच्छा ही नहीं हुई। मेरी पत्नी और बेटी ने जरूर कई बार देखा था।"

"इन्द्रनारायण की मृत्यु के बारे में आपकी अपनी कोई थ्योरी है?"

"आपको बताऊँ, वह जिस क्लास के लोगों से मिलता-जुलता था, उन्हें पूरी तरह से भद्र व्यक्ति नहीं कहा जा सकता। जात्रा का माहौल ही अच्छा नहीं होता। पता नहीं उसने कहाँ किससे झगड़ा-झंझट कर रखा होगा। शायद उन्हीं में से किसी ने आकर बदला लिया हो। इसके अलावा और क्या

कहा जा सकता है! जब कमरे से कोई सामान भी चोरी नहीं गया है तब और क्या कारण हो सकता है, मुझे नहीं मालूम। उसके संगी ही उसके काल हुए होंगे। आपको एनक्वायरी करनी हो तो आप उन्हीं जात्रा पार्टियों में जाकर करें, यहाँ कोई बात नहीं बन पाएगी।"

"पुलिस को खबर क्या आपके बड़े भाई ने दी थी?"

"हम दोनों ने ही दी थी। घर में हत्या हो तो यही स्वाभाविक है। झट से क्या कोई प्राइवेट डिटेक्टिव बुला लेता है? पिता जी यही चाहते थे पर वे हमेशा से ही कुछ विचित्र रहे हैं। न जाने कैसे इतने दिनों तक बैरिस्टरी करते रहे।"

"आपके पिता जी शायद आपके छोटे भाई को बहुत चाहते थे।"

"यह भी उनकी ऐसी ही मानसिकता का उदाहरण है। पिता जी परम्परा-प्रियता पसन्द नहीं करते। इस मामले में मेरे पिता जी से मेरे पुरखे कन्दर्पनारायण का बहुत मेल है।"

फेलूदा उठ गए। मैं भी समझ गया कि इन सज्जन से बात करके कोई लाभ नहीं होगा।

बड़े भाई देवनारायण घर की पश्चिम दिशा के बरांडे में बेंत की कुर्सी पर बैठे थे। सामने बेंत की मेज पर कोल्ड बियर रखी थी। हमें अभिवादन जताकर उन्होंने बियर ऑफर की। हम लोगों ने स्वाभाविक रूप से सिर हिलाकर मना कर दिया।

"प्राइवेट डिटेक्टिव इम्प्लाय करने का प्लान क्या पिता जी का है?"

फेलूदा ने हँसकर कहा, "यही लगता है क्योंकि यहाँ किसी अन्य को शौकिया जासूस पर भरोसा नहीं है।"

"यह चीज उपन्यासों में चलती है रीयल लाइफ में नहीं।"

वे सज्जन अपने भावविहीन चेहरे से यह सब कह रहे थे। सच तो यह है कि ऐसा गम्भीर चेहरा कम ही नजर आता है।

देवनारायण बाबू ने कहा, "मेरे भाई के बारे में पूछने आए हैं? इसे

अनुमान करके ही बता रहा हूँ कि इन्द्रनारायण हमारे परिवार का कलंक था। क्लब में अकसर लोग मुझसे उसके बारे में पूछते रहते हैं—उसका जात्रा कैसा चल रहा है, गाने पॉपुलर हो रहे हैं कि नहीं, वह वायलिन कैसी बजाता है, इत्यादि। मुझे ऐसे सवालों का जवाब देते बड़ी शर्म आती है। मेरे अपने भाई की यह दशा होगी, इसकी मैंने सपने में भी कल्पना नहीं की थी। अपनी मौत का भी वह खुद जिम्मेदार है। उससे मुझे कोई सहानुभूति नहीं है। और आपने जो जाँच का भार उठाया है, आपसे भी मुझे कोई सिम्पैथी नहीं है। उसकी हत्या जात्रा-दल के गुंडों ने की है। दे आर ऑल पोटेंसियल क्रिमिनल्स। आप किसे छोड़कर किसे पकड़ेंगे?"

देवनारायण बाबू से बात यहीं खत्म हो गई।

नीचे आते वक्त फेलूदा ने प्रद्युम्न बाबू से कहा, "एक चीज देखने का बड़ा कुतूहल हो रहा है—कन्दर्पनाराण की विलायत की डायरी। कुल मिलाकर उसके कितने खंड हैं?"

"दो। वे साल-भर से ज्यादा समय तक विलायत में थे।"

"वह क्या दो-तीन दिनों के लिए मुझे उधार मिल सकती है?"

"जरूर।"

फेलूदा ने अपने बैग में वे दोनों खंड रख लिए। हम लोग एक बार फिर घर की ओर रवाना हो गए।

(7)

"आपको कैसा लग रहा है, जरा कहिए तो?" लालमोहन बाबू ने मुट्ठी-भर दालमोठ मुँह में भरते हुए कहा।

हम लोग पन्द्रह मिनट हुए बोसपोखर से लौटे थे। श्रीनाथ अभी-अभी हमें चाय-दालमोठ दे गया था।

फेलूदा ने एक चारमीनार जलाकर कहा, "ऑपेरा में दुश्मनी हुई होती

तो बात काफी सहज होती। मगर यहाँ ऐसी बात नहीं है। घर के लोगों को भी नजरअन्दाज नहीं किया जा सकता। हालाँकि दो भाइयों के मिजाज के अलावा अभी तक उनके बारे में खास कुछ पता नहीं चला है। दोनों में से अगर किसी को रुपयों की तंगी होने लगी हो तो ऐसे में छोटे भाई को पिता की सम्पत्ति में हिस्सा न मिले, इस तरफ वह कुछ जुगत भिड़ा सकता है। कीर्तिनारायण ने अगर अपने छोटे बेटे को ज्यादा रुपया दिया हो तो बदली स्थिति में उन्हें वसीयत बदलनी पड़ेगी। तब फिर बचे हुए दो भाइयों का हिस्सा स्वाभाविक रूप से बढ़ जाएगा।"

"मुझे तो देवनारायण का स्वभाव अच्छा नहीं लगा। वैसा रूखा आदमी अमूमन नजर नहीं आता।"

"घर में किसी को देखकर उनके बारे में राय नहीं बनाई जा सकती। मैं यह जानना चाहता हूँ कि वे दोनों शाम को क्लब में जाकर क्या करते हैं?"

"इसे कैसे जानेंगे?"

"दोनों क्लबों में ही मेरी जान-पहचान के दो व्यक्ति सदस्य हैं।" फेलूदा ने कहा, "दोनों मेरे साथ पढ़ते थे। बंगाल क्लब में अनिमेष सोम और सैटरडे क्लब में भास्कर देव। दोनों ही ऊँची नौकरियाँ करते हैं। उनसे पूछने पर पता चल जाएगा।"

"मैंने इन क्लबों का सिर्फ नाम ही सुना है। अन्दर क्या है, पता नहीं।"

"आपके मजे के लायक ऐसा कुछ नहीं है। आप शराब नहीं पीते, ताश नहीं खेलते, बिलियर्ड नहीं खेलते—आप क्लब में जाकर क्या करेंगे?"

"बात तो ठीक है।"

फेलूदा ने अब और समय बरबाद नहीं किया। पहले बंगाल क्लब के अनिमेष सोम को फोन किया। यह दूसरी बात है कि सात बार डायल करने पर नम्बर मिला। एकतरफा बात सुनकर पूरी बात का अन्दाज नहीं लगा पाया, इसलिए फेलूदा ने मुझे सारी बातें सिलसिलेवार बताईं।

"देवनारायण बाबू क्लब में नियमित जाते हैं तथा ज्यादातर समय

शराब के नशे में रहते हैं। किसी भी खेल में हिस्सा नहीं लेते। लोगों से गप्पें लड़ाना भी पसन्द नहीं करते। नियमित रूप से लन्दन का अखबार पढ़ते हैं। एक और खास बात, उनके दफ्तर में गोलमाल चल रहा है, स्ट्राइक होने की सम्भावना है।"

इसके बाद फेलूदा ने भास्कर देव को फोन किया। वे पहली बार में ही मिल गए। इस बार फोन पर एकतरफा बात सुनकर ही मैंने करीबन पूरी बात का अन्दाजा लगा लिया।

"कौन, भास्कर बोल रहा है? मैं फेलू हूँ, प्रदोष मित्तिर।"

"..."

"तू तो सैटरडे क्लब का मेम्बर है न?"

"..."

"तेरे एक मेम्बर के बारे में इन्फॉरमेशन चाहिए था। उनका नाम है—हरिनारायण आचार्य।"

"..."

"हाँ, हाँ, जिसके भाई की हत्या हुई है। वह कैसे आदमी हैं? तेरे साथ परिचय जरूर होगा?"

"..."

"ओ बाबा! जुआरी? हेवी स्टेक्स लगाकर पोकर खेलते हैं? इसका मतलब ग्रेट ग्रैंड फादर की आदत लग गई है।"

"..."

"देनदारी बढ़ती जा रही है, फिर भी खेलना बन्द नहीं किया? इसका मतलब बड़ी तगड़ी लत लग चुकी है।"

"..."

"एनीवे, बहुत धन्यवाद भाई! मेरे ऊपर फिर जाँच का भार आ पड़ा है। इसीलिए इधर-उधर से तथ्य इकट्ठे कर रहा हूँ। ठीक है, फोन रखता हूँ।"

फेलूदा ने फोन रखकर कहा, "बेड़ा गर्क है! वह आदमी हत्या क्या करेगा, बल्कि रुपये-पैसों पर हाथ मारता तो बात समझ में आती। ताश के जुए में काफी उधार हो चुका है, हालाँकि देखने से कोई इसे समझ नहीं सकता।"

लालमोहन बाबू अचानक बेहद एक्साइटेड हो गए।

"महाशय जी, यह तो बड़ा भयंकर मामला है। बाप की मौत के बिना तो वसीयत से रुपये नहीं मिल सकते। अगर बेटे को रुपयों की इतनी जरूरत है तो इस बार कीर्तिनारायण की हत्या होने की बारी है।"

"जासूसी में आपका दिमाग खुलता जा रहा है लालमोहन बाबू! आपने बिलकुल गलत नहीं कहा है।"

"तब तो इस मामले में सतर्कता बरतनी बहुत जरूरी है।"

"सुनिए," फेलूदा ने चाय का कप रखकर कुर्सी कुछ आगे बढ़ाते हुए कहा, "आपसे पहले भी कह चुका हूँ, हत्या करना इतना आसान नहीं होता। उस मकान में पुलिस तैनात है। एक हत्या इस बीच हो चुकी है। छोटा भाई पिता का प्रिय था, यह बात किसी से छिपी नहीं है। ऐसी स्थिति में छोटे की हत्या हो जाने के बाद अगर पिता की भी हत्या होती है तो फिर दोनों भाई सन्देह की ऐसी जकड़ में आ जाएँगे कि उनका बचना मुश्किल हो जाएगा। एक तो पुलिस, उस पर फेलू मित्तिर। क्या उन्हें अपनी जान का भय नहीं है? वसीयत के लिए अगर इन्द्रनारायण की हत्या हुई भी हो, तो भी पिता को मारने की कोई जल्दी नहीं है क्योंकि एक तो उसके पिता उन्यासी साल के हो चुके हैं, डायबिटीज के रोगी हैं और इस बीच दिल का एक दौरा भी झेल चुके हैं। वैसे भी वे कितने दिन जिएँगे! मगर हाँ—हरिनारायण के बारे में जो तथ्य हैं वे जरूरी तथ्य हैं। घर में उन्हें हम ठीक से पहचान नहीं पाए थे। मेरी धारणा थी कि जो संगीत-प्रेमी होते हैं, वे अमूमन कोमल प्रकृति के व्यक्ति होते हैं। मगर इनका कॉम्बीनेशन तो बड़ा विचित्र है।"

"मुझे तो यह पूरी फैमिली ही ऐसी लगती है।"

अपनी बात कहकर सामने पड़े शनिवार के स्टेट्समेन को लालमोहन बाबू ने उठा लिया। फेलूदा ने भी अखबार की ओर देखा था, अचानक न जाने क्या देखकर उन्होंने उस अखबार को लालमोहन बाबू के हाथों से छीन लिया। इसके बाद कुछ देर तक पिछले पन्ने पर निगाहें दौड़ाते रहे। इसके बाद अखबार को रखकर बोले—"आई सी!"

मिनट भर बाद उन्होंने फिर कहा, "समझ गया।"

इसके बाद फिर आधे मिनट के बाद कहा, "यह बात है।"

लालमोहन बाबू से रहा नहीं गया। वे बोले, "आखिर क्या समझ गए आप?"

फेलूदा ने कहा, "यह समझ गया कि जासूस होने के बावजूद मेरा ज्ञान कितना सीमित है। यह समझ गया कि अभी मुझे कितमा कुछ सीखना है।"

फेलूदा जब कोई रहस्य बुनना चाहें तो उनके जाल को भेदने की क्षमता किसी में नहीं होती। फलस्वरूप जब उन्होंने कुछ क्षण रुककर यह कहा, "आज एक नया अनुभव होगा।" तब समझ गया। यह भी रहस्य का ही एक अंग है।

"कैसा अनुभव?" लालमोहन बाबू ने आदतन पूछ लिया।

"आज हम तीनों रेस के मैदान में जाएँगे।"

"यह क्या? रेस के मैदान में? क्यों भाई?"

"यह मेरा काफी पुराना शौक है। आज शाम को हम लोग फ्री हैं। कोलकाता में हर शनिवार को जाने कब से ऐसा एक आश्चर्यजनक खेल चल रहा है मगर हम लोग उसके करीब भी न जाएँ, क्या यह ठीक है? अन्ततः एक बार तो हर प्रकार का अनुभव कर लेना चाहिए।"

"यह बात मेरे भी खयाल में कई बार आई थी," अपनी उत्तेजना दबाते हुए लालमोहन बाबू ने कहा, "असल बात यह है कि वहाँ कोई परिचित

अगर हमें देख ले और जुआरी समझ बैठे; बस इसी बात का संकोच रहता है।"

"इस बार उसकी कोई सम्भावना नहीं है।"

"क्यों?"

"क्योंकि हम तीनों ही छद्मवेश में जाएँगे।"

लालमोहन बाबू उछल पड़े—"वाह! आपका जवाब नहीं। क्या आप मेरे लिए एक फ्रेंच-कट दाढ़ी का जुगाड़ कर सकते हैं?"

"मैं भी यही सोच रहा था।"

"ग्रेट!"

मेकअप में फेलूदा की तुलना नहीं। इसे पहले भी कह चुका हूँ मगर इतने दिनों तक उनका खुद का ही मेकअप देखा था, इस बार उन्होंने मेरा और लालमोहन बाबू का जैसा मेकअप किया, आईने में खुद अपने को देखकर हम चौंक गए। लालमोहन बाबू के चेहरे पर फ्रेंच-कट दाढ़ी थी और उनके लहराते हुए बाल थे, मैं मूँछ-दाढ़ी और पार्कस्ट्रीट मार्का घुँघराले बालों में कुछ और ही लग रहा था।

फेलूदा ने अपने लिए मिलिटरी मार्का रोबदार मूँछें पसन्द की थीं, साथ ही सिपाही-कट छोटे बालों का विग। इस मामूली से बदलाव से भी उन्हें पहचानना मुश्किल था।

रेस के मैदान में कभी जाऊँगा, सोचा भी नहीं था। सड़क के भिखारी से लेकर राजा-महाराजा तक सभी अगर कहीं एक ही उद्देश्य से एक जगह इकट्ठे हों तो वह रेस का मैदान ही हो सकता है। ऐसा दृश्य कोलकाता शहर में और कहीं नहीं नजर आ सकता। कहीं देखे जाने की सम्भावना भी नहीं थी। एकमात्र रेस के मैदान में ही लाई-मिश्री एक ही भाव मिलते हैं।

घुड़दौड़ अभी शुरू नहीं हुई थी। हमलोग इधर-उधर घूम रहे थे। एक जगह एक बाड़ से घिरे मैदान में रेस में दौड़नेवाले घोड़ों को घुमाकर दिखाया जा रहा था। फेलूदा ने कहा, "इस जगह को पैडक कहते हैं।" एक

और जगह थी—जहाँ एकमंजिले मकान की दीवार पर कतार में खिड़कियाँ बनी थीं; वहाँ पर दाँव लगाए जा रहे थे। सभी की तरह हमने भी एक-एक रेस की पुस्तिका खरीद ली थी। अभिनय बढ़िया करने के लिए लालमोहन बाबू तल्लीन होकर उसके पन्ने पलटकर देखने लगे।

हम लोग वहाँ सिर्फ आधा घंटा रहे। पहली घुड़दौड़ देखी, लोगों को घोड़ों का नाम लेकर जोर-जोर से पुकारते हुए सुना, इसके बाद फेलूदा ने अचानक हमसे कहा, "जिस प्रयोजन से आए थे वह जब पूरा हो गया है तब नाहक मेकअप को ढोते रहने से क्या फायदा?"

पता नहीं वे किस प्रयोजन की बात कर रहे थे। पूछने पर भी जवाब मिलेगा, इसका भरोसा नहीं था। हम तीनों चुपचाप बाहर निकलकर लालमोहन बाबू की गाड़ी ढूँढ़कर उसमें सवार हो गए।

(8)

रविवार की सुबह दारोगा मणिलाल पोद्दार का फोन आया। कहा, "क्या कुछ बात बनी?"

फेलूदा बोले, "पहले लोगों को पहचानने की कोशिश कर रहा हूँ, अन्यथा आगे नहीं बढ़ पाऊँगा। यह केस बहुत उलझा हुआ लग रहा है।"

मणिलाल बाबू की बातों से पता चला कि अगर एक बार और आचार्य भवन में डकैती पड़ जाए तो आश्चर्य की बात नहीं। पहली बार तो सिर्फ खून ही हुआ था, कोई सामान नहीं गया था। उनकी धारणा थी कि जात्रा की जिस पार्टी ने हत्या करवाई थी, वे ही लोग इन्द्रनारायण बाबू के लिखे दूसरे नाटक और गानों को भी हथियाने की कोशिश करेंगे। बोसपोखर के करीब एक गली थी—राम परामाणिक लेन, वह नटोरियस गुंडों का क्षेत्र था। इसके अलावा भी मणिलाल बाबू सन्देह कर रहे थे कि आचार्य भवन के नेपाली सन्तोष के साथ शायद इन गुंडों का कोई सम्बन्ध जरूर होगा।

फेलूदा ने पूछा, "आप लोगों ने क्या घर के पिछवाड़े यदु नस्कर लेन में पुलिस को पहरे पर रखा है?"

"हाँ, पहरा तो है।" पोद्दार बाबू ने कहा।

"अगर जरूरत पड़े तो क्या एक रात के लिए पुलिस हटाई जा सकती है?"

"आप क्या गुंडों को लालच दिखाना चाहते हैं?"

"ठीक कहा।"

"कोई बात नहीं। आपकी जरूरत हो तो कहिएगा, हम लोग पहरा हटा लेंगे।"

पोद्दार बाबू का फोन साढ़े सात बजे आया। उसके पन्द्रह मिनट बाद ही प्रद्युम्न बाबू ने फोन किया था। कहा कि वे आधे घंटे से कोशिश कर रहे थे। मामला गम्भीर है। कल रात को बारह बजे आचार्य भवन में चोर आया था। इन्द्रनारायण बाबू के कमरे में घुसा था, जरूर किसी नौकर का हाथ होगा क्योंकि पीछे की गली में पुलिस का पहरा है। कोई आहट पाकर प्रद्युम्न बाबू अपने कमरे से बाहर बरामदे में निकले थे। उन्हें देखकर चोर भाग गया। प्रद्युम्न बाबू ने दौड़कर उसे पकड़ने की कोशिश की थी। उसने प्रद्युम्न बाबू को धक्का मारकर गिरा दिया। फलस्वरूप उनके घुटने में चोट आ गई है। अब वे लँगड़ाकर चल रहे हैं।

फोन रखने के बाद फेलूदा ने कहा, "अब वाकई लग रहा है कि उनके कागजात हथियाने के लिए इन्द्रनारायण बाबू की हत्या की गई थी। जिस लेखक के नाटक और गीतों की इतनी माँग हो, वह पाँच-पाँच नाटक और पन्द्रह-बीस गीत लिखकर रख जाएगा और उस पर किसी जात्रा-दल की नजर नहीं पड़ेगी, भला ऐसा कैसे हो सकता है? हालाँकि नियमानुसार ये सारे गीत और नाटक भारत ऑपेरा को ही मिलने चाहिए। उन्हें ये न मिलें, इसीलिए इन्हें हथियाने की इतनी कोशिशें हो रही हैं।"

मैंने कहा, "दूसरे जात्रावालों को अगर इन्द्रनारायण के इन नाटकों

और गीतों की जानकारी है तो यह बात जरूर इन्द्रनारायण ने ही खुद कही होगी, इसका मतलब वे भारत ऑपेरा के प्रति जितने लॉयल लग रहे थे, असल में उतने नहीं थे। शायद वे सचमुच किसी अन्य कम्पनी में जाने की बात सोच रहे थे।"

"मगर तब उनकी हत्या किसने की, और क्यों की?"

"शायद वीणापाणि ऑपेरा को इन्द्रनारायण ने जबान दी होगी, इसीलिए किसी दूसरे ऑपेरावालों ने वह रास्ता बन्द कर दिया हो।"

फेलूदा ने गम्भीरता से सिर हिलाकर मेरी बात से सहमति प्रकट की। सचमुच अभी तक रहस्य का कोई ओर-छोर नहीं मिल पाया था।

फेलूदा अपनी विख्यात हरी डायरी निकालकर न जाने क्या लिखने लगे। आज सुबह से ही वे बड़े गम्भीर लग रहे थे। उनके दिमाग में कोई नई बात आई होगी, जिसे मैं समझ नहीं पा रहा था।

ठीक नौ बजे रोज की तरह लालमोहन बाबू आकर हाजिर हो गए। फेलूदा ने कहा, "आपकी म्यूजिक एन्साइक्लोपीडिया और दो-चार दिनों के लिए रख रहा हूँ।"

"दो-चार दिनों के लिए क्या, दो-चार महीने रखें भी तो कोई हर्ज नहीं है।"

"उस किताब से कुछ नई जानकारी मिल रही है। मेलोडी, हॉरमनी, पौलिफनी, काउंटर-पाइंट—काफी कुछ जानने को मिला। म्यूजिक के इतिहास में ही देख रहा हूँ काफी रहस्य है—लोग कहते हैं, दुनिया के श्रेष्ठ कम्पोजर मोत्सार्ट की एक अन्य कम्पोजर सालिमेरी ने जहर खिलाकर हत्या कर दी थी। मगर इस क्राइम का भी आज तक पर्दाफाश नहीं हो पाया।"

"वह तो समझ गया, मगर आज हम लोगों का प्लान क्या है?"

"आचार्य भवन में सुना, कल डकैती पड़ी थी, मगर प्रद्युम्न बाबू की तत्परता के कारण वह कुछ कर नहीं पाया। मुझे लगता है रात में उस घर पर जरा निगाह रखना बेहतर होगा।"

"रात में?"

"हाँ, समझ लीजिए साढ़े ग्यारह से लेकर एक-डेढ़ बजे तक।"

"यह कैसे किया जाएगा?"

"घर के उत्तर में उधर से सटकर एक गली जाती है। उत्तर की ओर पीछे का दरवाजा है। अगर उस गली के फुटपाथ पर घर की तरफ नजर रखकर बैठा रहा जाए।"

"फुटपाथ पर बैठना होगा? तीन भद्र व्यक्ति फुटपाथ पर बैठे रहेंगे और रास्ते के लोग सन्देह नहीं करेंगे?"

"हाँ, मगर भद्र लोग की तरह न बैठे रहें तो भला कोई सन्देह क्यों करेगा?"

फेलूदा का प्लान सुनकर सर चकरा गया। हम समझ गए कि वे फिर से छद्मवेश की बात कर रहे थे। मगर कैसा छद्मवेश? जवाब फेलूदा ने ही दिया।

"आपने क्या कभी ताश नहीं खेला है?" फेलूदा ने लालमोहन बाबू से पूछा।

"किसी समय स्क्रू खेलता था, और गुलाम, चोर...।"

"जो भी हो, ताश तो पहचानते होंगे। गुलाम देखकर राजा तो नहीं समझ लेंगे, और चिड़ितन देखने पर इस्कापन?"

"पागल हूँ क्या?"

"तब फिर हम तीन लोग प्लस हरिपद बाबू मिलकर ट्वंटी नाइन खेलेंगे। हम चारों उड़िया नौकर के भेष में रहेंगे। मेकअप मैं कर दूँगा। बहुत जरूरत पड़ेगी, तभी बात करेंगे, और तब उड़ियावालों की तरह ही कहने की कोशिश करेंगे, जैसे ताश को 'ताशअ', साहब को 'साहबअ'। समझ गए?"

"समझ गया मिस्टरअ मित्तिरअ।"

लालमोहन बाबू की आँखों की चमक देखकर समझ गया कि उन्हें बड़ा एडवेंचर जैसा महसूस हो रहा था। मैं अपने चकित मनोभाव से अभी

तक उबर नहीं पाया था। मगर इतना समझ गया था कि जाँच का काम वाकई अपने पूरे दम पर चलने लगा है।

लालमोहन बाबू बारह बजे के करीब जाते समय कह गए कि वे फिर से शाम सात बजे आएँगे, हमारे यहाँ ही भोजन करेंगे। उसके बाद हम लोग यहीं से मेकअप लेकर ग्यारह बजे तक यदु नस्कर लेन चले जाएँगे। गली को देखकर सुनसान ही लगा था, एक लैम्पपोस्ट के नीचे चादर बिछाकर हम लोग बैठकर ताश खेलने लगेंगे। हरिपद बाबू ने कहा कि वे अपने यहाँ से एक पुरानी ताश की गड्डी ले आएँगे। उस खेल को शाम को ही लालमोहन बाबू को मोटे तौर पर सिखा देने की बात भी तय हो गई।

फेलूदा के मन में उत्तेजना रहते हुए भी उसे समझना मुश्किल था। वे दिन भर म्यूजिक एन्साइक्लोपीडिया पढ़ते रहे और मैं एक पत्रिका के पन्ने पलटता रहा।

यह मेकअप आसान था। इसीलिए हम लोग मजे से साढ़े दस बजे तक तैयार हो गए। धोतियों को चाय के पानी में भिगोकर उसे थोड़ा मटमैला कर दिया गया था। चादर और ताश, दोनों ही बिलकुल सही ले आए थे हरिपदबाबू। लालमोहन बाबू को नाइन सिखाकर दो बार खेल भी लिया गया था। वे खाली बैठे बस यही रटे जा रहे थे—गुलाम नहला टेक्का दस साहब बीवी आठ सात।

गाड़ी को बड़ी सड़क के अँधेरे में एक जगह पार्क करके हम चार लोग बगल में चद्दर दबाकर यदु नस्कर लेन में जा पहुँचे। दूसरे दिन इस गली में पुलिस रहती थी, आज फेलूदा के आग्रह पर नहीं थी। सड़क के एक तरफ काफी बड़ी जगह घेरकर आचार्य भवन खड़ा था। उत्तर दिशा के कमरों के पीछे की तरफ सड़क थी, उसमें बाईं ओर, अर्थात उत्तर-पूर्व कोने पर पहले लाइब्रेरी पड़ती थी जिसके बाद प्रद्युम्न बाबू का शयनकक्ष था। कमरों की कतारों के अन्त में घर के पिछवाड़े का दरवाजा था। वह अभी बन्द था। लाइब्रेरी और प्रद्युम्न बाबू के कमरों में बत्ती जल रही थी,

मगर वे सज्जन किस कमरे में थे, इसका पता सड़क से चलना मुश्किल था।

हम चार लोग लैम्पपोस्ट के नीचे चादर बिछाकर बैठ गए। फेलूदा ने अपने ओढ़े हुए चद्दर के नीचे से पनडब्बा निकालकर उसमें से सभी को पान थमाते हुए लालमोहन बाबू से कहा, "इसे गाल में दबा लीजिए, मगर बार-बार थूकिएगा नहीं।"

आचार्य भवन की शायद ग्रैंड फादर क्लॉक से ग्यारह बजने की आवाज आई।

"उन्नीसअ।"

लालमोहन बाबू फेलूदा के पार्टनर बने थे। सब आपस में बातें कर रहे थे। फेलूदा अपने साथ एक पैकेट बीड़ी भी ले आए थे। उसमें से एक हरिपद बाबू को देकर एक खुद सुलगा ली। गली बीस फुट से ज्यादा चौड़ी नहीं थी, जिसमें लोगों का आवागमन नहीं के बराबर था। दूसरी तरफ थोड़ी दूर पर एक रिक्शा खड़ा था, जिसे चलानेवाला नींद में बेसुध था। आज शायद अमावस्या थी क्योंकि आसमान में बादल न होते हुए भी घना अँधेरा छाया हुआ था। सिर के ऊपर आसमान में एक 'कालपुरुष' सितारा चमक रहा था।

"तुरूपअ मारूचि काँई?"

लालमोहन बाबू उड़िया बोलने की कोशिश में कुछ ज्यादा ही उत्साहित थे, यह देखकर फेलूदा ने 'उफ्फ' कहकर उन्हें थोड़ा सतर्क कर दिया। आश्चर्य यह था कि यद्यपि हम लोगों का प्रधान उद्देश्य वक्त काटना था; ट्वंटी नाइन का खेल इस बीच काफी जम चुका था। समय कैसे बीत रहा था, पता ही नहीं चल रहा था। आचार्य भवन में एक टन्न की आवाज हुई। साढ़े ग्यारह बज गए थे, यह जानकर आश्चर्य हुआ। इस बीच लालमोहन बाबू ने एक बीड़ी जलाने की कोशिश की पर इसमें असफल होने पर उन्होंने उसे फेंक दिया। किसी कुत्ते की भौंकने की आवाज आई, फिर कहीं से वैसी ही भौंकने की आवाज। फेलूदा ने अचानक मेरे घुटने पर अपना हाथ रखा।

एक आदमी गली के पश्चिम की ओर से आ रहा था। उसने धोती-

कुर्ता पहन रखा था और बदन पर राख के रंग का चादर ओढ़ रखा था। चादर हम लोगों ने भी ओढ़ा हुआ था क्योंकि अक्तूबर महीने की रात को सिहरानेवाली ठंड थी।

वह आदमी दूसरी तरफ के फुटपाथ से आगे बढ़ गया। वह आचार्य भवन से सटकर चल रहा था।

अब उसने दरवाजे के पास पहुँचकर अपनी चाल धीमी कर दी।

फिर दरवाजे पर पहुँचकर रुक गया।

ठक्-ठक्-ठक्...

दरवाजे को उसने तीन बार आहिस्ते से खटखटाया। हम लोग उधर कान लगाए हुए थे। इसलिए इसे सुन लिया। दरवाजा खुल गया था। दरवाजे का एक पल्ला इस तरह खुला कि एक आदमी घुस सके। वह अन्दर चला गया। जो अन्दर गया था उसे हम तीनों पहचानते थे।

वे वीणापाणि ऑपेरा के मैनेजर अश्विनी भड़ थे।

तभी टन्न-टन्न करके बारह बजने की आवाज आई।

इस बार वे सज्जन बाहर निकले। उनके साथ अगर कुछ रहा भी हो तो वह पता नहीं चल रहा था क्योंकि उनके हाथ चादर के अन्दर थे।

वे जिधर से आए थे उधर से ही चले गए।

हमारी पहरेदारी सफल हो गई थी। हमारा काम खत्म हो चुका था, मगर फेलूदा ने फुसफुसाकर कहा, "इस चाल को खत्म करके ही उठा जाए।"

(9)

अगले दिन सुबह फेलूदा ने बोसपोखर में प्रद्युम्न बाबू को फोन किया। मैंने बैठक में मेन टेलीफोन पर कान लगाकर उनकी बातें सुन लीं।

"कौन, मिस्टर मल्लिक?"

"हाँ, क्या खबर है?"

"कल रात में कुछ हुआ तो नहीं था?"

"कुछ तो नहीं।"

"एक काम कीजिए। मैं फोन थामे हुए हूँ। आप जरा एक बार इन्द्रनारायण बाबू के काम करनेवाले कमरे में जाकर देख आइए, वहाँ सब ठीक-ठाक है कि नहीं?"

आधे मिनट से ज्यादा वक्त नहीं लगा। इस बार प्रद्युम्न बाबू के गले का स्वर एकदम बदल गया था।

"मिस्टर मल्लिक, यहाँ तो सर्वनाश हो गया।"

"क्या हुआ?"

"सारे नए नाटक और गाने गायब हैं।"

"मैंने अन्दाजा लगाया था इसलिए फोन किया था।"

"इसका मतलब क्या है?"

"दूसरे रहस्यों के साथ एक और रहस्य जुड़ गया।"

"आप क्या आज एक बार आएँगे?"

"जरूरत पड़ी तो आऊँगा। उससे पहले दारोगा साहब से जरा बात करनी होगी।"

फोन रखने के बाद फेलूदा ने मणिलाल पोद्दार का नम्बर डायल किया।

"सुनिए मि. पोद्दार, गली से अपने लोगों को हटाने के लिए धन्यवाद। कल सचमुच काम हुआ है। आप अश्विनी बाबू पर नजर रख रहे हैं न? मगर वे कल रात बारह बजे आचार्य भवन में जाकर इन्द्रनारायण बाबू की सारी बहुमूल्य पांडुलिपियाँ उठा लाए हैं।"

"वह आदमी काफी गड़बड़ लगता है," मि. पोद्दार ने कहा, "हत्या के टाइम के लिए कोई 'एलिबाई' नहीं। उस दिन रात को आचार्य भवन से अपने घर नहीं लौटा था। कह रहा था, रास्ते में टैक्सी खराब हो जाने से फँस गया था, मगर यह विश्वास योग्य नहीं है। आपका प्रोग्रेस कैसा है?"

"ठीक ही कह सकते हैं। हालाँकि हम लोग तो ठीक एक रास्ते पर नहीं चल रहे हैं, इसलिए मेरे निष्कर्ष आपसे नहीं मिलेंगे।"

"वे न मिलें कोई बात नहीं। किसी भी तरह इस रहस्य का समाधान हो जाए, वही काफी है।"

फेलूदा किस रास्ते पर चल रहे थे, पूछने पर वे कुछ नहीं बतानेवाले। इसलिए मैं उनसे कुछ नहीं पूछता था। फेलूदा ने फोन रखकर कहा, "मैं जरा निकल रहा हूँ। स्टेट्समैन के पर्सनल कॉलम में एक जरूरी विज्ञापन देना है। एक बढ़िया वायलिन की जरूरत है।"

स्टेट्समैन में अगले दिन विज्ञापन निकला—एक बढ़िया वायलिन की जरूरत है। फलाने बॉक्स नम्बर में लिखकर सूचित करें।

उस विज्ञापन का जवाब दो दिन में आ गया। उस चिट्ठी को पढ़कर फेलूदा ने कहा, "मुझे जरा एक खास काम से लाउडन स्ट्रीट जाना है।"

आधे घंटे बाद लौटकर फेलूदा ने कहा, "बहुत पैसे माँग रहा है।"

मैंने कहा, "एन्साइक्लोपीडिया पढ़कर आपको क्या इस उम्र में वायलिन सीखने की धुन सवार हो गई?"

फेलूदा ने गम्भीरता से कहा, "इट इज नेवर टू लेट टु लर्न।"

अर्थात एक और रहस्य।

इधर लालमोहन बाबू का आना-जाना भी बढ़ गया था। उनकी बेचैनी बढ़ती जा रही थी। एक बार मुझे अकेला पाकर बोले, "तुम्हारे भैया का सब कुछ बढ़िया है, बस ये जो बीच-बीच में एकदम चुप लगा जाते हैं, यह मुझसे बिलकुल बर्दाश्त नहीं होता।"

बुधवार को पर्सनल कॉलम में विज्ञापन छपा था। शुक्रवार को जवाब पाकर फेलूदा लाउडन स्ट्रीट गए थे। शनिवार की सुबह मैंने देखा उनका चेहरा एकदम बदल गया था। गुनगुनाकर गाना गाते हुए बोले, "आज आचार्य भवन में जाना होगा, कीर्तिनारायण को अभी फोन करने की जरूरत है।"

कीर्तिनारायण ने फोन पाकर कहा, "आपका काम क्या खत्म हो गया है?"

"ऐसा ही तो लगता है," फेलूदा ने कहा, "मगर वह पूरी तौर से एक मीटिंग में पूरे मामले को स्पष्ट करके कहने के बाद ही मिटेगा और यह बात सभी के सामने कहनी पड़ेगी। अन्तत: आप, आपके दो बेटे और प्रद्युम्न बाबू को वहाँ हाजिर रहना होगा।"

"इसमें ऐसी क्या मुश्किल हैं। वे सभी तो घर पर ही हैं। यह इन्तजाम मैं कर दूँगा। आप चिन्ता मत कीजिएगा। आप कितने बजे आएँगे?"

"यही कोई दस बजे।"

कीर्तिनारायण के बाद फेलूदा ने मणिलाल पोद्दार को फोन करके उन्हें दस बजे बोसपोखर में पहुँचने के लिए कहा।

लालमोहन बाबू नौ बजे आए, हम लोग साढ़े नौ बजे चाय पीकर निकल पड़े।

आचार्य भवन में पहुँचकर देखा, दारोगा साहब पहुँच गए थे। फेलूदा ने कहा, "आज ही घटना का क्लाईमेक्स है, इसलिए आपके रहने की जरूरत है।"

दोमंजिले के जिस बैठकखाने में पहले दिन कीर्तिनारायण से बातें हुई थीं, आज भी वहीं पर इन्तजाम किया गया था।

हम लोगों के पहुँचने के साथ-साथ ही कीर्तिनारायण भी आ गए।

"अरे, उन सबको यहाँ बुलाओ, प्रद्युम्न।"

प्रद्युम्न बाबू दोनों बेटों को बुलाने निकल गए।

पहले आए देवनारायण बाबू, और आते ही बोले, "पुलिस को काफी हद तक सफलता मिल चुकी है, ऐसा मैंने सुना है, तो फिर इन सज्जन का भाषण सुनने की क्या मजबूरी है?"

फेलूदा ने कहा, "पुलिस के साथ-साथ मुझे भी काफी हद तक सफलता मिल चुकी है, मगर मेरा रास्ता दूसरा है। और मर्डर इज नॉट द

ओनली क्राइम कमिटेड इन दिस केस—इसे भी आपको बताने की जरूरत है। मैं पूरा मामला साफ-साफ बताने की कोशिश करूँगा।"

अंग्रेजी में जिसे कहते हैं—'ग्रांट', वैसा ही कुछ कहकर देवनारायण बाबू चुप रह गए। दरअसल, उनके मुँह में हमेशा पाइप रहती थी, अपने पिता के सामने यह सम्भव नहीं हो रहा था इसलिए शायद उन्हें और गुस्सा आ रहा था।

हरिनारायण बाबू ने आकर वैसी कोई प्रतिक्रिया नहीं दिखाई। मगर उनकी तनी हुई भौंहें देखकर समझ गया कि उन्हें भी यह सब अच्छा नहीं लग रहा था।

सभी को मौजूद देखकर फेलूदा ने कहना शुरू किया—

"सात अक्तूबर को रात बारह से साढ़े बारह के बीच इन्द्रनारायण आचार्य की हत्या हुई। उनकी मौत से किसे क्या लाभ हो सकता है, इस पर विचार करते समय हमें पता चला कि वे अपने पिता के सबसे लाड़ले बेटे थे। इस बात से अन्दाज लगाया जा सकता है कि कीर्तिनारायण की वसीयत में उनके प्रति थोड़ा पक्षपात जरूर किया जाएगा और उस बेटे के न रहने पर उस वसीयत को फिर से लिखा जाएगा। उसमें उन दोनों की सम्पत्ति पहले से ज्यादा बढ़ जाने के बावजूद कीर्तिनारायण के जीवित रहते उन्हें मिलना मुमकिन नहीं था। लिहाजा अपने भाई की हत्या करने से उन्हें तत्काल कोई लाभ नहीं होनेवाला।

एक और तथ्य हमें पता चला कि वीणापाणि ऑपेरा इन्द्रनारायण को भारत ऑपेरा छोड़कर अपने दल में आने के लिए उन्हें प्रलोभन दे रहा था, मगर इन्द्रनारायण राजी नहीं हो रहे थे। ऐसी दशा में भारत ऑपेरा को पंगु बनाने के लिए इन्द्रनारायण की हत्या करने का एक कारण हो सकता था। इस काम को वीणापाणि ऑपेरा गुंडों के जरिये करवा सकता था। हत्या की रात को ग्यारह बजे तक वीणापाणि ऑपेरा के मैनेजर अश्विनी भड़ इन्द्रनारायण के साथ बात करते रहे। उनके जाने के घंटेभर बाद हत्या हो गई।

यहाँ पर एक और तथ्य हमारे बहुत काम आया था। हम लोगों को लीना से पता चला कि उन्होंने पाँच नए नाटक और बीस के करीब गाने लिखे थे। जात्रा के बाजार में इन चीजों का दाम कितना है, इसे बताने की जरूरत नहीं। हमें पता है कि जिन्होंने इन्द्रनारायण की हत्या की थी, उन्होंने इन्द्रनारायण के कागजात उलटे-पुल्टे जरूर थे मगर समय न मिलने के कारण या और जो कुछ कारण रहा हो, वे उन्हें ले नहीं जा पाए थे। कल रात को वीणापाणि ऑपेरा के मैनेजर आकर वे सारी चीजें उठाकर ले गए।

इससे अनुमान लगाया जा सकता है कि इस हत्या का एक उद्देश्य उन नाटकों और गानों को हासिल करने का हो सकता है। मगर यह काम किसी बाहरी व्यक्ति के लिए सम्भव नहीं। क्योंकि इन्द्रनारायण के कागजात की उसे जानकारी नहीं हो सकती। किसी घर के व्यक्ति के लिए ही इस बात को जानना ज्यादा सहज था। घर का व्यक्ति हत्या के तुरन्त बाद वे चीजें अगर नहीं ले सकता तो बाद में मौका पाने में उसे दिक्कत नहीं हो सकती क्योंकि वे तो कमरे में ही मौजूद थीं। यहाँ हमें यह देखना है कि घर के किसी व्यक्ति को रुपयों की तंगी तो नहीं थी।

इस सिलसिले में खोज करने पर पता चला कि हरिनारायण बाबू क्लब में जुए में हारकर काफी नुकसान कर चुके हैं। लेकिन ऐसा होने पर भी हरिनारायण बाबू के लिए इन्द्रनारायण के नाटक और गाने चोरी करके उन्हें दूसरे जात्रा कम्पनियों में बेचना मुझे विश्वासयोग्य नहीं लग रहा था। तो फिर इस घर में और कौन जरूरतमन्द व्यक्ति हो सकता है?

यहाँ पर अचानक एक तथ्य हाथ लगने की घटना का मैं आप सबसे जिक्र करना चाहता हूँ।

प्रद्युम्न बाबू जिस दिन मेरे घर आए थे, उस दिन उनकी जेब से कागज का एक टुकड़ा सोफे पर गिर पड़ा था। उस पर डॉट पेन से दो लाइनें लिखी थीं— 'हैपी बर्थ डे' तथा नीचे—'हुकुमचन्द।' प्रद्युम्न बाबू से पूछने पर पता चला, कागज उनका नहीं था। इसके कुछ दिन बाद अचानक शनिवार के

अखबार के आखिरी पन्ने पर नामों की एक सूची से पता चला कि 'हैपी बर्थ डे' और 'हुकुमचन्द' दोनों रेस के घोड़ों के नाम थे। तब मेरी धारणा हो गई कि प्रद्युम्न बाबू रेस खेलते हैं मगर इस तथ्य को हम सभी से छिपाए रखना चाहते हैं। हम लोग उसी दिन रेस के मैदान में गए। वहाँ पर मैंने प्रद्युम्न बाबू को भीड़ में खिड़की के सामने खड़े होकर दाँव लगाते देखा। अर्थात प्रद्युम्न बाबू जुआरी हैं, इसका प्रमाण मिल गया। हमारी धारणा है कि वे नियमित रेस खेलते हैं और जिनकी कमाई ज्यादा नहीं रहती, उनको हर वक्त रुपयों की तंगी लगी रहती है। लिहाजा रेस में अगर काफी बड़ी रकम कोई गँवा चुका हो तो फिर हत्या का उद्देश्य उसी का हो सकता है—प्रद्युम्न बाबू के पास मौका भी था। सच कहूँ तो उनसे ज्यादा बढ़िया मौका इस घर में और किसी के पास नहीं था।

हत्या के समय प्रद्युम्न बाबू काम कर रहे थे, उनके लिए नाटमन्दिर के बरामदे से जाकर इन्द्रनारायण बाबू के सिर पर वार करना काफी सहज था।

प्रद्युम्न मल्लिक पर शक और पुख्ता इसलिए हो जाता है क्योंकि वे मिथ्यावादी हैं। उन्होंने सिर्फ रेस के बारे में ही गलत नहीं कहा; उनके अनुसार कुछ दिन पहले भी इस घर में चोर आए थे और उस चोर को पकड़ते वक्त वे धक्का खाकर गिरकर अपना घुटना चोटिल कर बैठे थे, जिसके कारण उन्हें लँगड़ाना पड़ रहा था। मगर आज सुबह वे अन्तत: दोबारा चलते वक्त लँगड़ाना भूल गए थे, इस बात पर शायद उन्होंने गौर नहीं किया था।

पिछले रविवार रात को इन्द्रनारायण के कमरे से नाटक और गाने चोरी हुए थे। वे किसके पास गए थे, हम लोग जानते हैं क्योंकि घर के पीछे की गली में लैम्पपोस्ट की रोशनी में बैठकर हम लोग ताश खेल रहे थे। वीणापाणि ऑपेरा के मैनेजर पौने बारह बजे आए थे। उनके आने के लिए घर के पीछे का दरवाजा खोल दिया गया था। प्रद्युम्न बाबू के कमरे की बत्ती जल रही थी। मुझे लगता है, उनके साथ ही लेनदेन तय हुआ होगा। अश्विनी

भड़ ने रुपये दिये थे जिसके बदले में प्रद्युम्न बाबू ने उन्हें नाटक और गाने दे दिए। अगर मैं गलत कह रहा हूँ तो प्रद्युम्न बाबू इसे सुधार सकते हैं।"

प्रद्युम्न बाबू का चेहरा सफेद पड़ गया; उनका सिर झुक गया था और पूरी देह काँप रही थी। दारोगा साहब आगे बढ़कर उनके पीछे खड़े हो गए थे। कमरे में दो सिपाही भी मौजूद थे।

"यह हुआ इन्द्रनारायण आचार्य की हत्या का इतिहास।" फेलूदा ने कहा, "लेकिन यहीं अपराध खत्म नहीं होता। इस बार मैं दूसरे अपराध के बारे में बताने जा रहा हूँ—

मैं जब पहले दिन यहाँ आया था तब एक बात देखकर मुझे खटका लगा था। वह चीज थी इन्द्रनारायण बाबू की वायलिन। सौ साल पुरानी वायलिन इतनी चमक क्यों रही थी? हालाँकि वायलिन के बारे में मेरी जानकारी बहुत सीमित है, समय के बदलाव का उस पर कैसा असर होता है, मुझे नहीं पता। इसलिए उस वक्त इस बात पर ज्यादा सिर नहीं खपाया था। उस दिन जरूर सुना था कि कन्दर्पनारायण मजाक में अपनी वायलिन को 'आम आँटी (गुठली) का बाजा' कहते थे। फिलहाल दो चीजें पढ़ने का मुझे मौका मिला था। एक थी पश्चिमी संगीत के बारे में एक एन्साइक्लोपीडिया और दूसरी थी कन्दर्पनारायण की विलायत की डायरी। पहली किताब से मुझे पता चला कि सोलहवीं और सत्रहवीं सदी में इटली में वायलिन को और बेहतर बनाया गया था। तभी उसकी सुन्दरता और आवाज में उन्नति हुई। इटली में वायलिन प्रस्तुत करनेवालों में तीन लोग सबसे ज्यादा प्रसिद्ध हुए। ये तीनों सत्रहवीं सदी के थे। पहले थे एंटन स्ट्राडिवारी, दूसरे, आन्द्रेयास गुवार्नरी और तीसरे थे, निकोलो आमोटी। इसमें आमोटी ने ही सबसे पहले वायलिन को इटली के क्रेमोनो शहर में सुधारा था।

उस वक्त मेरे दिमाग में यह बात नहीं आई थी कि आमोटी और कन्दर्पनारायण की 'आम आँटी' एक ही हैं। कन्दर्पनारायण की डायरी पढ़कर यह बात साफ हुई। उसमें एक जगह उन्होंने लिखा था—आई बॉट

ऐन आमोटी टुडे फ्रॉम ए म्यूजीशियन हू वाज संक इन डेट एंड हू सोल्ड इट टु मी फॉर टू थाउजेंड पाउंड्स। इट हैज ए ग्लोरियस टोन। अर्थात मैंने आज एक देनदारी से परेशान संगीतकार से एक आमोटी वायलिन दो हजार पौंड में खरीदी है। इसकी आवाज बड़ी मधुर है। उन दिनों दो हजार पौंड का मतलब आज के बीस हजार थे। आज एक आमोटी वायलिन डेढ़-दो लाख से कम में नहीं मिलेगी।

ऐसी एक वायलिन इस घर में इतने दिनों से पड़ी थी, जिसे जात्रा के कंसर्ट में इन्द्रनारायण आचार्य बजाते थे। वायलिन की इस असलियत को कोई जानता था? मुझे लगता है कीर्तिनारायण बाबू या देवनारायण बाबू भी इसे नहीं जानते थे। मगर दो लोग जानते थे—एक हैं प्रद्युम्न बाबू, जिन्होंने कन्दर्पनारायण की डायरी पढ़ी थी और दूसरे हैं हरिनारायण बाबू। वे पाश्चात्य संगीत की जानकारी रखते हैं, अच्छी वायलिन की कीमत जानते हैं और इसे भी जानते होंगे कि वायलिन पर दोनों तरफ जो 'एस' की तरह दो डिजाइनें कटी होती हैं उनमें से एक में आँख लगाकर देखने पर भीतर वायलिन बनानेवालों के नाम और लेबल नजर आते हैं।

इस आमोटी की बात जानने पर ही मेरा सन्देह पुख्ता हो गया कि इन्द्रनारायण की हत्या के बाद उनकी वायलिन गायब कर दी गई है और उसकी जगह एक सस्ती नई वायलिन खरीदकर रख दी गई है। मगर इस वायलिन को हटाया किसने? जिसने भी हटाया हो, जरूर रुपयों के लिए ही हटाया होगा। मेरा सन्देह स्वाभाविक रूप से हरिनारायण बाबू पर पड़ा और यह भी समझ गया कि उसे बेचकर रुपये भी मिल गए हैं। तब मैंने बढ़िया वायलिन खरीदने का एक विज्ञापन अखबार में दिया। उसके जवाबों में मुझे किसी मि. रेबेलो की चिट्ठी मिली। उनके घर जाकर देखा, वे काफी बड़े पुरानी चीजों के विक्रेता हैं, जिसे कहते हैं—एंटीक डीलर। उन्होंने बताया, उनके पास एक आमोटी वायलिन है, जिसे वे डेढ़ लाख में बेचने के लिए तैयार हैं। मैंने उनसे पूछा, क्या इसे उन्होंने मि. आचार्य से खरीदा है? जवाब

में उन्होंने सिर हिलाते हुए कहा, 'इट इज द ओनली आमोटी इन इंडिया।'

यह है हरिनारायण बाबू के अपराध की कहानी। मेरी बातें भी यही खत्म होती हैं।"

आश्चर्य यह है कि फेलूदा की बातों का किसी ने कोई प्रतिवाद नहीं किया। प्रद्युम्न बाबू अब मि. पोद्दार के हवाले थे। हरिनारायण बाबू अपने माथे की नस दबाकर गर्दन झुकाए बैठे थे। देवनारायण बाबू मारे शर्म के कमरे से बाहर निकल गए थे। कीर्तिनारायण ने गहरी साँस लेकर कहा, "हरि ने अगर मुझसे कहा होता तो मैं उसके जुए की देनदारी चुकाने के लिए रुपये दे देता। उसने नाहक ही हमारे परिवार की एक अनोखी चीज बे-हाथ कर दी। लेकिन प्रद्युम्न ऐसा निकलेगा इसकी मैंने कल्पना नहीं की थी। उससे इतना ही कह सकता हूँ कि वह हमारे पुरखे की जीवनी लिखने के योग्य नहीं है। उसे उपयुक्त सजा होगी तो सबसे ज्यादा खुशी मुझे होगी।"

कीर्तिनारायण की शायद आन्तरिक इच्छा थी कि कन्दर्पनारायण की जीवनी लिखी जाए। ऐसा न होता तो भला वे लालमोहन बाबू को इसका ऑफर क्यों देते?

"आप भी तो लेखक हैं—रहस्य-रोमांच के उपन्यासकार—तो कन्दर्पनारायण से बड़ा रहस्य और रोमांच एक ही व्यक्ति के जीवन में आपको किसी में नहीं मिलेगा।"

लालमोहन बाबू ने बड़े विनय से गर्दन झुकाकर कहा, "मुझे शर्मिन्दा मत कीजिए, मैं बहुत मामूली आदमी हूँ, मेरे लेखन का कोई मूल्य नहीं है।"

बाद में जरूर उन्होंने फेलूदा से कहा था—"दुहाई है मोशॉय, उस हत्यावाले मकान में बैठकर मैं कन्दर्पनारायण के जीवन पर रिसर्च

करूँगा?—जिये मेरा रहस्य—रोमांच, जिये मेरा प्रखर रुद्र—एंड लांग लिव द थ्री मस्केटियर्स।"

जनवरी, 1985

❑❑❑